Fritz Glockner Corte | Cementerio de papel

byblos

1.ª edición: abril 2007

© Fritz Glockner Corte

© Ediciones B, S. A. de C.V., 2006
Bradley 52, colonia Anzures - 11590 D.F. (México)
www.edicionesb.com
www.edicionesb.com.mx

ISBN: 978-970-710-250-7

Impreso por Quebecor World.

Fritz Glockner Corte | Cementerio de papel

Para los Taibo todos:

Maricarmen y Paco I;
Paloma, Marina y Paco II;
Imelda y Benito;
Piyú y Carlos;
familia que también es mía.

Expediente UNO

Alucinación

Don Everardo llegó a las seis de la mañana hasta el centro del Palacio de Lecumberri, donde antes se ubicaba la enorme torre de vigilancia con forma poligonal, aquella ilustre panóptica, hoy sustituida por una enorme cúpula. Giró sobre sus pies recorriendo los siete largos pasillos mejor conocidos, desde el año 1900, como crujías; se trataba de una rutina tatuada día con día desde hace cuarenta y nueve años y cincuenta y una semanas. Sus viejos ojos pasaron lista a las siete puertas de cristal de cada corredor, simplemente para cerciorarse de que todo estuviera bien, era una práctica que con el tiempo se le había convertido en una obsesión, aprendida cuando daba una vuelta por la torre para revisar las rejas de entrada de cada una de las crujías, durante los días en que aquella construcción resguardaba a los presos más temidos del país. La imagen que descubrió de un cuerpo tendido en el piso de la galería seis, no despertó mayor importancia en su cotidiano inventario, más bien le pareció que se trataba de una visión producto de su edad, acababa de llegar a los setenta años y se notaba viejo, cansado, achacoso, aunque continuaba asistiendo y desempeñando su trabajo porque se sentía orgulloso y deseaba llegar a cumplir el medio siglo detrás de los muros del viejo Palacio Negro de Lecumberri.

A pesar de que no acudió a la Academia de Policía, había logrado entrar a trabajar al heroico cuerpo de la Secretaría de Seguridad Pública de la ciudad de México en el año 1953, cuando fue comisionado de inmediato al grupo de celadores y cuidadores del penal de Lecumberri. Aquella idea le había parecido poco prometedora ¿qué carajo iba a hacer un joven de veinte años encerrado en la cárcel cuidando a los presos? Él deseaba estar en las calles, se imaginaba correteando a los asaltantes de bancos, sosteniendo un tiroteo con asesinos despiadados, recibiendo medallas por su arrojo al enfrentar a la delincuencia; sin embargo, la falta de preparación no le ofrecía mayor opción que la de aceptar el sueldo seguro y la cotidianidad de presentarse todos los días a las cinco de la mañana, en la calle Eduardo Molina, para ingresar por el enorme portón del penal, pasar lista y colocarse el uniforme de vigilante hasta cumplir con su jornada de diez horas, la cual consistía en recorrer pasillos, cuidar las rejas de acceso a las crujías, escoltar a los presos durante el horario de talleres, realizar el cateo en las celdas cuando existía alguna consigna del director, acompañar a un recluso a los juzgados, revisar que la visita no introdujera nada prohibido: un gancho, un puñal, un arma de fuego, algún solvente, droga, alcohol, una excesiva cantidad de dinero, o algún otro artefacto fuera de lo común. Algunas semanas le tocaba vigilar desde los torreones, y esta actividad sí que se le hacía emocionante, se sentía poderoso en las alturas al controlar con su rifle, colgado en el hombro, la vida de los desgraciados internos, sobre todo desde la torre panóptica, construida para poder observarlo todo, además de que la vista que se ofrecía de la ciudad de México era privilegiada. Mucho había hecho el compadre de su papá en recomendarlo con el jefe de sector de la policía capitalina para poder conseguir aquel trabajo, como para poner alguna condición o exigir un derecho que sabía de antemano no se merecía.

A la semana de haber conseguido aquel trabajo, el joven Everardo Cuautle comenzó a encontrar el lado amable de su nuevo oficio, ya que fue testigo del ingreso de Paco y Nacho al penal, según se les conocía a estos dos personajes tenebrosos que habían ideado una supuesta empresa que contrataría a gente desesperada por obtener un sueldo, para ser empleados en un nuevo centro turístico en la ciudad de Oaxaca; por lo que convencieron a siete personas de tomar un avión con destino a aquella ciudad, previa firma de un seguro de vida por la cantidad de tres millones de pesos en total. El retraso de la explosión de la bomba que se registró como equipaje de uno de los pasajeros permitió que la aeronave no terminara estrellándose en la sierra del Estado de Puebla, por lo que las intenciones asesinas de aquel dúo cayeron por la borda, y acabaron ingresando en Lecumberri los delincuentes en potencia. Como el caso se había ventilado en la radio y la prensa de la época, Everardo se sintió importante de conocer a los protagonistas de aquella historia y descubrió que su trabajo podría no ser tan aburrido.

Y sin duda aquella corazonada se convirtió en realidad, ya que durante los veintitrés años que trabajó como vigilante en la cárcel de Lecumberri tuvo la oportunidad de conocer gente interesante, de aprenderse un sinnúmero de historias y de presenciar varios acontecimientos importantes; siempre presumía que uno de los hombres que aparecía en los libros de texto de sus hijos le había dado la mano, se refería a David Alfaro Siqueiros, con quién mantuvo en varias ocasiones diversas pláticas, ya que cuando se enteró que aquel siniestro personaje era pintor, nunca perdió la oportunidad de acercársele para escuchar lo que tenía que decirle durante los años en los cuales el muralista estuvo en cautiverio. También se hacía el importante al contar que él siempre se había comportado como una buena persona con los jóvenes detenidos en el año de 1968, varios de los cuales en la actualidad eran personalidades que de vez en vez se acordaban de su existencia y le trataban con respeto, aseguraba además que tenía un libro con la firma del «viejito», refiriéndose a José Revueltas, cuyo nombre nunca recordaba salvo por aquel apodo; asimismo, se llenaba la boca al mencionar al ingeniero Heberto Castillo o a Eli de Gortari, y a todos aquellos hombres que luego de haber sido enemigos del sistema se convirtieron en personajes que salían en la televisión, los periódicos y que hablaban por la radio. Sostenía, además, que durante la huelga de hambre organizada por esos llamados presos políticos, allá por diciembre de 1969, él nunca los había golpeado o maltratado, a pesar de las órdenes que giró el entonces director del reclusorio, el primer día del año 1970. Pocos le creyeron sobre el caso de un tal Adán Luna quien ingresó al penal ese mismo año acusado de robo, que luego resultó ser el mismísimo compositor y cantante Juan Gabriel, acerca del que narraba cientos de sucesos: que había estado presente cuando compuso tal o cual canción, que era un joven muy atento y reservado, de quien siempre tuvo la certeza de que sería un gran personaje.

Por todo esto don Everardo aseguraba que a él nadie le podía llegar con ninguna historia, ya que su vida sí que estaba llena de cosas por contar, sobre todo porque no le gustaba quedarse como un ignorante, y había aprendido a escuchar lo que los reos le decían, desde los más temidos asesinos como el Goyo Cárdenas, hasta aquellos que se autodenominaban presos de conciencia.

Destacaba con asombro la fecha en la que arribaron los trabajadores ferrocarrileros al penal: Demetrio Vallejo y Valentín Campa, así como también sabía de las razones de León Toral por haberse atrevido a matar al general Obregón. Al estar en contacto con toda esa gente se le despertó la curiosidad sobre sus vidas, y por esto leía con atención el periódico cuando podía, para saber más de su existencia, para estar enterado de lo que se decía de ellos, de sus delitos cometidos, de su actuación antes de ser detenidos y recluidos; incluso llegó a aprenderse de memoria que aquella prisión se había construido durante la época del general Porfirio Díaz, concretamente en el año 1885, debido a que las cárceles de San Juan de Ulúa y Belen ya estaban totalmente llenas, y se encontraban en un estado de deterioro absoluto, donde los presos vivían en condiciones muy precarias y eran víctimas de grandes epidemias. Por tal motivo, el general había ordenado, tres años antes, un estudio para que se iniciara la construcción del edificio; el cual, paulatinamente, comenzó a convertirse en el segundo hogar de don Everardo, por lo que sin duda, en algún momento, llegó a pensar que él mismo era un interno más.

También repetía a todo aquel que le preguntara, que Lecumberri se había inaugurado el 29 de septiembre de 1900 y que para entonces se le consideraba como una de las prisiones más modernas de la época en todo el mundo; que al gobierno le había costado dos millones trescientos noventa y seis mil novecientos catorce pesos con ochenta y cuatro centavos levantar semejante edificio, con su polígono al centro desde el cual se despliegan los siete brazos denominados crujías, como tentáculos de un pulpo dispuesto a tragarse a todo hombre, para poder contener a los presos según el delito cometido; aunque desde su ingreso como vigilante ya todos se encontraban revueltos: rateros con asesinos, violadores con los llamados presos políticos, defraudadores con drogadictos, estafadores junto a los que sin motivo aparente llegaban producto de alguna venganza o por la influencia de algún poderoso. Además, refería que la capacidad inicial de la cárcel estaba calculada para albergar a ochocientos hombres, más ciento ochenta mujeres y cuatrocientos menores de edad, lo cual desde el principio fue insuficiente, y por esto se construyeron doscientas setenta y seis celdas nuevas de acero y mampostería, más las celdas de castigo que ya todos conocían como los famosos apandos, los cuales todavía le había dado tiempo de inaugurar al general Díaz en el año 1910, poco antes de que comenzara la revolución. También tenía conocimiento de que el traidor Victoriano Huerta dio la orden de asesinar al presidente Madero a espaldas de la prisión y que el licenciado Miguel S. Macedo fue el primer director de la cárcel al inaugurarse, quien estuvo de interno por disposición del usurpador, al igual que el general Francisco Villa.

Todas estas anécdotas maravillaban la existencia del celador y se las contaba a quien se dejara, o a quien le preguntara. Tal vez por esto fue el único vigilante que estuvo siempre ahí, a pesar de que en el año 1976 el presidente Echeverría optó por desalojar el penal y trasladar a la población carcelaria y a los custodios a las cuatro nuevas prisiones de la ciudad de México.

Everardo se mantuvo en su puesto, a él le tocó cerrar la puerta luego de que el último de los reos abandonó Lecumberri el 28 de agosto de 1976.

La noticia de que la edificación podría demolerse le causó un gran enojo, claro está que no tenía los medios para hacer llegar su inconformidad a las más altas esferas del gobierno, pero se sentía con el derecho a defender aquel palacio, no en balde le había regalado para ese entonces veintitrés años de su vida, su juventud, sus ilusiones. ¿Qué Everardo era el que había entrado a trabajar en 1953, y qué Everardo era el que se quedaba dentro del antiguo penal? Su amabilidad y la excelencia de su hoja de servicio sirvió para que el jefe de la policía le permitiera mantener su puesto de trabajo en Lecumberri y no ser trasladado como el resto de sus compañeros a los diversos reclusorios recién estrenados.

Por esto, al día siguiente de que vio partir al último de los tres mil doscientos presos registrados aquel año, según las cifras oficiales, aunque en realidad eran seis mil; regresó a las seis de la mañana a la calle Eduardo Molina, al Palacio Negro, como se le conocía debido a las innumerables anécdotas que recorrían sus muros, sus pisos, sus celdas, sus rejas, sobre fantasmas, almas vagando, apariciones, diversos cuentos de terror, historias negras con padecimientos y sufrimientos, lágrimas negras, sombras más negras que cualquier otra; así como el trato inhumano que, la mayoría de las ocasiones, recibían los habitantes de aquella prisión, para entonces desértica, sin las voces de sus antiguos habitantes, sin las burlas, sin las historias, sin la presión de mantener los ojos bien abiertos ante cualquier eventualidad; de todos modos él cumplió con su rutina, se colocó en el centro del polígono, recorrió el edificio circular observando los despojos que se asomaban por las celdas de las diferentes crujías, las cosas que no habían podido cargar o que no les permitieron llevar consigo a los reos: ropa, colchones rotos, libros, aparatos electrodomésticos oxidados, artículos personales, fotografías, cartas, papeles, basura, restos de los hombres cadáver (con los cuales se daban un regocijo), todo tipo de alimañas, ratas, cucarachas, pulgas.

«Aquí se va a construir un parque», escuchó a su espalda Everardo, lo que le provocó un sobresalto, se trataba del vigilante del turno de la noche, quien se disponía a dejar aquella escena trágica bajo su responsabilidad.

—Ahí te quedas, compañero, me voy a descansar, todo está patas pa'rriba, según me dijeron que a las ocho de la mañana comienzan a llegar algunos empleados del departamento de limpia, para empezar a sacar este desmadre.

Pocos meses después de que tomó posesión el nuevo gobierno, a principios del año 1977, Everardo se enteró por la prensa que el entonces presidente de la República, José López Portillo, había decidido modificar la decisión de su antecesor de demoler el inmueble, y ahora pensaba trasladar ahí el Archivo General de la Nación, cuyo acervo se encontraba dividido en varias oficinas públicas: algunos expedientes se ubicaban en Palacio Nacional, otros en las oficinas de telégrafos, unos más en diversas bodegas por Tacubaya, sin que en ese año existiera un espacio específico que diera albergue a la documentación histórica de México; por ello, proponía la absoluta modificación de la estructura arquitectónica y la adecuada adaptación para poder recibir aquella encomienda y dar así un toque académico al antiguo Palacio Negro de Lecumberri, que seguía siendo símbolo del esplendor del porfiriato y de la represión de los gobiernos posrevolucionarios, asimismo, la fuente de todo tipo de negras versiones.

Los trabajos de limpieza, remodelación, fumigación, y el vaciado de los escombros fue una labor que llevó aproximadamente dos años y medio, tiempo durante el cual Everardo continuó en el interior del Palacio Negro para resguardar el edificio; se tuvieron que desmontar las rejas y se demolieron construcciones que no pertenecían a la estructura original, todo a cargo del arquitecto Medellín, quien conversaba con Everardo acerca de su proyecto de restauración del inmueble.

Para el celador, vigilante, velador y asiduo empleado de Lecumberri fue una noticia extraordinaria, por esto de inmediato se puso a investigar a qué se refería el presidente con llevar allá el Archivo General de la Nación; pronto se enteró que uno de los objetivos de aquella nueva empresa tenía que ver con el resguardo de todos los documentos que mantendrían viva la memoria de nuestro país por medio de fondos documentales importantísimos y de un alto valor histórico, económico, político, social y cultural; por lo que se trataba de modificar parte de la estructura arquitectónica para que se pudiera dar asilo, seguridad y protección a diversos papeles y documentos que tenían una antigüedad de más de cuatrocientos cincuenta años. Estos datos los obtuvo de andar preguntando a los arquitectos, historiadores y personal que comenzó a visitar a partir de entonces Lecumberri, quienes además le dijeron que en el país se había fundado el primer archivo en el año 1790, cuando México no existía y se llamaba entonces La Nueva España, porque se encontraba bajo el dominio de la corona española, tiempo en el que gobernaba el virrey Revillagigedo, que era algo así como el representante del rey de España en la Colonia; pero que ya durante la época de la Independencia, la idea de contar con un archivo más concreto se debió a un señor de nombre Lucas Alamán, en el año 1823, cuando se pretendió concentrar la documentación existente en un sólo espacio, que durante algún momento fue dentro del propio Palacio Nacional.

Everardo se sentía a gusto con los próximos habitantes de Lecumberri, su empleo se seguía manteniendo en el mismo sitio, sin embargo, ahora en lugar de vigilar presos, o de certificar la limpieza del edificio, era testigo de las modificaciones que sufría el palacio: un ejército de albañiles había invadido la antigua prisión para tirar, reconstruir, pintar, colocar, acondicionar el espacio que esperaba la llegada de los tesoros; se sentía emocionado de ser un declarante silencioso de todo lo que transcurría detrás de los altos muros, sabía que el inicial entusiasmo frustrado de no haber estado correteando delincuentes en la calle se veía recompensado con la oportunidad de haber estado cerca de gente tan diferente como lo eran los presos, y que ahora estaría junto a los testimonios más importantes de la memoria de su país.

Una vez que concluyó el pase de lista por cada una de las siete puertas de cristal, Everardo volvió su mirada al interior de la galería seis, para cerciorarse de que el cuerpo descubierto ya hubiera desaparecido, pero su deseo no se cumplió, ahí continuaba un bulto tirado en el suelo, parecía de mujer; se restregó los ojos, como queriendo espantar aquella visión, dudó si no estaría todavía un poco adormilado, pero su cerebro le marcó una señal de alarma al precisar que se encontraba despierto. Lentamente recorrió los treinta metros de distancia hasta llegar a la puerta de acceso a la galería seis, pegó sus manos y su mirada sobre el cristal, para atestiguar que, en efecto, sobre el piso yacía el cuerpo de su compañera Eva, aquella muchacha alegre, siempre sonriente, colega de trabajo, la cual laboraba como vigilante del AGN, al igual que Everardo.

¿Cómo era posible que la muerte volviera a rondar por los pasillos de Lecumberri? Eva estaba vestida con un *pants* negro, como si hubiera terminado de ir a correr o de asistir al gimnasio, no traía su acostumbrado uniforme de agente preventivo ni la ropa de calle que tanto le gustaba vestir; su eterna sonrisa se había ahogado en un rictus de desesperación. Everardo creyó enloquecer, no daba crédito a lo que estaba mirando, no podía ser cierta aquella escena, el Palacio Negro regresaba con sus historias de terror, ¿acaso no se trataba de cuentos lejanos?, ¿qué no habían transcurrido ya más de veinte años de las tragedias sucedidas en el interior de Lecumberri? Las únicas miserias que se vivían dentro de aquel Palacio tenían que ver con el ayer, con los documentos ahí resguardados, los tratados de diversas guerras entre México y varias naciones del mundo, los papeles que atestiguaban la traición de hombres de otras épocas, las versiones de tiempos idos, la miseria de otros años.

Pero, ¿por qué estaba ahí el cuerpo inanimado de Eva? Everardo recordó de inmediato lo feliz que estaba ella luego de que la reubicaran en el módulo de entrada al Archivo, donde auxiliaba a visitantes, investigadores, estudiantes, periodistas, que acudían cotidianamente a revisar el pasado de México, y ya no como una vigilante más en cualquiera de las galerías o en el acceso principal, atenta de que nadie sustrajera un documento valioso. Ahora Everardo era testigo del fin de las ilusiones de su compañera de trabajo.

Expediente DOS

El Estado al estrado

El Presidente de la República llegó puntual a su cita al Palacio de Lecumberri, donde la Comisión Nacional de los Derechos Humanos presentaría su informe especial sobre los casos de personas desaparecidas y los actos de tortura cometidos en las décadas de los años sesenta y setenta.

La alfombra roja indicaba el camino hacia el centro de la antigua torre poligonal, lugar en el que se había preparado un escenario digno del evento, una multitud de sillas perfectamente organizadas esperaban a los diferentes invitados para escuchar las palabras del presidente de la CNDH; tres enormes pantallas servían de biombo para que la figura de los oradores se pudiera notar desde cualquier rincón del patio; entre la concurrencia convivían políticos de alto y medio pelo, intelectuales, antiguos presos políticos, líderes de opinión, directores de diversos organismos no gubernamentales, luchadores sociales, defensores independientes de los derechos humanos, representantes de los medios de comunicación.

El recinto elegido para tal evento parecía ser el menos indicado, la vieja prisión de Lecumberri, símbolo de la represión, espacio del terror, mejor conocido como Palacio Negro, mote que ni siquiera con la encomienda de resguardar en el presente la memoria de un país se había logrado

quitar; sin embargo, la idea fue del secretario de Gobernación, para quien no existía mejor manera de demostrar
la nueva actitud de cambio, de renovación, de esperanza,
de rompimiento con las anteriores prácticas políticas de
la represión de los pasados gobiernos priistas, que utilizar precisamente las mismas paredes con sus posibles
ecos de violencia, dolor, tortura, olor a muerte, dentro
de las cuales se dieron tantas miserias, como para poner
en evidencia esas actitudes poco constitucionales utili-
zadas por gobiernos que se decían democráticos, pero
cuya vocación represora se demostraba en el reporte de
la investigación de la Comisión Nacional de Derechos
Humanos, tantos años retrasada, negada, oculta.

Dentro de las primeras filas se encontraba Daniel,
un líder del movimiento estudiantil del 68, para quien
aquel edificio había significado muchos padecimientos,
mucho sufrimiento, tanto para su vida, como para la de
su familia, la de su novia, sus conocidos, pues había sido
detenido la tarde del 2 de octubre de 1968 en la Plaza de
las Tres Culturas.

Daniel no había regresado a Lecumberri una vez que
logró obtener su libertad, dos años seis meses después
de haber sido recluido; ahora todo le parecía diferente,
las crujías convertidas en galerías, los pasillos sin barre-
ras, la inexistencia de las rejas, los ruidos, los olores; de
todos modos sintió que se estaba reencontrando con sus
viejos fantasmas, con su pasado, con su antigua vida de
estudiante que tanto había disfrutado hasta que la aventura terminó en tragedia, a partir de la cual comenzó a
padecer y cargó sobre sus espaldas ecos de un terror que
nunca habría imaginado que pudieran sucederle a él.

El maestro de ceremonias con voz dulce pero enér-
gica convidó a los invitados para que ocuparan sus asien-
tos, los cuales además de encontrarse señalados, existían

unas atentas edecanes que auxiliaban a los despistados a encontrar ágilmente su silla. Delante de Daniel la silla permanecía vacía, por curiosidad se atrevió a investigar de quién se trataba la ausencia: doña Rosario era la persona que hasta esos instantes aún no arribaba al recinto. ¿Habrá confirmado que vendría? El antiguo líder estudiantil, dudó, sabedor de la postura de la legendaria luchadora social. Al momento en el que ingresó el Presidente de la República acompañado de algunos Secretarios de Estado, el de la Defensa, el Procurador General de la República y el propio presidente de la CN-DH, los aplausos obligados explotaron hasta la cúpula de Lecumberri; con paso firme los funcionarios ocuparon sus respectivos lugares en el estrado; de inmediato las cámaras de circuito cerrado comenzaron a proyectar dichas imágenes en las pantallas gigantes, para que nadie perdiera detalle. Un auxiliar de la presidencia descubrió el hueco de la silla abandonada por doña Rosario, por lo que de inmediato giró instrucciones para que cualquier asistente acudiera a llenar aquel agujero; no se veía bien que un lugar quedara vacío; al descubrir Daniel aquellas pretensiones, de inmediato se levantó para evitar que el asistente anónimo pudiera llegar a ocupar el asiento reservado para la luchadora social.

—¿Es usted doña Rosario? —le detuvo Daniel, ante la incomodidad que provocaba aquel funcionario menor entre las rodillas de quienes ya se encontraban sentados.

—Nooooo... —apenas y pudo balbucear el enviado tapa huecos.

—Entonces, con todo respeto, no sea usted mal educado, esta silla tiene el nombre de una señora que aún no ha llegado, tal vez lo haga más tarde, ¿qué pasará si arriba de un momento a otro?, ¿va usted a dejarle de pie?

El funcionario no pudo responder ante aquella reacción y argumentación, se sintió incómodo y deseó que una luz fulminante desapareciera al viejo estudiante del 68, o por el contrario que una varita mágica le hiciera lo suficientemente pequeño como para salir airoso de aquella incómoda situación, la cual había sido presenciada hasta por el mismísimo señor presidente, cuya visibilidad del espacio desde el estrado le permitía controlar todos los movimientos de los invitados.

—Usted disculpe —atinó a exclamar el funcionario, sin haber podido cumplir con la instrucción dictada por su superior.

Quedó vacía la silla destinada para Rosario Ibarra, la cual definitivamente no asistiría a dicho evento, según lo había declarado a la prensa, pero Daniel se sintió indignado de que un cualquiera viniera a usurpar el espacio señalado para una personalidad como ella.

«Con su permiso, señor presidente..». Dio inicio con su clásica perorata el maestro de ceremonias, para anunciar la inauguración del acto que los convocaba a todos ellos cobijados por las paredes de una institución fundada para preservar la impunidad y prepotencia del sistema político mexicano.

Daniel se distrajo con sus propios recuerdos, con la cotidianidad de su vida en la prisión, treintaiún años atrás, quiso reconocer crujías, patios, volver a ver las caras de tantos compañeros que sabía de antemano que ya habían desaparecido, cuando llegó hasta sus oídos la narración a la que el *ombudsman* estaba dando lectura, acerca del testimonio de una mujer y la serie de torturas que había padecido al ser detenida en compañía de su esposo y de su hija, de escasos diez meses de nacida, la crueldad que relataba la manera como fue golpeada, asfixiada, contorsionado su cuerpo al aplicarle toques eléctricos, sumergió en un

estado de angustia al propio Daniel, para quien sus recuerdos le cayeron como torrente, cuyas evocaciones de
su propia tortura no se habían borrado jamás; por lo que
se percató que el tiempo no había transcurrido entre el
día aquel que le aplicaron a él los toques eléctricos, los
pocitos, las sensaciones de asfixia; por todo esto él tenía
conocimiento a la perfección de cómo se sentía aquella mujer que brindaba el testimonio, lo que se padecía,
lo que se sufría, cómo el cuerpo pide ¡no más!, cómo
los músculos se doblan, la voluntad se quebranta, para
contemplar cómo es que la vida se va. Los rostros de la
mayoría de los ahí presentes obtuvieron un gesto sereno,
asustado, de angustia, nadie se imaginó que el presidente
de la Comisión Nacional de Derechos Humanos diera
inicio a su informe con aquellas palabras, que retrataban
una realidad cotidiana practicada durante varios años,
precisamente en ese mismo inmueble; salvo el Procurador General y el Secretario de la Defensa, cuya rigidez
militar no les permitía demostrar ningún tipo de sensación, además de saber que muchas de aquellas atrocidades del pasado las debieron haber cometido antiguos
compañeros de ellos, al resto de los ahí presentes se les
notaba conmovidos, impresionados, estremecidos.

«No hay razón de Estado que pueda estar por encima del Estado de Derecho...» Fue la frase que permitió
romper la sensación de angustia en la que los había sumergido el presentador, por lo que Daniel tan sólo atinó
a exclamar en quedito «¡Carajo, qué vida y qué muerte
estas!»

Las palabras del presidente de la CNDH rompían con
un silencio oficial acumulado tantos años: «luego de las
investigaciones realizadas, se hizo patente la actitud au-
toritaria a un problema político». Remarcó el funcionario, para luego hacer un recuento de las formas y los

antecedentes que habían dado lugar al actual informe presentado al Presidente de la República, a los legisladores y a la opinión pública, dentro del cual destacaba que desde el año 1988 se encontraban en la Dirección General de Derechos Humanos de la Secretaría de Gobernación las denuncias presentadas por diversos familiares de desaparecidos a lo largo de varios años; por lo que supuestamente se había iniciado una investigación oficial, cuya referencia inmediata fue el informe del Procurador General de la República en el año 1979, el cual sostenía erróneamente que varios de los presentados como desaparecidos habían fallecido en diversos enfrentamientos con la policía, versión contada con un sinfín de imprecisiones históricas, de hechos, de lugares y de nombres.

«Obligados por la presión internacional y porque estaba próxima la primera visita del Papa Juan Pablo II». Recordó Daniel que le había comentado en algún momento determinado doña Rosario de aquel supuesto documento sobre los desaparecidos.

El *ombudsman* continuaba con la enumeración de hechos y los antecedentes; decía que a partir de la fundación de la Comisión Nacional de Derechos Humanos en noviembre de 1990, se habían trasladado todas las denuncias presentadas y se constituyó un programa especial sobre presuntos desaparecidos, en el que se daba inicio a una investigación oficial sobre el caso, la cual, sin motivo aparente y sin que existiera aclaración oportuna, se congeló y entró en una fase de letargo en el año de 1992; pero que había sido retomada a principios del año 2000, y que luego de varios meses de llevar a cabo una minuciosa investigación —que consistió en acudir a los archivos de la extinta Dirección Federal de Seguridad, en el que se tuvieron que sumergir los investigadores de la CNDH dentro de las ochenta millones de tarjetas que componen dichos archivos, y revisar unas cuarenta mil fojas que tuvieran relación con los quinientos treinta y dos casos de desaparecidos denunciados, además de consultar otras tantas fuentes— había sido posible reunir al fin el informe especial sobre casos de desapariciones forzadas durante la década de los años setenta y principio de los ochenta, este se dejó entrever antes de que le fuera entregado al Presidente de la República en un pequeño carrito que contenía las aproximadamente ciento setenta y cinco mil cincuenta y cinco fojas que conformaban los quinientos treinta y dos expedientes denunciados y que se ubicaban ahora a un lado del estrado.

Mientras escuchaba la breve historia de las denuncias presentadas por los familiares de los desaparecidos políticos desde los años setenta, Daniel evocó paulatinamente cada una de las acciones emprendidas por su amiga Rosario en busca de su hijo, consciente de que los desaparecidos han sido quienes han empujado en el presente con su ausencia, con sus ganas por seguir vivos, con la voz de ella, figura sin la cual no le quedaba la menor duda, no habría sido posible la realización de aquel evento, al que desde el principio se había negado a asistir, segura de que nada nuevo les dirían y que simplemente aquel teatro era resultado de la denuncia interpuesta por su Comité Eureka ante la Procuraduría General de Justicia.

Las dudas expuestas por Rosario se le confirmaban a Daniel cuando el presidente de la CNDH declaró que la posibilidad por conocer la verdad nunca es mala, sino que, por el contrario, enriquece al estado de derecho, que aquello era un acto liberador de la historia, de la política, de la vida de la nación, pero que por lo mismo hacía un llamado para que se diera esa reconciliación tan anhelada con el pasado, ya que su papel al frente de la Comisión no era propiciar un ajuste de cuentas, sino más bien hacer justicia.

A pesar de que en el discurso expuesto se reconocía la existencia de la llamada Brigada Blanca, y que esta había recurrido con frecuencia a prácticas que se apartaban del marco jurídico, actuando fuera del Estado de Derecho, por medio de allanamientos de morada, cateos ilegales, detenciones arbitrarias, tortura, privaciones ilícitas de la libertad, así como las desapariciones forzadas que se les atribuían; y aún cuando era la primera ocasión en la que el propio Estado mexicano admitía que se había actuado fuera de la ley para combatir a los civiles que se habían enfrentado al sistema político mexicano, al llegar el momento de señalar a los posibles funcionarios públicos responsables de aquellos atropellos, el *ombudsman* justificó la entrega de dichos nombres en un sobre cerrado al Presidente de la República, para no acusar en falso a quienes no hubiesen cometido delito alguno y no violar así sus derechos humanos, bajo el argumento de que la CNDH no podía erigirse como Ministerio Público. Esto provocó la indignación de Daniel, quien tan sólo atinó a protestar mentalmente «Ah chingá, si al violador de los derechos humanos se le han de respetar esos mismos derechos, está cabrón que un torturador acepte sus actos». Seguro de que ninguno de los ahí nombrados sería inocente de los delitos antes descritos.

La parte final del informe era conocida por la mayoría de los asistentes, ya que este se había filtrado a la prensa por lo menos diez días antes de su presentación, recomendaciones divididas en cuatro puntos: 1. Evitar que se repitieran dichos actos en el presente; tortura, desapariciones forzosas, prepotencia, etcétera. 2. Girar la orden al procurador de Justicia de la Nación para que se asigne un fiscal especial que se haga cargo de la investigación y de la persecución de los responsables de los delitos cometidos. 3. Que se revise, a través de una comisión, la posibilidad de reparar el daño a los afectados, por medio de una indemnización, atención médica, becas de estudio, etcétera. 4. Que se promueva una legislación que rija la actuación del Centro de Investigación y Seguridad Nacional, organismo que vendría a sustituir a la desaparecida Dirección Federal de Seguridad, sobre la cual recaía la mayor parte de las acusaciones, para que no heredara y continuara con las viejas prácticas mencionadas.

Los aplausos para el presidente de la Comisión Nacional de Derechos Humanos fueron secos una vez que concluyó con su discurso, ¿había algo que festejar?, ¿quién podía estar feliz luego de aquellas palabras? Entre varios de los invitados se notaba cierto rasgo de satisfacción, ya que por lo menos ahora el propio Estado reconocía las atrocidades cometidas por el mismo Estado en contra de la población. Los rostros de los generales funcionarios eran los más adustos, ninguno de ellos permitió que sus manos se juntaran en un acto de festejo o reconocimiento a lo que acababan de escuchar, el maestro de ceremonias intervino para dar por concluido el aplauso que retumbaba entre los muros del Palacio Negro de Lecumberri. «Escuchemos ahora con atención el mensaje del Señor Presidente de la República». Sin opción para evadir los cumplidos, ahora sí tanto generales, como invitados, funcionarios y público en general, ofrecieron un aplauso más cálido, a pesar de que no estuvieran de acuerdo con la figura presidencial.

La voz ronca del presidente irrumpió en el centro de Lecumberri.

Daniel se imaginó que el operador del sonido había subido algunos decibeles al volumen para que se escuchara con mayor estruendo, para que por fuerza se pusiera atención a sus palabras, aun cuando no quisieras.

Inició su discurso alabando la transparencia, claridad y limpieza de su gobierno, hizo referencia a los compromisos creados por México frente a la ONU y diversas instancias internacionales en el ámbito de la defensa de los derechos humanos, mostró su aparente indignación ante las demandas de justicia presentadas en nuestro país desde 1960 hasta 1985, las cuales nunca habían tenido respuesta, solución, cauce, por lo que volvió a insistir en que él desde su toma de posesión se comprometió a abrir lo que había permanecido oculto, cerrado, soterrado.

Se refirió a los nuevos tiempos en los que la verdad no se escatima a nadie, que por esto, y para poder otorgar mayor legalidad al caso, no se optó por la creación de una simple comisión de la verdad integrada por ciudadanos, porque dicha figura no se contempla dentro de la Constitución, pero que ante dicho impedimento no se dejaría de revisar el pasado, de ahí el impulso y apoyo absoluto a la investigación de la Comisión Nacional de Derechos Humanos; por lo tanto, luego de las recomendaciones ofrecidas por esta a su investidura, se determinaba: 1. Que las Secretarías de Estado transfieran al Archivo General de la Nación toda la documentación relevante sobre aquellos años, para que la información guardada pudiera ser revisada, estudiada y consultada por cualquier persona que lo solicite. 2. Que se giraban instrucciones al Procurador de la República para que se designe a un fiscal especial que investigue todos y cada uno de los posibles actos delictivos expuestos, el cual contaría con el apoyo de un comité ciudadano que asesore, vigile y revise los trabajos del mismo. 3. Que se organice un comité interdisciplinario que evalúe una justa reparación a las víctimas y ofendidos por los hechos del pasado; acto seguido, el presidente solicitó al Secretario de Gobernación que diera lectura al texto que al día siguiente se publicaría en el Diario Oficial con los acuerdos anunciados.

Cuando el secretario tomó la palabra, una vez más Daniel no supo descifrar qué tipo de sentimientos le invadían las entrañas; el funcionario citó cualquier cantidad de artículos de la Constitución, disposiciones legales, argumentos jurídicos, para dar validez a las propuestas del ejecutivo. Para concluir, el Presidente de la República exhortó a erradicar la impunidad, enfatizó que no se trataba de perseguir espectros del pasado, los cuales para varios de los ahí presentes continuaban vagando por entre aquellos muros de Lecumberri, sino, más bien, se debería de arrojar luz sobre la oscuridad que tanto había cubierto al pasado; que no era tiempo ya de revanchismos, sino de hacer realidad la justicia esperada desde hace muchos años. Los aplausos tronaron una vez más, ahora sí con el festejo impreso de los burócratas ahí presentes para con su patrón, ¡cómo no hacer escándalo cuando el jefe concluye su intervención!

Un auxiliar acercó el pequeño carrito que contenía los dieciocho engargolados en los que se presentaba el informe de la Comisión Nacional de Derechos Humanos, los cuales fueron colocados en la mesa del estrado; los fotógrafos se apiñaron alrededor para no dejar pasar el momento, las sonrisas de satisfacción aparecieron en los rostros, también se le entregaba al Presidente de la República el sobre tan prometido con los setenta y cuatro nombres de los posibles culpables o responsables de los delitos relatados, este firmó de recibido y metió en una de las bolsas de su saco aquel pedazo de papel; nombres que a pesar de ser obvios, no dejaron de causar curiosidad entre los asistentes, ¿quién pudiera estar ahí citado?

«¿Alguien va a leer esas más de tres mil cuartillas prometidas?» se preguntó Daniel, mientras no dejaba de observar el rostro arisco de los generales funcionarios, quienes entre el revoloteo del público, aprovecharon la oportunidad para abandonar el inmueble a toda prisa, ¿qué podrían responder a los posibles cuestionamientos de los periodistas? La huida era la mejor arma, no comprometerse con sus respectivas instituciones, con los amigos del pasado, con la función desarrollada en el presente, incluso rompieron todos los cánones establecidos, no le estrecharon la mano al jefe del Ejecutivo, el cual se sentía como en una fiesta, y quizá no habría notado quién sí y quién no se despidió de él. Cuando los periodistas intentaron recoger sus impresiones, ya habían perdido la batalla, los generales estarían abordando sus respectivos automóviles..

Entre los murmullos, conversaciones, entrevistas y el escándalo clásico del final de todo evento político, el Presidente de la República subió la voz para expresar a quien le quisiera escuchar: «Qué, ¿tengo cara de asustado? No, ¿verdad?» Aquella pregunta, con su respectiva afirmación, quedó en el aire no sin explicación, si se refería a estar en el inmueble que alguna vez fue prisión, o porque aparentemente su gobierno había tenido la sensatez de reconocer los actos perversos cometidos por anteriores administraciones; acompañada de aquella declaración también dejó claro: «No se van a llevar a cabo juicios sumarios en contra de las instituciones». Lo cual sonó contradictorio para Daniel, ya que sin duda fueron las mismas instituciones del Estado mexicano las que delinquieron, como según lo había expresado el propio informe, representadas, dirigidas, planeadas, orquestadas por altos funcionarios de los pasados gobiernos.

El presidente de la Comisión Nacional de Derechos Humanos se sentía satisfecho con su investigación, sabía que por fin podía desahogar aquellas denuncias que tantos dolores de cabeza habrían causado a sus antecesores, quienes apostaron por el silencio y la inmovilidad; sentía que estaba haciendo historia. Su última declaración a los periodistas tuvo que ver con el reconocimiento de que durante el desahogo de las investigaciones se recibieron diversas amenazas anónimas hacía él mismo y sus colaboradores durante los diecinueve meses ininterrumpidos que duró la averiguación para poder armar el informe que se acababa de presentar.

Daniel decidió abandonar el inmueble, a pesar de que varios conocidos le hacían ademanes para que se acercara a intercambiar experiencias; pero en su ánimo la conversación no era una prioridad frente a los diversos sentimientos que había experimentado durante aquella mañana; sintió una necesidad por alcanzar la puerta de salida, entre la compresión de los cuerpos al fin llegó hasta el pasillo principal y descubrió a un costado de este una maqueta del edificio de Lecumberri, que se detuvo a observar con detenimiento, se trataba del edificio ya remodelado, no como lo había conocido él cuando era prisión; se sintió grande, fuerte de poder mirar desde las alturas las antiguas crujías, los pasillos, los patios interiores, la fachada perfectamente reproducida, la historia y su vida seguían ahí de pie.

Expediente TRES

Tan buena que era

Una vez que el trauma de la incredulidad se despejó, Everardo se percató de que la puerta de entrada a la galería seis se encontraba abierta; ingresó para cerciorarse de que, en efecto, el cuerpo de Eva yacía ahí inanimado.

Tuvo el impulso de tocarla, de sacudirla, de pedirle que se levantara, que no jugara o, en su defecto, que despertara de aquel sueño, de aquella pesadilla a la que lo estaba invitando y de la que él se negaba a participar; se acuclilló para nombrarla por su nombre, deseaba que todo fuera un error, no hubo respuesta, estuvo a punto de tocarla, pero la sensación de horror evitó que moviera aquel cuerpo, se sintió aterrado. ¿Cómo era posible que Eva permaneciera ahí muerta? ¿Por qué estaba vestida así? ¿Dónde se escondía su constante sonrisa? Everardo salió de ahí para dirigirse apresuradamente al teléfono ubicado a la entrada de la cúpula, lugar donde antiguamente se encontraba la torre panóptica, logró apretar con mano temblorosa los números para comunicarse con su jefe inmediato, el capitán Romero, tal vez él se encontraba sereno y sabría qué hacer en estos casos, ya que el final de la vida le parecía a Everardo una situación que trascendía a su entender, a su lógica.

A pesar de su edad y de todo lo que le había tocado vivir, no conseguía hacerse una idea de la muerte; si la había negado cuando esta se asomaba en el mismo inmueble convertido en prisión, ahora mucho menos lograba caer en la cuenta de cómo a su compañera de trabajo le podía suceder eso. Eva, tan guapa, como a él le parecía, tan alegre, ¿cómo era posible que le llegara la muerte tan de sorpresa y en esas condiciones?

—Mi capitán, le tengo una mala noticia, Eva está muerta... —apenas pudo concluir la frase, la garganta le traicionó, se le congestionó, no pudo decir más; el impulso de echarse a llorar con la versión de que su compañera de trabajo estuviera a pocos metros de distancia sin vida, le permitió darse cuenta de que era realidad, de que algo había sucedido al interior del Archivo que provocó la muerte a Eva.

—¿Qué? Everardo, Everardo, ¿estás ahí?, ¿qué quieres decir? —se indignó el capitán ante la noticia sin sentido que le estaba tratando de emitir el custodio.

—Está muerta en la galería seis, mi capitán —le llegó un impulso de valentía a Everardo para lograr concluir la frase, sabía que no podía desmoronarse, a final de cuentas él era un custodio y tenía que informar cabalmente todo a su superior.

—¡Voy para allá! No se mueva de donde está.

El capitán colgó el auricular en el momento mismo en el que giraba órdenes por el radio para que todos los custodios se concentraran en el área de la cúpula. No transcurrieron más de dos minutos cuando el resto de los vigilantes acudieron al lugar donde se encontraba Everardo, quien todavía permanecía con el teléfono en la mano, como si la orden del superior fuera que se mantuviera petrificado.

—Allá... —atinó a balbucear, señalando la galería seis.

—Nadie toque nada —fue la orden que se escuchó del capitán al arribar a la cúpula, para luego encabezar el paso de todos los vigilantes rumbo a la galería seis, y poder cerciorarse de las palabras de Everardo.

—¿Qué carajos es esto? —explotó el capitán cuando se aseguró que su insubordinado decía la verdad. —¿Qué chingados hacía Eva aquí? —soltó la pregunta para que cualquiera de los vigilantes respondiera, pero nadie contaba con la respuesta.

—Ismael, rápido, ve a checar la bóveda. Lleven al viejo Everardo a la oficina. Dejen todo como está, una vez más, nadie toque nada hasta que lleguen los agentes de la Procuraduría —ordenó el capitán ante la sorpresa de todos los custodios, quienes al igual que Everardo no daban crédito de que una de sus compañeras yaciera en el piso sin vida.

Ya en la oficina de los vigilantes, el capitán le exigió a Everardo que le contara todo lo que había hecho desde que desactivó las alarmas y el momento en el cual, como cada día, llegó a la cúpula, cómo fue que descubrió el cuerpo de Eva, si había o no tocado algo. A los pocos minutos regresó Ismael para informar que a simple vista la bóveda se encontraba sin novedad, cerrada y con las respectivas alarmas activadas. El capitán Romero se comunicó de inmediato con sus superiores y con el personal directivo del AGN; una vez más, les insistió a sus subordinados que no fueran a modificar nada de la escena del crimen. «Porque aquí hubo un asesinato». Aseguró Romero frente a sus compañeros.

A la media hora de que el capitán realizara las llamadas pertinentes, se presentaron en el antiguo Palacio de Lecumberri los primeros equipos de investigación; se dio la orden de que todos entraran por la puerta sur, para evitar levantar suspicacias por la puerta principal ubicada sobre la calle Eduardo Molina; el jefe de sector presidía la unidad que acudió al llamado junto con algunos agentes judiciales y un delegado del Ministerio Público.

Aquel personal se hizo cargo de inmediato de la situación, se desplazó a los cuidadores de cualquier intervención; la situación ameritaba que ninguno de ellos tuviera algún tipo de injerencia, incluso el capitán Romero fue relegado del mando. Pocos minutos después, la directora del Archivo y el subdirector aparecieron, todavía con las huellas de la cama; la alarma del teléfono les interrumpió el sueño y su presencia se hacía más que urgente.

Con el pánico incrustado en los ojos, Everardo narró una y otra vez la rutina de su vida y cómo aquel día el horror había llegado a su turno de inspección.

Los agentes revisaron el cuerpo de Eva y un análisis preliminar indicó que un golpe certero en el cuello terminó con su vida, por ello no existía rastro de sangre, simplemente algún profesional de la muerte había aplicado la fuerza necesaria en la nuca para que aquella muchacha de sonrisa constante dejara de existir; tampoco se localizaron muestras de mayor violencia en el resto de su organismo.

Los peritos comenzaron a husmear por todas partes, por todas las galerías, se revisó una y otra vez la bóveda, y cuando esta se logró abrir se comprobó que de los documentos valiosos, monedas, papeles y joyas guardadas en su interior no faltaba nada.

Un agente se percató de unas huellas de tierra apenas visibles a un lado del cuerpo de Eva, que lo guiaron hasta una celda de la galería seis, ubicada más o menos a mitad de esta; en la que no se resguardaba ningún tipo de documentación, sino que más bien servía como espacio de descanso para los trabajadores del Archivo; el policía tuvo que sortear algunos trastes tirados, una pequeña cafetera, algunas envolturas de galletas y demás basura, para descubrir el acceso de un túnel. «Por aquí entraron». Dio aviso el judicial, para convocar de inmediato la atención del resto de los policías, delegados, médicos, peritos, funcionarios del archivo, olvidándose todos del cuerpo de Eva.

—¿Qué papeles se guardan en esta galería? —quiso saber el jefe de sector.

—Estamos en la galería seis, la que conserva documentación referente a la época colonial y papeles de las diferentes administraciones del México independiente, o sea, de 1821 a 1910, que son fundamentalmente material contable de la época, cuadernos, libros de ingresos y egresos de hacienda, recibos de aduanas, pólizas, documentos de la Administración de Rentas, del Departamento del Petróleo y también algunos documentos del Registro Federal Electoral del siglo veinte —informó de inmediato el subdirector con un tono de erudición.

—Con cuidado, comiencen a revisar el túnel y vean hasta dónde llega, sin duda por aquí entraron —anunció el jefe de sector, ante una situación por demás obvia, quien no deseaba quedarse con aquel sentimiento de inferioridad, luego de haber escuchado las palabras del subdirector.

Auxiliados por unas lámparas de mano que de inmediato proporcionaron los custodios del AGN, se introdujeron al corredor subterráneo media docena de agentes judiciales, para supervisarlo tuvieron que descender aproximadamente cuatro metros hasta llegar al piso para recorrer el túnel y saber dónde iniciaba. Una vez concluido el tramo de aquel pasadizo, que cruzaba por debajo de la calle Héroes de Nacozari, los agentes llegaron hasta la casa número veinticuatro de la cerrada de San Antonio Tomatlán, según comprobaron cuando escalaron los mismos cuatro metros para acceder al interior de aquel inmueble y luego salir a dicha calle, la cual quedaba exactamente frente a la galería seis. La vivienda parecía de lo más normal, todos los muebles se encontraban en su lugar, al parecer no tenía mucho tiempo desocupada; se encontró herramienta que pudo haber servido para realizar algún tipo de excavación; la puerta de acceso a la calle estaba abierta, sin llave de por medio; de todos modos los agentes optaron por regresar a través del mismo pasillo subterráneo, para volver a revisar si no se les había escapado algún detalle que aportara a la investigación.

Al arribar los agentes nuevamente al Palacio Negro e informar sobre el descubrimiento, de inmediato el subdirector del Archivo dio una referencia histórica. «Puede que este sea el túnel que permitió al narcotraficante Alberto Sicilia escapar del entonces penal de Lecumberri en abril de 1976.»

—¿Acaso no se selló? —cuestionó el jefe de sector al subdirector, como si este tuviera la culpa de la existencia de ese pasadizo subterráneo.

—Por lo que vemos, no, incluso no teníamos conocimiento de que todavía existiera el túnel, salvo por las referencias periodísticas del caso; porque como comprenderá fue un tema muy sonado —se defendió el subdirector.

—Supongo que en su momento las autoridades habrán sellado la entrada al túnel tanto en la casa como en esta antigua celda, la cual, si no me equivoco, en aquella ocasión era la número veintinueve de la entonces crujía «L», pero por lo visto no se volvió a rellenar el conducto —contribuyó con su conocimiento del caso la directora de la institución, con el fin de evitar una posible confrontación entre el jefe de sector y el subdirector.

—Ni hablar, que de inmediato varios agentes se dirijan al inmueble donde comienza el túnel; revisen todo,

42

tiene que haber alguna pista, algo que nos permita esclarecer qué pasó aquí y quién fue capaz de rehabilitar este pasadizo —ordenó el policía a un subordinado—. Señora directora, sería bueno que con un reducido número de empleados de mucha confianza revisara usted todos y cada uno de los acervos, documentos y demás material que pudiera haber sido susceptible de robo. Además, sería recomendable que nadie entre hoy al Archivo, incluso tampoco el resto del personal; propongo que les dé el día libre para que nos dejen trabajar sin ningún contratiempo, y de momento sugiero que no se dé a conocer todavía a nadie lo que aquí ha sucedido; por lo tanto, de favor todos cierren la boca, nada de hablar con periodistas, familiares, conocidos, hasta que tengamos algún elemento que nos permita suponer qué es lo que ha ocurrido, ¿estamos? —sentenció el policía a todos los ahí reunidos.

Al equipo inicial de investigadores se sumaron paulatinamente más agentes, más peritos, el caso ameritaba un gran despliegue de personal tanto de la Procuraduría General de Justicia del Distrito Federal, como de la Procuraduría General de la República. No obstante, «¿qué tanto de responsabilidad tenía Eva en aquel delito?» Y, «¿cuánto podía comprometer al resto de los vigilantes?», eran las interrogantes que giraban en la mente de la mayoría de los custodios del Archivo.

Eva llevaba más de ocho años de estar asignada como vigilante del AGN, había recorrido la mayoría de las instancias de supervisión, en algunas ocasiones le tocó revisar la entrada y salida de los investigadores, estudiantes, periodistas; en otras, le fue asignada alguna de las galerías para vigilar el buen comportamiento de los visitantes y el manejo adecuado de los documentos solicitados para su investigación; su hoja de servicio había sido tan impecable, que en algún periodo tuvo a su cargo la inspección de la seguridad del edificio desde el cuarto de control remoto, con los diferentes monitores, donde revisaba tanto a visitantes como a empleados, por lo que conocía las claves de funcionamiento del sistema de alarmas del inmueble.

Además, ella fue la única que había logrado ascender de puesto y llevaba más de cuatro meses de haber abandonado el uniforme de policía de la ciudad de México, para atender el módulo de registro de visitantes. Aquella nueva encomienda mantenía de muy buen humor a Eva, ya que aun cuando le gustaba ser policía, se había cansado de la rutina de estar de pie revisando papeles, observando gente, siempre atenta de que los investigadores cumplieran con los lineamientos requeridos; precisamente por este nuevo encargo, Eva tenía un horario corrido de ocho de la mañana a cuatro de la tarde, ya no tenía que cumplir con la rotación de turnos como la mayoría de los celadores, aquella ventaja aumentó su pasión por el trabajo, porque podía planear con toda calma su vida por las tardes, mientras que como policía tenía que estar dispuesta para cubrir los diferentes turnos de vigilancia. Por ello, era mucho más extraña su presencia al interior del inmueble; esto provocó la certeza de todos sus antiguos compañeros de trabajo, incluidos la directora y el subdirector, de que Eva sin duda alguna era cómplice de quienes se habían introducido para robar algo y que luego, por alguna razón, optaron por deshacerse de ella, ya que además la ropa que vestía no correspondía a la que usualmente llevaba puesta para trabajar. ¿Eva, una traidora...?

Expediente CUATRO

Un gato en la historia

«¿Y ahora, qué sucede?» Preguntó absorto Jacinto a su compañero de galería de nombre Primitivo, quien también se encontraba sorprendido aquel día a las 8:15 de la mañana ante los movimientos extraños que se suscitaban en las afueras del Archivo General de la Nación.

La puerta no se había abierto como era costumbre a las 7:50, para dar paso a todos los investigadores, estudiantes y público que deseara consultar los acervos, mientras los trabajadores entraban veinte minutos antes, para que a las ocho en punto de la mañana cualquiera pudiera comenzar con sus investigaciones, consultas, reflexiones teóricas y académicas; pero aquel día, incluso varios de los trabajadores de las oficinas, empleados de las galerías, personal de apoyo, algunos directivos, gente de la compañía de limpieza; no habían podido tener acceso al inmueble, en medio de una extraordinaria confusión, ya que no se decía nada, simplemente, los enormes portones evitaban saber qué sucedía en el interior del antiguo penal.

«Dicen que la directora y el subdirector entraron por la puerta sur, pero que nadie más ha tenido acceso». Comentó un empleado del llamado centro de referencias, la oficina a la que asiste todo visitante cuando acude por primera ocasión a solicitar entrar al archivo;

el investigador tiene que presentar una carta en la que exponga los motivos de su indagación, dos fotografías, la credencial de elector, y es en esa oficina donde además de expedirle su identificación para tener el paso al inmueble y a las galerías para consultar los acervos, se le orienta de manera mínima sobre la composición de las colecciones, sus guías, los temas, la organización y las reglas de la institución.

«Debió haber pasado algo muy grueso como para que nos tengan aquí a todos, sin poder entrar...» Reflexionó Jacinto, dejando que su instinto periodístico aflorara de inmediato, no así la actitud de Primitivo, quien llevaba ya quince minutos sumergido en el ambiente de suspenso que existía entre quienes no habían visto nada igual a lo largo de la historia del Archivo General de la Nación, según contaban varios de los trabajadores; de lo que sí estaba seguro Primitivo, tal como le había dicho aquella mañana su amigo el Gato Culto, «siempre que sueño que soy feliz, alguien me despierta», y es que sus sueños aquella mañana fueron de lo más placenteros en compañía de una chica que laboraba precisamente en Lecumberri, hasta la hora en que tuvo que irse al archivo y se topó con la realidad de aquel suceso que le modificaba su fantasía.

—¿Quién fue el primero que llegó? —quiso saber Jacinto, para conocer el ambiente, la forma como se estaba negando el paso a los trabajadores que acudían a cumplir con sus labores.

—Yo fui una de las primeras en llegar y simplemente las puertas estaban cerradas, cosa que nunca antes había sucedido —respondió Carmelita, señora de edad avanzada, encargada del guarda bultos, con quien los «cuatro fantásticos» mantenían una excelente relación de tanto saludarse en las mañanas y por las tardes durante más de medio año. Respuesta que provocó la desaprobación de todos los compañeros de trabajo, como si hubiera revelado algún secreto profesional inviolable.

Por su parte Primitivo se distrajo cuando descubrió la figura de Claudia —la muchacha que trabajaba en la limpieza del inmueble y que le simpatizaba demasiado, con la que ya había mantenido alguna que otra conversación y quien le provocó aquella felicidad en sueños, ya que desde que la descubrió algún día en el comedor junto con el resto de sus compañeros de escoba, le despertó todas las pasiones imaginables—, y no perdió oportunidad de ir a conversar con ella, para ver si de una vez por todas se animaba a invitarla a salir.

—Esto no es nada normal, algo debió de haber pasado muy grave como para que no se haya abierto el Archivo —dejó su elucubración en el aire Jacinto para aminorar las suspicacias levantadas por la revelación de Carmelita y pretender encontrar una respuesta más certera sobre lo que estaba sucediendo.

—Alguien comentó que por la calle Héroes de Nacozari había algunos policías —reveló el encargado de la oficina de referencias ante la nueva actitud de Jacinto, quien de inmediato quiso dirigirse hacia aquella esquina, para esto, buscó con la mirada a su compinche, quien se encontraba muy meloso en su conversación con Claudia y, por ello, Jacinto prefirió mejor no molestarle.

El rumor era verdadero, desde la esquina de Eduardo Molina y Héroes de Nacozari se podía observar un par de patrullas estacionadas y a varios policías merodeando por todas partes, sobre todo desde la tercera cerrada de San Antonio Tomatlán, hacia un costado del Archivo General de la Nación; por ello, Jacinto se decidió a ir por Primitivo, aun cuando supiera de las actividades de cortejo en las que este se encontraba.

—Hola, qué tal... —interrumpió Jacinto el diálogo entre Primitivo y Claudia, situación que este censuró con un movimiento de ojos.

—¿Me permites un segundo? —le solicitó el periodista a la muchacha, al momento que jalaba de un brazo a su amigo.

—No mames, güey, ¿qué no ves que ya me estaba envalentonando para pedirle que saliéramos a comer? —reclamó Primitivo lo inoportuno de su compañero.

—Ven a ver, cabrón, desde la esquina se observa cierto movimiento de policías hacia el Archivo, algo grueso debió haber pasado —quiso convencerlo de su causa.

—¿Y a mí qué chingados me importa?

—Pues que te necesito para que me ayudes a sacar algo de información de los uniformados.

—Tú con tu pinche espíritu de reportero, ¿qué carajos quieres que haga?

—Mira cuántos policías van y vienen de la acera del Archivo hasta aquella privada, ¿ves? —señaló Jacinto, cuando los amigos llegaron hasta la esquina de Eduardo Molina y Héroes de Nacozari—. Vente, vamos a ver qué les podemos sacar y en una de esas mientras tú sigues cotorreando con los azules me logro colar por aquella reja, para saber qué chingados está pasando allá adentro —insistió el periodista sin darle tiempo al historiador de poderse negar.

—¿Mucha chamba, oficial? —abordó despreocupado Jacinto al policía que resguardaba la entrada por un costado del antiguo Palacio de Lecumberri.

—Algo, joven.

—¿Por qué tanto movimiento? —entró al quite Primitivo sabedor de que la cita con Claudia tendría que esperar.

—Simple rutina —pretendió aparentar desinterés el

policía, consciente de que no se debería conocer lo que en realidad investigaban sus compañeros por la calle y en la casa número veinticuatro de la tercera cerrada de San Antonio Tomatlán.

—No me diga que hay algún problema con el tesoro de la nación —continuó Primitivo, distrayendo al guardia mientras que su compañero sigilosamente se escabullía al interior de Lecumberri.

—¿A qué se refiere?

El relato poco comprensible para el policía sobre los tesoros de la nación permitió a Primitivo depositar su portafolio en el piso y dar inicio a toda una perorata histórica de cuando el presidente Juárez denominó de esa manera a los archivos del Estado, para despejarle al gendarme la idea de que ahí dentro sólo había simples papeles sin valor que cuidar; y así facilitarle la entrada al inmueble al periodista.

Lo primero que hizo Jacinto fue colocarse fuera de la vista del guardia, que ya para entonces tenía el cerebro chupado por las palabras de su amigo el historiador; normalizó el paso rumbo a las oficinas, por si de pronto era descubierto por algún otro policía que anduviera por esa zona, mientras se decía a sí mismo que tuviera la seguridad que requería el caso, como si contara con el permiso de estar allí dentro. Una vez que logró recorrer el largo tramo de la galería seis por fuera y llegar hasta uno de los accesos que daban directamente al centro de Lecumberri, donde se ubica la cúpula, tomó sus precauciones, ya que si decidía entrar ahí, sería visto desde cualquier ángulo y corría el riesgo de ser descubierto y de que se supiera que no tenía autorización para estar husmeando. Así que optó por dirigirse hasta el torreón norte para poder contar con mejor visibilidad hacia dentro del edificio.

Luego de que alcanzó el patio interno de la antigua crujía «M», se dispuso a intentar ver algo que le permitiera resolver tanto misterio dentro del Archivo General de la Nación. Al fin los ojos de Jacinto descubrieron una camilla cargada por dos policías que se dirigían hacia la salida de la galería seis, precisamente por donde había logrado entrar, por lo que de no haber optado por escabullirse hasta aquel patio interno, lo hubieran descubierto irremediablemente; sobre aquella camilla se encontraba un cuerpo tapado por una sábana blanca.

«¿Un muerto más en Lecumberri?» Se preguntó Jacinto, conocedor de las tantas historias que se contaban entre los antiguos presos sobre aquel inmueble que había sido cárcel. «¿Quién podría ser?», «¿qué había motivado la muerte de aquella persona?» El desfile y amontonamiento de más policías, personal del Ministerio Público y la difusa figura descubierta de la directora y del subdirector de la institución, evitó que Jacinto siguiera observando hacia el interior; por lo que se dispuso a huir de aquel lugar, antes de ser descubierto; aprovechó el movimiento, la confusión y los nervios de los funcionarios ahí presentes para revolverse entre ellos y poder alcanzar la salida, aun cuando todos se dirigieran a la parte sur del Palacio Negro para depositar aquel cuerpo en una ambulancia estacionada por detrás del Archivo, para que nadie la descubriera; así que una vez más hizo el recorrido de la galería seis por fuera con toda seguridad, como si contara con la autorización de andar por ahí.

Cuando logró llegar hasta la reja que le había servido de entrada, el vigilante continuaba mareado por las explicaciones teóricas de su compañero, sin embargo, un policía le vio desde la acera de enfrente, pero como se percató que el guardián conversaba muy atento con su compañero, tal vez creyó que se trataba de los clásicos licenciados del Ministerio Público que hacían su trabajo de levantar actas, así que no se acercó a ellos.

—Bueno, ya basta de tus explicaciones aburridas aquí con el comandante, mira como lo tienes todo fastidiado —interrumpió una vez más Jacinto a Primitivo, como señal de que había logrado su cometido sin sospecha alguna.

—No joven, al contrario, es muy aleccionador lo que dice su amigo... —intentó fingir cierto interés el policía, aunque más bien le estaba agradeciendo a Jacinto su interrupción, porque debido a tanta amabilidad de Primitivo, no se había atrevido a callarlo y pedirle que lo dejara de estar distrayendo en pleno momento de una comisión tan importante, incluso, cuando ni él mismo supiera lo que estaba sucediendo al interior de Lecumberri.

—Bueno pues, en otra ocasión le seguiré contando sobre el presidente Juárez y su huída de los franceses, ahora que si desea puede leer el libro de mi amigo Paco donde se cuenta muy padre todo este episodio —insistió Primitivo para darle más valor a su discurso y para poner más nervioso a Jacinto, a quien se le notaba la urgencia por huir de ahí.

—En otro momento, por ahora vámonos que de seguro el poli tiene mucho trabajo —jaló desesperado el periodista a su amigo, con rumbo a la parte sur del edificio.

—Está bien, hasta luego... —apenas y le dio tiempo de decir al historiador, mientras que sus pies se tropezaban por el jalón de Jacinto.

—¿Qué traes, güey?

—Córrele, vamos a ver si la alcanzamos —Jacinto le propuso con paso apresurado.

—Estás como mariguano, carnal.

—¡Mira!, ahí va, cabrón —Jacinto exaltado señaló,

cuando llegaron a la esquina sur del inmueble, la ambulancia silenciosa que tomaba en sentido contrario la calle Iztacíhuatl para doblar sobre la avenida Albañiles y librar así la entrada principal del edificio que alberga el Archivo General de la Nación.

—¿Y? —cuestionó desinteresado el historiador.

—¿Qué no entiendes, pendejito? Acaban de levantar un cadáver dentro de Lecumberri, por eso no han permitido el acceso a nadie al edificio.

—Ah chingá, ¿y eso por qué?, ¿quién fue el muertito?

—Eso quisiera saber. Cuando logré llegar hasta el patio de lo que era la crujía «M», unos policías ya lo transportaban en una camilla con una sábana que cubría el cuerpo.

—¿No te habrás equivocado, pinche Jacinto?, ¿en lugar de un muerto no estarían trasladando unos archivos? Ya ves, cabrón, como te las gastas de repente.

—Carajo, Primitivo, esto es serio, no mames, cómo crees que me voy a confundir, incluso logré salir mezclándome entre un madral de licenciadillos de algún Ministerio Público, que se dirigían hacia la salida sur.

—En la madre, carnal, pues esto sí que está de la chingada, ¿quién habrá podido ser y por qué?

—Ni puta idea. Vamos a la entrada a ver qué nos dicen.

—Sí, cabrón, pero no vamos a regresar por la calle Héroes de Nacozari, qué tal si nos reconocen los policías y ahora sí que nos rompen la madre por andar de metiches, vente por este lado, aunque demos más vuelta.

Al momento en el que llegaron el periodista y el historiador a la puerta de Lecumberri, Juan Manuel, el subdirector del archivo, terminaba de dar el aviso a los trabajadores e investigadores que pretendían entrar al inmueble, que por ese día el Archivo permanecería cerrado para poder componer una falla eléctrica que se había presentado en el interior de las instalaciones, y que les llevaría a los técnicos de la Comisión Federal de Electricidad toda la mañana arreglarlo . Por lo tanto, los empleados sorprendidos por la orden, decidían, no sin cierta sensación de júbilo, regresar a sus hogares ante aquella liberación de la jornada laboral; en cambio, hubo enojo de los estudiosos, investigadores y académicos, que perderían un día de sus escudriñamientos en el pasado histórico de México.

—¿Ya ves? Te dije que era cualquier cosa.

—Esto sí que es para celebrar, por primera ocasión nos dan un día de asueto.

—Pues de haber sabido hubiera aprovechado mejor el día.

Eran algunos de los comentarios que alcanzaron a escuchar de parte de los trabajadores de la institución, debido al anuncio del subdirector, antes de que una vez más este desapareciera detrás del enorme portón de entrada.

—¡Vamos a hablarle al resto de los «cuatro fantásticos»! —no tardó en proponer Jacinto.

—Espérame tantito —solicitó Primitivo, quien deseaba amarrar algún tipo de convenio con la joven Claudia.

Los «cuatro fantásticos» eran Jacinto, el periodista desempleado; Primitivo, el historiador vencido; Gustavo, el tesista; y Enrique, el familiar de un desaparecido; habían logrado crear una fructífera amistad desde hacía ya más de medio año de estar conviviendo en las mismas galerías; cada cual investigaba para sus respectivos proyectos, intereses, gustos, en los archivos de la extinta Dirección Federal de Seguridad recientemente abiertos al público. Es por esto que su historia, aun cuando no habían tenido ninguna relación anterior, gozaba para ese entonces de tal frescura y confianza, que incluso ya se frecuentaban por lo menos una vez a la semana para compartir alguna partida de dominó, para jugar al póquer o simplemente para ir a tomar un café, una copa o asistir a cualquier otro evento fuera del trabajo cotidiano.

Para el periodista desempleado aquella actividad de ir a palpar los documentos históricos de la galería dos se había convertido en una obsesión, una droga, sabía que entre esos papeles podría localizar algo para un reportaje, una nota, una referencia periodística que enlazara pasado y presente, para poder venderla a algún medio impreso, como ya lo había logrado hacer con la revista *Proceso*, con el periódico *El Universal* o, en el peor de los casos, con el periódico *Crónica*, espacios en donde le habían publicado algunas notas y reportajes sobre el movimiento estudiantil del 68, el movimiento ferrocarrilero, la detención de Víctor Rico Galán y varias cosas más, que le permitían sobrevivir ahora que no contaba con un ingreso seguro ni una fuente permanente de información, salvo aquello que localizaba dentro de las cajas de la galería número dos con el archivo denominado de la ya inexistente Dirección de Investigaciones Políticas y Sociales (también conocido como Fondo Gobernación); al que una manada de periodistas había ido a manosear de vez en vez tan sólo para localizar una nota escandalosa, amarillista, alguna que otra buena pieza documental, pero que pronto agotaban, ya fuera por falta de interés del propio medio, del periodista o la apatía de estos de estar de cabeza en cajas sin orden, cuyas joyas tardaban en aparecer.

El historiador malogrado era un personaje cuya existencia se había agotado cuando no consiguió escribir la obra reveladora de la historia nacional. La mayoría de sus compañeros de licenciatura, maestría y doctorado, contaba con varias publicaciones?; algunos de ellos, como Héctor, se habían revelado como novelistas; Krauze era dueño de una revista y sus series históricas en la televisión causaban gran expectación. A Primitivo la licenciatura y la maestría no le habían causado mayor problema, incluso dentro del salón de clase era el más avispado, el que más prometía de todos ellos; sus problemas comenzaron cuando cursó el doctorado en la Universidad norteamericana de Chicago, con el doctor Friedrich Katz, quien le causó tal influencia, impacto y emoción, cuando llevó a cabo estudios a su lado, que Primitivo se paralizó.

La enorme investigación que había realizado sobre la invasión norteamericana en México en 1847, para escribir su tesis y obtener el grado, terminó en la papelera de la Universidad, y todavía se cree perseguido por las instituciones que lo becaron para cobrarle lo que invirtieron en él, ya que a la fecha no hay resultados. Por lo tanto, mientras que sus compañeros de salón progresaron, avanzaron, publicaron, se hicieron famosos, elogiados, sus obras circulan, cuentan con adeptos, fans, firman dedicatorias en las ferias de libros, la promesa intelectual se quedó rezagada. Su adicción al AGN tuvo que ver con su trabajo como asesor de la comisión legislativa, que se organizó en 1998 para indagar los hechos del 2 de octubre de 1968, la cual le contrató para revisar, clasificar, catalogar y hurgar dentro de aquel archivo de gobernación que se abrió en el viejo Palacio de Lecumberri.

Fue tal la labor y el descubrimiento de todo aquel material, que se dedicó desde ese año de 1998 a recolectar papeles, sacar fotocopias de legajos completos, sin que existiera poder humano que lo moviera desde entonces de la galería dos del AGN, por lo que el Instituto Nacional de Antropología e Historia le comisionó para que creara una guía de consulta de aquel acervo. No obstante, en la mente de Primitivo continuó la posibilidad de hacerse de un expediente que le permitiera ahora sí reescribir la historia de México durante el siglo XX.

Concluir la tesis para alcanzar el grado de maestría era uno de los más grandes retos de Gustavo, quien había cambiado de tema en más de una docena de ocasiones: la situación de los peones encasillados en las haciendas del estado de Tlaxcala; la influencia del Maximato en el proceso de consolidación del sistema político priista; el movimiento ferrocarrilero, causa y razón de la inmovilidad sindical en México; eran algunos de los diversos temas de estudio que el pasante de la maestría en Historia del Colegio de México había investigado, para concluir que ya todo estaba escrito, que la historia poco tenía para reinventarse, hasta que conoció por casualidad a un ex guerrillero de la Liga Comunista 23 de Septiembre, quien le persuadió de que el pasado reciente de los movimientos armados en México no se había escrito aún.

Aquel viejo militante de la izquierda radical, ahora convertido en taxista, terminó convenciendo a Gustavo para que se deshiciera de todas las empresas intelectuales y comenzara de cero con el firme propósito de concluir al fin su tesis y alcanzar el grado de maestro en Historia de México. El pasante había logrado reunir una gran cantidad de testimonios de antiguos compañeros de armas del taxista contagiador de temas de tesis; el tiempo invertido en la Hemeroteca Nacional acumulaba los diez meses de trabajo sin interrupción y se creía ya listo para ponerse a redactar los capítulos de su trabajo final; sin embargo, un martes 18 de junio del año 2002 se enteró por la prensa que se acababan de abrir al público y a los investigadores los archivos de la añeja Dirección Federal de Seguridad, organismo que el gobierno mexicano utilizó como punta de lanza en su lucha secreta en contra de los grupos armados en las décadas de los años sesenta, setenta y ochenta; por tal motivo, tuvo que aplazar por un tiempo indeterminado la redacción final de su tesis, hasta que pudiera revisar las fichas, los expedientes, la relación policíaca de los hechos que se le presentaba a la mano.

Ajeno a las diversas organizaciones que luchan por la presentación de los desaparecidos políticos en México desde la década de los años setenta, Enrique se animó a hurgar sobre el pasado de su padre cuando se enteró que la Comisión Nacional de Derechos Humanos le hacía unas recomendaciones al poder Ejecutivo sobre el tema, que consistían en la creación de una fiscalía especial que investigara sobre aquellos acontecimientos, además de proponer la apertura de los archivos de la DFS al público; motivo por el cual, antes de pretender llevar el caso de su progenitor desaparecido a dicha fiscalía, decidió investigar por cuenta propia en el AGN para intentar recabar algo de su pasado, luego de haber tramitado un año de permiso sin goce de sueldo en la empresa para la cual trabajaba. Enrique fue de los primeros en llegar a la antigua cárcel de Lecumberri a solicitar poder revisar los famosos documentos ultrasecretos, una vez que estos se abrieran al público; no sin antes haber llevado a cabo todo un trabajo de exorcismo de viejos fantasmas familiares, por lo que incluso para llegar al Palacio Negro optó por dejar el automóvil en su casa e ir en metro, y así realizar el mismo trayecto que llevaba a cabo cuando tenía nueve años y acompañaba a su madre a visitar a su padre detenido detrás de los muros de la prisión.

Así fue como el miércoles 19 de junio del año 2002, a las ocho de la mañana, se bajó en la parada San Láza-ro, caminó las tres cuadras que separan la estación del metro hasta Lecumberri, mientras su memoria iba realizando todo un trapecio con sus emociones al evocar la impresión que sentía años atrás al ver a su padre detenido, quien había apostado mejor a la revolución que a la atención de su familia.

Hizo cuentas sobre los años transcurridos desde esos días a la fecha, se fumó un cigarrillo, trató de recordar cómo estaba en aquellos años la calle, las casas, el ambiente que respiraba. Cuando tuvo enfrente una vez más la fachada del Palacio Negro, no dio crédito al paso del tiempo, creyó que sería el primerísimo en registrarse para consultar los documentos, pero se sorprendió cuando se percató que era el número treinta y siete en solicitar el análisis de dicha documentación.

Cayó en la cuenta de que las coincidencias le hacían una mala jugada, ya que él contaba en ese instante con la edad de treinta y siete años, la misma que tendría su padre en el momento de encontrarse detrás de aquellos muros; y ahora tenía la ficha del mismo número para poder entrar en contacto con aquellos papeles en los que tal vez pudiera esclarecer algo sobre el paradero del padre desaparecido; quien al mes de haber salido de la prisión se esfumó y nunca más se volvió a saber de él, salvo que le habían vuelto a recluir en el campo militar número uno, como a tantos otros ex guerrilleros, ya que sobre su cabeza pendía la sentencia de no dejarlo vivo por las diversas acciones belicosas en las que había participado.

A pesar del escándalo que la familia logró organizar por su desaparición, la respuesta siempre fue la indiferencia, el abandono, la prepotencia de parte de la autoridad. Ahora Enrique contaba con la oportunidad de volver a reunirse con su padre, en el mismo sitio en el que se había encontrado con él veintiocho años atrás, claro está que hoy convertido en papel; por esto, no se salía de su mente aquella paradoja: todo lo que había luchado la familia por lograr el excarcelamiento de su padre, para que años después lo regresaran al mismo fatídico lugar.

Los encuentros se dan sin que nadie los dicte, simplemente de la noche a la mañana Jacinto, Primitivo, Gustavo y Enrique se vieron envueltos en el mismo tema, con intereses diferentes, pero la cotidianidad de verse en las galerías uno y dos del AGN —unos solicitando las tarjetas y los expedientes del registro de la Dirección Federal de Seguridad y otros revisando las cajas y los documentos del archivo Gobernación— fue lo que les permitió comenzar una relación diaria, que poco a poco se consolidó en una amistad que permitía que cada cual compartiera su hallazgo, su encuentro, sus dudas, sus pesquisas en el trabajo frecuente, hasta llegar a autodenominarse «los cuatro fantásticos», para evitar con ello que a alguno se le ocurriera incorporar a la esposa o a la novia; era su tiempo de trabajo y de diversión, de copa, de distracción. «¿Por qué no crear nuestro propio club de Tobi?» Llegó a plantear Primitivo, quien llevaría desventaja si las parejas aparecían de pronto, ya que él tenía más de dos años sin compañía femenina.

Ansioso, Jacinto vio cómo se consumían los minutos mientras que su compañero historiador pretendía ligar a una muchacha veinticinco años menor que él, deseaba que los principales acontecimientos no se le escaparan de las manos; sin embargo, había determinado, ahora sí, abstenerse de interrumpir a su amigo en la representación del *Tenorio*, pues ya demasiado le había ayudado al facilitarle la entrada a Lecumberri para descubrir lo que ocurría allí dentro, como para que no le permitiera hacer su luchita con Claudia.

—Vaya, cabrón, te tardaste un siglo —recriminó de inmediato Jacinto al historiador, cuya expresión abstraída daba a entender que el cortejo iba por buen camino.

—Márcales a esos dos huevones a su celular para ver si van a venir o no, porque ya sabes que yo no tengo crédito, y si no para que nos veamos en algún lugar, porque tenemos que valorar lo que ha ocurrido en el Archivo —dictaminó Jacinto, aprovechándose del momento de éxtasis en el que se encontraba Primitivo, quien no protestó por la imposición y marcó al celular de cada uno de los compañeros ausentes.

—Ni madres, ambos tienen sus celulares apagados.

—Carajo, no se puede uno confiar de estos güeyes. ¿Dónde estarán? ¿Qué hacemos?

Al instinto periodístico de Jacinto le urgía hacer algo, investigar más para poder escribir una nota, sabía que contaba con una exclusiva, además de haber presenciado el hecho, aun cuando las autoridades salieran con alguna negativa; por esto presionaba a Primitivo para que le ayudara a resolver la incógnita e imaginar cómo actuar.

—Ya no me estés chingando. Toma mi celular, háblale al director de *Proceso*, o al de *Reforma*, o al que se te hinchen los huevos y vete a escribir lo que has visto, publícalo y arma un escándalo. Yo quedé con Claudia de ir a desayunar, aprovecharé que hoy no trabaja. Mañana nos reunimos a ver qué onda —concluyó Primitivo sin dar oportunidad de protestar al periodista.

Expediente CINCO

Viejos fantasmas

La noticia derritió los nervios de hierro del viejo policía político, ¿cómo se les ocurría remover el pasado?, ¿a dónde deseaba llegar el gobierno?, ¿por qué no se respetaban los antiguos pactos? El periódico fue a parar al otro extremo de su oficina, como deseando torturarle para que aquella información desapareciera de sus ojos.

Sentía gran molestia porque no se le había anunciado con anterioridad lo que el presidente de la Comisión Nacional de Derechos Humanos presentaría al Gobierno Federal y a la opinión pública, ¿dónde habían quedado sus contactos dentro de la CNDH?, ¿por qué nadie le había puesto sobre aviso? La costumbre de saber todo lo que estuviera por ocurrir en México le había permitido por más de cuarenta años estar preparado ante todo, prever una respuesta, una reacción, saber cómo actuar; las sorpresas nunca le habían gustado, mucho menos cuando se trataba de su persona, de su nombre; siempre presumía de ser uno de los hombres mejor informados del país, incluso más que el propio Presidente de la República.

Violentamente agarró el teléfono, parecía querer aporrearlo, sacarle toda la verdad a ese pequeño aparato que descansaba en su escritorio plácidamente; más que marcar un número telefónico, aplastó los dígitos con sus dedos.

—¿De qué chingados se trata esto? —explotó frente a la bocina.

—¡Les he dicho siempre que no me vengan con mamadas! Estas son chingaderas... —volvió a arremeter en contra de su interlocutor sin esperar respuesta alguna, estaba incontenible, colérico.

—Me voy a comunicar con don Luis, pero te advierto una cosa, si estos pendejos no respetan los acuerdos, se los va a llevar la chingada... —azotó el teléfono dando por concluida una conversación que nunca inició, ya que tan sólo deseaba dejar clara su postura, su molestia, su rabia.

Por el interfono solicitó la presencia de su secretaria para que le llevara un café; cuando esta estuvo frente a él a escasos segundos, le exigió que le volviera a alcanzar el periódico abandonado al otro lado de la oficina, él no tenía por qué rebajarse a ir hasta el otro extremo del cuarto para volver a hojear aquellas páginas con información que le incomodaba.

Don Miguel estaba para mandar, para dar órdenes, para que su palabra fuera ley, y eso lo sabía muy bien Estelita, que lo había acompañado por más de cuarenta años en sus diversos cargos; le conocía a la perfección y pocas ocasiones le había visto tan enojado, tan fuera de sus casillas.

Respiró hondamente, intentó calmarse, dio un trago a su café y con la mirada despachó a la secretaria; controló el temblor iracundo de sus manos y volvió a repasar la nota referente a la entrega del informe que el presidente de la Comisión Nacional de Derechos Humanos le diera un día antes al Presidente de la República; concluyó la lectura de aquel testimonio de una mujer torturada que citó el *ombudsman* para reforzar más su reporte, se sintió traicionado, ¿cómo era posible que un organismo gubernamental diera voz a esa delincuente? Una cosa era que se la pasaran gritando que en México había existido la tortura y demás idioteces en la prensa, en conferencias, en libros, y otra muy diferente que el propio gobierno le diera cabida, lo respaldara; se sintió traicionado, como si alguien le quitara la cobija, la charola de la impunidad; aquellas prácticas que había utilizado tiempo atrás eran parte de una estrategia de Estado, el propio gobierno les había autorizado hacer todo lo que estuviera a su alcance para conseguir datos, nombres, casas, hechos, él y sus muchachos tenían la responsabilidad de resolver los crímenes, aprehender a los delincuentes.

¿Acaso los supuestos guerrilleros eran unas blancas palomitas?, ¿dónde habían quedado todas aquellas felicitaciones por haber logrado conseguir una declaración?, ¿qué acaso el perfeccionamiento de las tácticas de interrogatorio no habían sido satisfactorias? Se volvió a perturbar cuando descubrió el nombre de don Fernando: su amigo, su padrino, su maestro, su guía, si a alguien se le debía el bienestar de este país era a don Fernando, el hombre, el policía, el fiel del sistema, el capitán, el único sobreviviente inmaculado de las diversas intrigas del sistema.

El recuerdo de su guía le permitió recobrar la calma, cayó en la cuenta de que había perdido la decencia tantas veces defendida, ya que el torturador nunca debía extraviar la compostura, aun cuando su trabajo fuera tan arduo, tan escabroso; sintió vergüenza de sí mismo, sabía de antemano que eso no era bueno, el principio básico de su profesión recaía precisamente en nunca derramar la cabeza en corajes innecesarios.

Pero haberse enterado por la prensa era algo que no soportaba; ¿entonces para qué estaban los amigos?, ¿los recomendados?, ¿de qué servía que hubiera ayudado a tanta gente a entrar a trabajar en tantas instancias del gobierno?, ¿dónde quedaba la fidelidad? Se sentía un poco traicionado, abandonado, apestado, y eso era más bien lo que le incomodaba.

Volvió a tomar el teléfono ahora con más calma, ya sin torturar al aparato, más bien consintiéndole para que en pocos instantes hiciera aparecer del otro lado la voz con quien deseaba intercambiar algunas impresiones.

—¿Me puede comunicar con don Luis...? De parte de Miguel... claro, aquí espero.

El ex presidente acostumbraba recibir las llamadas de Miguel, ya que este solía hacerlo varias veces al mes, a pesar de que Echeverría había abandonado los Pinos, y ahora uno y otro eran personas comunes y corrientes, pues ya el poder no les beneficiaba a ninguno de los dos, pero todavía existían algunos negocios que bien les arrojaban buenas ganancias a ambos antiguos servidores públicos; además de que en algún momento determinado Miguel consideró al viejo presidente como su verdadero amigo, su cómplice, a quien acudía para encontrar un consejo, algún comentario de aliento. Mientras esperaba que la voz de Luis apareciera por el auricular, observó en su inmensidad la página del periódico, la foto del Presidente de la República en el momento en que recibía de manos del *ombudsman* muchos engargolados y un sobre manila con los supuestos nombres de los responsables de aquellos atroces hechos que ahora se denunciaban como delitos, pero que, según Miguel, gracias a ellos se había logrado salvar a la patria de caer en manos del comunismo internacional.

Repasó los recuadros, los pie de foto, las cifras, las caras de los declarantes, la mayoría de ellos luchadores de derechos humanos, a quienes tuvo el deseo de hacer desaparecer en ese preciso instante; la voz al otro lado del teléfono le sacó de sus pensamientos.

—¿Cómo te va, Miguel?

—Don Luis, qué gusto escucharle, hace tanto tiempo que no nos comunicábamos, ¿cómo ha estado de salud?

—Bien, bien, ahí la llevo, a mi edad todo marcha más o menos.

—No diga eso, don Luis, usted está fuerte como un roble...

—Gracias, Miguel, pero dime, en qué te puedo servir.

—Supongo que ya se enteró de todo lo que se publica hoy en la prensa sobre nosotros, la serie de calumnias que pronunció el día de ayer el presidente de la Comisión de los Derechos Humanos.

—Sí, ya estoy enterado.

—Imagino, incluso, que usted fue informado días antes de que se llevara a cabo el mentado acto, que más bien se asemejó a un festín de bobos.

—Jajajajajajajaja... No, Miguel, no sabía nada, salvo lo que había estado saliendo desde hace como quince días en los periódicos, las diversas entrevistas que el *ombudsman* ofreció antes del día de ayer.

—Y ¿qué opina al respecto, don Luis?

—Que está bien, que hablen, que prometan, que digan, que den misa si quieren, ya ves que además a este presidente se le da mucho acudir a la iglesia.

—¿Nada más, don Luis?

—Claro. Miguel, ¿qué más podemos hacer? Durante todo el día he estado recibiendo varias llamadas de diferentes personas, antiguos colaboradores, actuales diputados, algunos funcionarios públicos, para mostrar su solidaridad conmigo, no te preocupes, nada de esto se va a salir de nuestras manos.

—Ay, Don Luis, pues ojalá usted tenga razón, sé de antemano que está en chino que estos jijos de su madre puedan hacer algo en contra nuestra; sin embargo, no me gustó nada que difamaran a los difuntos, de mí que digan lo que quieran, al fin y al cabo que aquí estoy para defenderme, pero ¿de don Fernando?, ¿de Javier? y por supuesto de usted don Luis, que tanto bien le ha hecho a este país.

—No te preocupes, a la fecha no tengo conocimiento de qué tipo de pactos pudieron haber hecho los pendejos de Carlos y Ernesto con los panistas, pero lo que nunca debes olvidar es que allá adentro todavía contamos con muy buenos amigos.

—Pues sí, pero ninguno de ellos fue capaz de hablarme por teléfono para ponerme sobre aviso, decirme de qué lado venía el golpe, la difamación, usted sabe lo feo que se siente que le agarren a uno como al tigre de Santa Julia.

—Tal vez consideraron que no era tan importante como para decírtelo, no los juzgues tan feo, siguen siendo nuestros amigos.

—Híjole, don Luis, en tantos años de vida uno ha visto tantas cosas, que de pronto ya ni sabe en quién confiar.

—Te estás preocupando demasiado, Miguel, además en última instancia, a ver dime, ¿de qué te podrían acusar?, ¿qué te pueden comprobar?, ¿qué podrían tener legalmente como para iniciar algún tipo de denuncia en tu contra?

—No sé, don Luis, es que con eso de la creación de la famosa Fiscalía Especial, en una de esas se desatan los demonios, y pues la verdad yo no me voy a dejar tragar así como así.

Aquella frase le pudo haber sonado como una amenaza encubierta al antiguo Presidente de la República, por lo que de inmediato colocó una barrera en sus palabras.

—No, Miguel, la cosa no creo que vaya por ese lado, tú ten confianza en mí, como siempre la has tenido, o haber dime, ¿cuándo te he fallado? A final de cuentas se puede comprobar que tú siempre has sido un fiel defensor de la patria, un soldado del Estado mexicano, un vigía del estado de derecho.

—Pues sí, don Luis, pero ahora parece ser que los malos somos nosotros y que los buenos son los delincuentes de otros tiempos —volvió a expresar su inseguridad el antiguo policía.

—¿Has leído por completo el periódico?, ¿ya viste las declaraciones del general Godínez?, ¿la carta enviada por los familiares de varios policías asesinados? No estás solo, Miguel, nunca has estado abandonado, ten por seguro que nadie te va a dejar a la deriva, por mucho que hayan pactado estos priístas jóvenes algo que nos pudiera afectar con los juniors del PAN. Nosotros sí sabemos cómo se hacen las cosas, ellos todavía nos necesitan, como quiera que sea, considera cuántos de los nuestros se encuentran trabajando hoy con Vicente. Tranquilízate, no tomes tan apecho estas babosadas, es un juego, es una ficción para acallar las clásicas protestas, supongo que tenían que hacerlo para cumplir con sus promesas de campaña.

—Espero que usted tenga la razón, porque, sabe, también me inquietó un poco la apertura de los famosos archivos.

—Te digo que estás viendo moros con tranchetes, ¿qué tiene que abran los archivos?, ¿qué van a encontrar en ellos? Son papeles con puros cuentos, Miguel, tú más que nadie lo sabe, deja de preocuparte, tómate unas valerianas para que te puedas tranquilizar y deja que las cosas sigan su propio curso. Nuestro trabajo fue por el bien de nuestros hijos, de nuestros nietos y de los panistas también, sin nosotros ellos no estarían donde están ahora.

—Está bien, don Luis, disculpe usted que le haya molestado con mis paranoias, pero es que la verdad me sentí sorprendido con lo que leí hace un rato.

—No te preocupes, para eso somos amigos, y por cierto te voy a mandar liquidar la factura aquella del personal que has puesto a disposición de mis nietos, tus muchachos son todos unos profesionales, como siempre.

—Muchas gracias, don Luis, que esté bien.

—Hasta luego.

Las palabras del antiguo Presidente de la República aminoraron en parte las angustias de Miguel, pero todavía rondaba sobre su ánimo aquella sensación de que alguien le pudiera traicionar, no en balde ya había padecido la desilusión de sus amigos norteamericanos en 1982, cuando le detuvieron en Los Ángeles, California.

Quizá por ello buscó las notas de las que hizo referencia Echeverría, la del general Godínez y la carta de los familiares, en la página 17 A del periódico venían ambas, en la primera se precisaba en voz del militar: «... el ejército es una institución que merece respeto, nadie puede acusar a los soldados, a los jefes militares de asesinos, le aseguro que el personal castrense se siente herido, porque sin mayor pudor un civil les acusa hoy de haber sido torturadores en tiempos pasados. Si llegaron a existir varios actos de barbarie cometidos por algún elemento de las fuerzas armadas, le puedo asegurar que fueron parte de una orden por cumplir, situación que además dudo, ya que dentro del código militar existe la consigna de que si en el cumplimiento de un mandato el oficial considera que hay riesgo de caer en un delito, se puede negar a realizar la ordenanza, pues sin duda alguna tan culpable es quien da una orden, como el que la ejecuta, y a poco ¿cree usted que un miliciano estaría dispuesto a llevar a cabo una acción que le denigrase? La ética y la disciplina dentro de la armada de nuestro país son consideradas las más infranqueables de todo el mundo. Lo que hemos estado escuchando son solo declaraciones políticas, los políticos son quienes han querido manipular la actuación del ejército en la historia de México, tal vez por eso en ocasiones la opinión pública no nos comprende, pero pregunte usted qué opinan de los soldados en aquellas poblaciones donde se les ha llevado todo tipo de servicios sanitarios, de alimentación, de producción, de protección. Por esto insisto, es una injusticia tratar de esa manera a la tropa...» Declaraba prepotente el general Godínez a la reportera del diario, mientras que a un lado de la entrevista, se publicaba una carta de varios familiares de policías y soldados muertos cumpliendo con su deber, en la que declaraban: «... nuestros seres queridos: hermanos, padres, tíos, esposos, fallecieron en el cumplimiento de cuidar los intereses y los valores de nuestro país; todos y cada uno de ellos contaban con un nombre y un apellido, siempre dieron la cara, nunca se escudaron en un alias, en un sobrenombre, como acostumbraban hacer los guerrilleros de ese entonces, si es que se les puede llamar así, ya que sin duda alguna los ciudadanos bien nacidos de nuestro México, más bien les consideraron delincuentes.

Nuestros seres queridos murieron con la cara en alto, fueron la mayoría de las veces abatidos por la espalda, eran trabajadores honestos, cuyas familias quedamos desprotegidas, abandonadas, siendo que el único delito que se les puede imputar a ellos fue la defensa de la patria...»

Miguel concluyó la lectura de las dos notas periodísticas; la calma sin duda alguna le regresó al torrente sanguíneo, ambas declaraciones eran parte de una expresión solidaria con sus semejantes, era una manera de decirle al actual gobierno que dejara de andar jugando al difamador, que ellos permanecían unidos, que si de remover el pasado se trataba, estaban dispuestos a defender el presente a como diera lugar, con todo tipo de armas.

Se recostó en su sillón acolchonado, dio la orden a su secretaria de que nada ni nadie le interrumpiera; aun cuando no llegaba todavía el medio día sintió la necesidad de tomarse un whisky, se lo sirvió medido, optó por acompañar su copa con un puro cubano, de los que todavía le quedaban del último regalo de don Fernando, de aquellos que le enviaba el mismísimo Fidel Castro desde la isla. Observando la ciudad por el ventanal del octavo piso de su oficina comenzó a travesear con las remembranzas; suspiró inmortalizando en su memoria cuando la antigua Dirección Federal de Seguridad era la institución que guardaba la paz en el país y el bienestar de todos los mexicanos, repasó aquella lección aprendida con fuego en su conciencia de cuáles habían sido los orígenes de su corporación, cuando luego del triunfo de los constitucionalistas en el año 1917 el entonces Presidente de la República, don Venustiano, ordenó que la Secretaría de Gobernación organizara un grupo de agentes para que se dedicaran a reunir información política de manera discreta, que le permitiera al poder utilizarla en contra de los posibles opositores; por lo que un pequeño grupo compuesto de veinte agentes comenzó a funcionar en el año 1918, con el nombre de Sección Primera, que se transformó, veintinueve años después (en abril de 1947), en la tan añorada Dirección Federal de Seguridad, que aspiraba a ser una agencia de investigación similar al FBI de los Estados Unidos.

Las antiguas funciones de la Sección Primera fueron absorbidas por esta nueva institución, que recibió de inmediato el ingreso de los diez mejores ex alumnos del Heroico Colegio Militar; don Fernando se alistó un año después de la fundación de la misma, y por eso se sabía a la perfección todos y cada uno de los rincones de su historia, de su trayectoria, de sus consignas, sus modificaciones, sus tareas, las cuales había transmitido a su alumno y colega Miguel, quien fue aceptado por fin el 16 de febrero del año 1960 en la DFS.

Según presumía, en un principio fue contratado como recepcionista, puesto en el que se mantuvo por cuatro meses, para inmediatamente después convertirse en agente. Miguel recordó la serie de burlas que tuvo que sortear antes de volverse un elemento activo de la DFS, ya que debido al reglamento en cuanto a la altura, había sido rechazada su solicitud por más de cuatro ocasiones diferentes, hasta que le recomendó don Fernando y fue entonces cuando dejó el asiento que ocupaba respondiendo el teléfono, e inmediatamente inició su carrera como policía político.

Los sabores del pasado le llegaron al rememorar la buena suerte con la que contó desde que ingresó, pues debido a su estatura —que al principio fue un obstáculo para poder entrar, pero, después, su más grande talismán— fue asignado para cuidar a la familia del entonces secretario de Gobernación, Gustavo Díaz Ordaz; esto le permitió relacionarse con mucha gente, ganarse la confianza y recibir buenos favores de varios políticos del momento.

Miguel echó un vistazo a la ciudad dejando atrás los tiempos pasados, saboreó su whisky, dio una larga chupada al puro, paladeó el sabor del tabaco, identificó los cambios urbanísticos de la gran capital, para regresar a los tiempos cuando fue llamado por el entonces ya Presidente de la República, don Gustavo, para encargarle una nueva misión, allá por el año 1965 cuando tuvo bajo su mando un pequeño equipo de trabajo denominado C-047.

Este equipo se especializó en la recolección de información secreta, en la recopilación de datos de los posibles disidentes del sistema, en acciones rápidas en contra de supuestos guerrilleros, por lo que fue enviado a los Estados Unidos para que conociera y se familiarizara con las prácticas y métodos del FBI.

Enumeró algunos de los casos en los que intervino: la disidencia médica, los conflictos en la Universidad Nacional Autónoma de México, las pesquisas luego del fracasado ataque al cuartel militar de Madera —en el estado de Chihuahua— pero su coronación se dio después de aprehender el 11 de agosto de 1966 a cuarenta y seis personas, quienes llevaban a cabo una conspiración para dar inicio a una rebelión armada en nuestro país.

Entre ellos se encontraba el periodista de origen español Víctor Rico Galán, ese grupo había estado vigilado e infiltrado desde los primeros encuentros con la idea de hacer la revolución, por lo que se conocían todas y cada una de las maniobras de sus integrantes, sus declaraciones, sus pretensiones, sus actividades, sus reuniones, sus métodos de reclutamiento. Fue entonces que el equipo de trabajo de Miguel simplemente esperó el mejor momento para poder actuar en su contra, ya que varios de los rebeldes proponían la acción violenta inmediata, mientras que otros planteaban una etapa de mayor organización, entrenamiento y preparación.

Miguel volvió a saborear aquella sensación de tener en la mira la vida de otras personas, pues nada más aguardaba, el mejor tiempo para darles en la madre; siempre se burlaba diciendo que eran unos pobres pendejos, inocentes, pues si el presidente Díaz Ordaz tenía controlados, vigilados y grababa todas las conversaciones de sus ministros, de sus empleados, de su personal de confianza,

¿cómo carajos no iba a tener conocimiento de aquellos principiantes de la violencia? Miguel no sólo había logrado colocar a diversos agentes bajo su mando en la incipiente organización, sino que incluso algunos elementos de la guardia presidencial se encontraban dentro, como el famoso capitán de apellido Cárdenas, quien además había sido instructor de otros grupúsculos más, de incipientes guerrilleros.

Por supuesto que también se deleitó al evocar la manera como había trabajado durante el movimiento estudiantil del año 1968, cuando ejerció todo su poder para lograr obtener la mayor información posible y desplegó un sinnúmero de orejas, infiltrados, ojos, espías de todas las clases y prototipos: estudiantes, personal de limpieza de las universidades, periodistas, amas de casa, prostitutas, vendedores ambulantes, curas.

Obtener información de estos últimos era lo que más disfrutaba, debido a que en su intento por ser muy rectos con el secreto de confesión, Miguel utilizaba fotografías de los sacerdotes con sus amantes, sus hijos, sus amoríos, por lo que no les quedaba más remedio que sacar todo lo que algún feligrés les había confiado.

Por aquellos tiempos Miguel recibía aproximadamente cinco mil diferentes reportes por día sobre el Consejo Nacional de Huelga. Se conmocionó por las diversas maneras que ideó para lograr atrapar a quienes alguna vez soñaron con tomar el poder por medio de las armas, los múltiples personajes que debía interpretar el personal bajo su mando: pepenadores, ejecutivos, vendedores de enciclopedias de puerta en puerta, repartidores de agua y gas, carteros.

Siempre decía que sus muchachos eran mejores actores que aquellos que aparecían en la televisión, se sabía el ojo y el oído de todo el país al controlar movimientos, conversaciones, intenciones; el pasado, el presente y el futuro de una nación.

Su buena estrella se coronó con la llegada a los Pinos de Luis Echeverría, cuando a una década de haber ingresado a la Dirección Federal de Seguridad fue ascendido a subdirector, cargo que desempeñó de 1970 a 1979.

Pero su mayor orgullo era que el propio don Fernando, convertido en subsecretario de Gobernación, y el mismo presidente Echeverría trataran directamente con él, sobre todo durante el sexenio de 1970 a 1976, ya que al director de entonces le consideraban un ineficiente.

Además Miguel siempre presumía de que la información era poder, debido a que contaba con todos y cada uno de los detalles de lo que pudiera suceder dos días después; se creía el rey del futuro. Se sintió aún más reconfortado al recordar que él tenía conocimiento de la convocatoria para la organización del grupo guerrillero más importante en México: la famosa Liga Comunista 23 de Septiembre, llamada así en memoria de los ingenuos caídos en Chihuahua.

Declaraba que sabía de los intentos de su constitución desde el primer semestre de 1970, aunque esta llegó a conformarse hasta marzo de 1973.

Durante todos aquellos años de trabajo policiaco Miguel se sintió a sus anchas, lo tuvo todo, lo decidió todo; en su sede se consideraba el soberano aun cuando todavía no fuera el director de la DFS, y le molestaba cuando algunos le criticaban afirmando que era el monarca de la impunidad.

Le indignaba que se dijera que en el crematorio ubicado en su edificio se quemaban cuerpos de civiles detenidos, a pesar de que había participado en varios trabajos sucios, en los cuales más de una ocasión ideó todo tipo de acciones para evitar que el humo atrajera la atención de los paseantes u oficinistas cercanos al Monumento de la Revolución.

Miguel se ufanaba por su ingenio al denominar los sótanos del inmueble como la discoteca, lugar donde se colocaba un equipo de sonido que transmitía las veinticuatro horas del día todo tipo de música para que se llevaran a cabo los interrogatorios de los detenidos, a quienes se les aplicaban todas las técnicas aprendidas en sus diferentes cursos de entrenamiento, además de las que él mismo había inventado.

¿A quién más se le habría ocurrido utilizar el agua de Tehuacán para sacar la verdad? ¿Por qué no echar mano de un alimento tan típico en nuestro país, como lo es el chile, para ser usado con los muy rudos? Sin embargo, luego de que Miguel pasó tantas horas interrogando a los detenidos en el interior de la discoteca, se le había afectado el oído derecho, de modo que ahora se auxiliaba de un aparato para poder escuchar.

Se percató que el alcohol se le había terminado

Sintió la necesidad de volver a llenar el vaso aun cuando las recomendaciones médicas le insistían que cuidara el hígado, se la estaba pasando tan reconfortante con sus pensamientos y remembranzas de otros tiempos, que apostó por servirse otro whisky y volver a encender el puro, pues se había apagado varios minutos atrás. Una vez más con la mirada perdida en la ciudad, entre el humo que desplegaba el puro, le vino a la mente aquella frase que había expresado frente al subsecretario de Gobernación y al propio presidente de la República: «a los pinches guerrilleros hay que combatirles con el mismo fanatismo con el que ellos actúan», argumento que sedujo a sus superiores, junto con el justificante de que habría que poner mayor atención y dedicación para lograr combatir los delitos con banderas políticas; ya que además, según él, era común que las diversas organizaciones policiacas terminaban enfrentándose entre sí, a la hora de acudir al llamado cuando los guerrilleros realizaban alguna operación, por no conocerse entre ellas.

Por lo tanto, de inmediato se le autorizó, en 1976, la creación de un comando especial. En ese año, Miguel comprobó, con su excelente labor de inteligencia y espionaje, que había logrado desarticular a la guerrilla urbana y a la guerrilla rural; por esto, con mayor razón tenían que seguir apostando en su figura, en sus ideas, en sus propuestas, ya que la llama de la insurgencia armada todavía era considerada entre algunos círculos de sobrevivientes, o en las recientes generaciones de estudiantes. Aquel nuevo equipo especial de agentes optó por denominarse Brigada Blanca; le había parecido oportuna aquella iniciativa de uno de sus subordinados que estudiaba los documentos de la Liga Comunista 23 de Septiembre, dentro de los cuales destacaba la actuación de la llamada Brigada Roja como el brazo armado más sobresaliente de la organización, se dijo: «si ellos son rojos, ¿qué tal si nosotros somos blancos?» Para la conformación del nuevo grupo Miguel contaba con el antecedente de haber creado el grupo antiguerrillero C-047 en la década de los años sesenta, por lo que con una nómina inicial de doscientos cincuenta agentes, su convocatoria llegó a tener tanto éxito entre las diversas corporaciones policiacas y dentro del propio ejército, que a los pocos meses de haberse fundado, la Brigada Blanca llegó a contar hasta con tres mil elementos y más de diez mil informantes.

Fue entonces cuando un pequeño escalofrío recorrió la columna vertebral del envejecido policía político, al pensar en la suerte que en ese instante estarían viviendo sus antiguos subordinados de la Brigada, los generales

Acosta Chaparro y Quirós Hermosillo, quienes se encontraban retenidos en alguna celda del campo militar número uno, acusados primero de narcotraficantes y luego por delitos de tortura y desaparición forzosa de civiles.

Por lo que una vez más la sensación de una posible traición volvió a ubicarse en la mente de Miguel, la cual se despejó en el momento que continuó con sus memorias sobre aquel organismo de su creación, cuando era el jefe máximo de todas las operaciones y dictaba órdenes, ejercía la autoridad y podía amedrentar tanto a políticos del partido en el poder, como a funcionarios de altos vuelos, quienes en ocasiones se atrevían a verle por encima del hombro.

Además, se sentía seguro porque durante más de dos décadas había sido el enlace perfecto de todas las centrales de inteligencia (la CIA, el FBI, la INTERPOL) en nuestro país, gracias a su famosa Brigada Blanca. Se refrescó la memoria con los diversos cursos de entrenamiento que organizó en instalaciones militares, la remodelación de los espacios para poder llevar a cabo con mayor éxito los interrogatorios, las diversas casas en el interior de la república que se le autorizaron instalar para ejercer su labor; llegó un momento en que se creyó más poderoso que el propio secretario de la Defensa, desde su particular puesto como jefe máximo de la Brigada Blanca, debido a que a nadie se le autorizaba tan ágilmente el presupuesto solicitado, los carros, el dinero, las armas, el personal de apoyo, los recursos para cubrir orejas, además de que nunca tenía que rendir cuentas de nada, su trabajo hablaba por sí mismo. También llegó a controlar el instituto de migración para poder avisar a sus aliados norteamericanos sobre qué mexicanos decidían viajar a los países socialistas; en fin, sin duda alguna eran sus tiempos de gloria.

Reconstruyó aquel día en que tomó posesión como director de la DFS en el año 1979, tal vez ese había sido el más feliz de su vida; por su trayectoria, los amigos, los favores, su buen desempeño, se había convertido en el ejemplo a seguir del buen policía, del individuo que a través del trabajo, el tesón, la disciplina, la fidelidad, alcanzaba la máxima distinción dentro de la corporación, pese a que siempre había ostentado el poder detrás del trono.

Constantemente decía que su pinche vida había sido un récord pequeño con mucha actividad; sin embargo, en ese puesto recibió el primer revés luego de escuchar la noticia de que su más grande creación, la Brigada Blanca, desaparecía al año de haber tomado la dirección de la DFS, ya que el presidente López Portillo había recogido un cúmulo de denuncias sobre supuestos abusos de poder de parte de sus muchachos, y deseba cuidar su imagen. Aquella situación le había provocado un enorme berrinche, pero se sentía satisfecho a fin de cuentas de estar sentado en la oficina del jefe máximo, ahora sí reconocido, aunque fuera por el simple nombramiento; así que una de las primeras acciones infantiles para dejar testimonio de su paso por la dirección fue abandonar la tinta verde para firmar los informes que se le enviaban al secretario de Gobernación y al presidente de la República, según costumbre aprendida en aquellos tiempos cuando su maestro, ángel de la guarda, colega e impulsor, don Fernando, ocupaba aquella oficina.

Tradición que fue respetada por todos y cada uno de los siguientes directores hasta que llegó él, quien decidió que a partir de su arribo se usaría la tinta de color café.

El día 13 de enero de 1982 la buena estrella de Miguel dio inicio a su devaluación, la fecha de caducidad de su fama comenzaba a activarse, cuando el entonces secretario de Gobernación le citó en su despacho de manera urgente; Miguel no estaba acostumbrado a que ni siquiera el propio jefe de la seguridad interna del país le hablara con ese tipo de exigencias, sin embargo, no quiso tentar al diablo, sabedor de que aquella valentía con la que se dirigía hacia él tenía algo de sospechoso, por lo que abandonó todos los pendientes de su oficina y acudió a la cita a la hora indicada. La cara del secretario era rígida, serio y sin mayor preámbulo le anunció que el propio presidente de la República le exigía en ese preciso momento su renuncia a la dirección de la DFS, luego de que una vez más le había llegado hasta su escritorio presidencial cierta información confidencial en la que se le señalaba como el jefe principal de una banda que se dedicaba a robar autos lujosos en diversas ciudades de los Estados Unidos, para ser traídos a México y posteriormente venderse a diversos empresarios, políticos y demás personas adineradas.

Miguel volvió a abrigar esa rabia contenida que experimentó durante aquellos días frente al entonces secretario de Gobernación y la traición que sentía de parte del presidente de la República, ¿acaso había olvidado lo bien que actuó cuando unos guerrilleros pretendieron secuestrar a su hermana seis años atrás? ¿Así era como le pagaban todos los favores? Estuvo a punto de espetarle en su propia cara al civil convertido en secretario que no sabía nada, que no tenía los huevos para enfrentarse a los delincuentes políticos, que él sólo sabía dar órdenes desde su lujoso despacho, pero que ni idea tenía de los sótanos de México; en cambio Miguel sí era patriota, él había resuelto noventa y nueve secuestros, y en todos los casos había logrado salvar la vida de los cautivos.

Se preguntaba, ¿dónde habían quedado todos los servicios a la Nación, su creatividad para interrogar, su capacidad de sabueso, toda la información con la que disponía como para hacer caer al propio presidente?

Cavilaba cómo su vida se vio en peligro en más de un centenar de ocasiones para que ahora por una simple travesura de sus muchachos se le rebajara de esa manera. Miguel tomó un largo trago de su whisky y luego volvió a recordar cómo tuvo que apretar aquel día la mandíbula para no decir nada al secretario de Gobernación, muy trajeado, muy perfumado, muy señorcito, muy licenciado, solo hizo la pregunta: «¿Señor secretario, cuál va a ser mi futuro?» Marcando su distancia, dejando entrever su molestia.

A lo que de inmediato el responsable de la oficina de Bucareli comprendió sus palabras, ya que sin duda alguna de su futuro podrían depender varias vidas de políticos en plena actividad, aquel hombre conocía que de la información de Miguel se podría desatar cualquier tipo de reacción en contra del sistema, de la seguridad del país y de las familias revolucionarias.

Pero Miguel tampoco era tan inepto como para llegar a enfrentarse a los jefes, sabía medir muy bien el terreno que pisaba, de ahí que la respuesta del secretario de Gobernación fue clara, «le hemos comunicado al embajador de los Estados Unidos que usted es una persona muy importante, que no creemos en sus pruebas, aun cuando estas sean contundentes», y fue cuando el licenciado le mostró fotografías, grabaciones y demás evidencias que los gringos habían recolectado en su contra.

Con esto Miguel se sintió escudriñado, vigilado, descubierto, encuerado, ¿cómo había sido posible que alguien le estuviera haciendo lo que él tan bien sabía hacer?, ¿quién era el agente soplón con los gringos?, ¿quién el infiltrado de la CIA o del FBI?, ¿cómo no se dio cuenta?

Si además el operativo era tan sencillo, tan remune-
rador, tan simple, que de 1979 a 1982 había logrado hacerse de una entrada extra de dinero con la introducción
de cuatro mil unidades. «Pero no ponga usted cara de
malos amigos, señor director». Soltó el secretario con un
condimento de sarcasmo. «Usted, como nosotros, contamos con buenos amigos, incluso le voy a confesar que
el propio director del FBI en nuestro país le ha estado defendiendo, un tal Gordon, quien ha expresado que usted
es un excelente compañero de trabajo; además ha insistido en la agencia gringa, frente a sus superiores, que usted
es considerado como la fuente de información más importante de nuestro país y el resto de Centro América.

»Para el señor Gordon usted es un policía indis-
pensable y le insisto, ha expresado ante sus superiores
que perderle sería trágico para su agencia y sus diversas
investigaciones». Aquellas palabras del secretario tran-
quilizaron a Miguel, a final de cuentas había caído en el
juego del licenciado, quien de seguro pretendió primero
amenazarle, para luego sobar el golpe asentado. «Aunque
también dice de usted el propio Gordon que le considera un policía duro y frío». En aquellas palabras Miguel
no supo descifrar si se regresaba a las amenazas o a los
elogios, pero tampoco tenía ánimos de seguir investigando, la conmoción de aquella noticia había superado sus
expectativas. «Por todas las recomendaciones del señor
Gordon, por iniciativa del Señor Presidente, por consejo mío, por toda su trayectoria como servidor público,
y demás cualidades que usted presenta, hemos logrado
convencer a la embajada de los Estados Unidos para que
no insistan en obligarle a asistir a ese país para que enfrente los cargos que se le adjudican, incluso el propio
presidente ha decidido que sea usted quien nombre a su
sucesor; para que vea que las espaldas siguen siendo lo

más importante que se tiene que cuidar en este caso». Al concluir la entrevista con el secretario de Gobernación Miguel salió con un sentimiento mezclado entre furia, rabia, coraje y tranquilidad, por lo menos no tendría que ir a los Estados Unidos, pero, ¿qué iba a ser de su vida sin la Dirección Federal de Seguridad?, ¿dónde quedaban los más de veinte años de servicio?

Recordó cómo aquel día al regresar a su oficina todavía de director, le solicitó a Estelita, su eterna secretaria particular, que le redactara su renuncia por motivos de salud.

Aquella menuda mujer no supo qué decir, cómo cumplir con esa orden, qué escribir; la vio temblar de pies a cabeza, pero Miguel no estaba como para andar consolando a su subordinada, ya tenía suficiente con lo que le estaba sucediendo a él, por lo que con el sólo juego de cejas la secretaria entendió que debía cumplir con la disposición sin hacer mayores preguntas, cuestionamientos, dudas. De inmediato se comunicó con su guía espiritual, don Fernando, quien ya estaba enterado de los hechos y de manera paternal le regañó por sus descuidos, por la aventura automovilística con los gringos; con voz mesurada le hizo reconocer que había cometido un error irreparable; que por los viejos tiempos se comportara de manera institucional, pues afortunadamente se le estaban otorgando todas las garantías para que la justicia norteamericana no llegara hasta él.

Miguel admitió las palabras de su maestro, no en balde se le conocía como el policía elegante ni en vano todos se referían a él como don Fernando, su nombre siempre antecedido del elogio, del respeto, de la sabiduría, de la veneración. Entre ambos optaron por José Antonio como posible sustituto de Miguel al frente de la Dirección Federal de Seguridad, hombre de toda la confianza de los dos; por lo que en cuanto Miguel concluyó la conversación con don Fernando, citó en su oficina a José Antonio para informarle de lo ocurrido, para encargarle el changarro, su futuro, las espaldas, el resguardo y el honor de la institución que ahora se veía violentada por su pequeña aventura. Las denuncias de los pinches gringos habían tenido tanto peso —no así las demandas de tortura, desapariciones forzosas, violaciones de derechos humanos, vejaciones, actos prepotentes y demás tropelías denunciadas al interior del país—, que Miguel veía truncado su futuro.

El tercer whisky llegó a su mano sin percatarse a qué hora se lo había servido, tantos recuerdos y conversaciones consigo mismo le mantenían en un estado de ecuanimidad, luego de aquel sobresalto mañanero al haber revisado la prensa.

Recuerdo el recuerdo inevitable de los momentos donde campeó la mala fortuna arribaron a su mente, como cuando decidió presentarse en los Estados Unidos para pretender lavar su nombre, su prestigio, ante las acusaciones de un jurado de ser el jefe de una banda de roba coches; a pesar de que se sabía con responsabilidades en el caso, confiaba en su buena estrella y en el apoyo que imaginaba le darían sus amigos del país del norte, para salir bien librado y dejar en claro, ante el presidente de la República y su secretario de Gobernación, que a él no se le debía tratar de esa manera.

Por ello convocó a una conferencia de prensa en la ciudad norteamericana de Los Ángeles, en el Estado de California, el día 23 de abril de 1982, pero al llegar al aeropuerto internacional de aquella ciudad, un par de agentes federales le estaban esperando en migración, quienes, luego de que este hubo presentado su pasaporte y su visa, se le acercaron para decirle que estaba detenido, que guardara silencio, que tenía derecho a un abogado y que de no contar con los recursos necesarios el Estado le proporcionaría uno. Todavía en estos días Miguel continúa sorprendiéndose del sólo recuerdo de aquel pasaje de su vida, ¿cómo era posible que a su persona le pudiera haber sucedido aquello?, ¿quién habría girado la orden de aprehenderlo?, ¿acaso no sabían los estúpidos agentes del FBI con quién se estaban metiendo? La confusión pudo más que su clásica actitud prepotente, no objetó nada y acompañó servil a los agentes federales que le condujeron de inmediato a la penitenciaría del estado de California, para que al día siguiente fuera presentado ante el gran tribunal para responder por los cargos en su contra de conspiración y robo de autos. El desconcierto le duró las veinticuatro horas que permaneció en aquella prisión estatal, esperaba que de un momento a otro acudiera alguno de los antiguos agentes del FBI o de la CIA con los que había compartido información, trabajos sucios, complicidades, ¿qué, acaso, no le debía mucho el gobierno norteamericano como para que le trataran de aquella manera? Tanto que se había cansado en insistirle José Antonio, quien había quedado en su lugar al frente de la DFS, de que no acudiera a los Estados Unidos, que en los gringos nadie debería confiar ciegamente; pero Miguel se sentía seguro, firme, de que nada le podría pasar; sin embargo, lo que más coraje le daba era que tendría que escuchar la clásica frase de reproche de su antiguo subordinado, insistiéndole «te lo dije, cabrón.»

Sin demora alguna el día 24 de abril se le citó ante la Corte para responder a los cargos, para ese entonces ya contaba con uno de los más experimentados abogados de toda la Unión Americana, contratado precisamente por el gobierno mexicano, sin que Miguel tuviera conocimiento de nada; simplemente cuando se vio frente al juez, sentado al lado de su abogado defensor y el fiscal que recitaba en inglés el cúmulo de acusaciones, sintió que se encontraba dentro de una de las series policiacas de la televisión que tanto le gustaban; eso fue lo único que le reconfortó, imaginarse como personaje de ficción de la pantalla chica, y que lograría demostrar su inocencia. El juez aceptó las réplicas del abogado defensor y fijó una multa de doscientos mil dólares para que pudiera salir bajo fianza, luego de la advertencia de que no debía abandonar el territorio norteamericano hasta que no se llevara a cabo el desahogo de las pruebas y la audiencia preliminar del juicio, para ello le citaron el día 13 de mayo de 1982, en la Corte de la ciudad de San Diego, donde se seguía el caso. De inmediato se presentó el dinero por medio de una aseguradora y Miguel no tuvo que regresar a prisión, y fue precisamente en un vuelo clandestino en un avión de la Procuraduría General de la República, del gobierno mexicano, cuando aquella misma noche abandonó la tierra de la hamburguesa, para volver a la capital del taco. Al aterrizar en el Aeropuerto Internacional Benito Juárez de la ciudad de México, ya le estaban esperando don Fernando y el secretario de Gobernación, Miguel iba tan conmocionado por lo que acababa de vivir, que se le enfrentó por primera y única ocasión a su maestro de toda la vida: «Por favor, don Fernando, ahora no...» Ante esa actitud, el propio hombre fuerte del sistema enmudeció y le permitió a Miguel que abordara su camioneta particular para irse a su casa.

Debido a aquella escena, el propio secretario de Gobernación no intentó hacer el más mínimo reclamo, ya que si se había atrevido a encarar a su ángel guardián, ¿qué tanto no le podría decir a él? Cerca de la media noche, Miguel se encontraba reunido con su esposa y sus hijos, narrando todos y cada uno de los detalles de lo que acababa de padecer; ordenó que no se respondiera ninguna llamada telefónica, que nadie hablara con ninguna persona ajena al primer círculo familiar, que entre todos debían borrar de su mente aquel bochornoso episodio de su vida. A partir de entonces y hasta la fecha, Miguel se sabía un prófugo de la justicia norteamericana, por lo que se privó de llevar a sus nietos a Disneylandia, como en su momento lo hiciera con sus hijos cuando estos fueron pequeños, de acudir a las Vegas a apostar dinero, o de asistir a las obras de Broadway en Nueva York, que tanto le gustaban, para tener tema de conversación cuando se reunía con diferentes jefes de corporaciones policiacas de todo el mundo.

Miguel recordó cómo a partir de entonces optó por abandonar la vida pública, para dedicarse a organizar su compañía, que ofrecía asesoría a diversas corporaciones policiacas; así como a la constitución de su propia empresa de seguridad, que de inmediato comenzó a firmar contratos millonarios con personalidades de la política, del espectáculo, grandes empresarios y a generar cuantiosas ganancias, gracias a su fama y su experiencia.

A pesar de todo se reconfortó cuando evaluó que sus errores habían sido simples travesuras de preescolar, en comparación con los de José Antonio, su sucesor al frente de la DFS, a quien le fueron descubiertos sus nexos con el narcotráfico durante el año 1985; el escándalo no se pudo detener y fue del dominio público que varios traficantes de drogas portaban charolas como si fueran agentes de la DFS, gracias a las cuales lograban abrir cualquier cantidad de puertas, accesos, evitar detenciones, obtener canonjías y demás actos de prepotencia. José Antonio estaba corriendo con mejor suerte que la del propio Miguel, se había ganado las simpatías del entonces secretario de Gobernación, por lo que se le removió de la jefatura de la DFS bajo la justificación de que sería el candidato del Partido Revolucionario Institucional para gobernador de su Estado natal, Hidalgo, propuesta que se consolidó a pesar de la negativa del entonces presidente, de la Madrid; pero el encargado del despacho de Bucareli le convenció de que José Antonio sabía demasiado como para dejarle tirado. No obstante, debido a que la prensa de aquellos tiempos quedó insatisfecha con el descubrimiento de las charolas de la DFS en manos de los narcotraficantes detenidos por el ejército y de aquel cuento de que José Antonio ignoraba cómo se habían hecho de ellas, las pesquisas continuaron a tal punto que el famoso autor de la columna *Red Privada*, Manuel Buendía, llegó a reunir una cantidad importante de pruebas y testimonios que apuntaban hacia el candidato a gobernador como cómplice de los narcotraficantes, por lo que fue asesinado en el estacionamiento de su oficina. El escándalo desatado por la muerte de Buendía precipitó sin duda alguna la caída de José Antonio, cuya cabeza fue entregada por el propio secretario de Gobernación, antes de que cayera la suya. Finalmente, José Antonio no logró la postulación del PRI a la gobernatura y terminó en la cárcel acusado de haber sido el autor intelectual del asesinato de Buendía, así como de mantener nexos y de brindar protección a narcotraficantes.

Fue entonces que el presidente Miguel de la Madrid optó por clausurar la Dirección Federal de Seguridad, ya que sus asesores le insistían que se trataba de una corporación policiaca con muchos vicios, en la que sus agentes habían caído en complicidad con diversos grupos de delincuentes. Esta decisión, además, ayudó a aumentar un poco la popularidad del huésped de los Pinos, la cual se encontraba por demás deteriorada luego de su incapacidad demostrada durante el terremoto del 19 de septiembre de 1985. Sin embargo, por la manera como se decretó desaparecer la DFS el 29 de noviembre del mismo año, a Miguel ni siquiera se le despertó la compasión por aquella orden, a pesar de que había dedicado más de la mitad de su vida a dicha corporación policiaca.

Con la entrada del sexenio de Salinas, luego de las famosas elecciones controvertidas de 1988, la suerte parecía volver al lado de Miguel, ya que su antiguo maestro don Fernando había sido llamado para colaborar con el ejecutivo como secretario de Gobernación, además, otro de sus anteriores jefes en la DFS, Javier, había sido nombrado secretario de Protección y Vialidad en la ciudad de México; por lo tanto, él fue llamado también a participar con el segundo. Miguel valoró en aquella ocasión por más de una vez la posibilidad de negarse, su empresa marchaba sobre ruedas de ferrocarril europeo, pero sin duda le atrajo la posibilidad de demostrar que en política la vida es como la rueda de la fortuna, en la que en ocasiones estás arriba y en otras estás abajo, por lo que le cautivó la posibilidad de obtener un poco de revancha en contra de aquellos que se habían aprovechado de su desgracia a principios de la década de los ochenta y aceptó la invitación de fungir como asesor del secretario y jefe de Inteligencia Política.

Pero un descuido en el cálculo político del momento se ignoró, la sociedad se encontraba movilizada e inconforme por los resultados electorales del 6 de julio de 1988, las acusaciones de fraude en contra del sistema político mexicano resonaban en todo el mundo y los medios de comunicación masiva no eran igual de domesticables como a principios de los ochenta, por lo que de inmediato, al salir el nombramiento de Miguel y hacerse público el 16 de diciembre de 1988, comenzaron a llegar protestas, actos de repudio hacia su persona, denuncias en la tribuna de la Cámara de Diputados y Senadores, por parte de las bancadas de los partidos de oposición.

A pesar de que Miguel se sentía de nueva cuenta cobijado y protegido por el sistema y por sus antiguos jefes de la DFS, fueron tantas las voces tachándole de torturador, de animal, de secuestrador, de violador de los derechos humanos, de salvaje, de prepotente, de golpeador, de asesino, que tuvo que salir ante los micrófonos para intentar defenderse y declarar que él no sabía torturar a nadie, que si le enseñaban cómo hacerlo, tal vez practicaría, pero que ni contaba con la mentalidad ni con la fuerza para llevar a cabo ese tipo de prácticas.

Agregaba que todos le atacaban porque había sido un excelente policía durante los tiempos en los que prestó sus servicios en la Dirección Federal de Seguridad, motivo por el que su nombre aparecía en los periódicos de los años sesenta y setenta, y ahora varios individuos le atacaban de algo que nunca había cometido; además, como había manejado tanta y tan valiosa información, sabía del temor que podrían tener aquellos políticos, pertenecientes al PRI, que hoy día se erigían como santos de la democracia; por tal motivo su presencia siempre había causado miedo en ciertos grupos de poder, pero, que sin duda alguna, si en un momento determinado hubiera tenido conocimiento de que algún político había estado interesado en apoyar o financiar a los grupos armados en contra de los que combatió por varios años, ese político sería un traidor de la patria y, por consiguiente, le perseguiría tanto como a los guerrilleros delincuentes.

Por último, sobre las acusaciones que le endilgaron los propios periodistas sobre las supuestas desapariciones de civiles en años anteriores, tan sólo atinó a decir que sobre esos casos no recordaba nada, pero de lo que sí estaba seguro era de que en varias ocasiones durante los diversos enfrentamientos que sostuvieron las corporaciones policiacas o el ejército con los guerrilleros fallecía mucha gente, la cual era enterrada en fosas comunes, ya que era un problema lograr identificar a los cadáveres debido a la práctica de usar pseudónimos de parte de los delincuentes, por lo que de pronto no se sabía bien a bien en dónde quedaba la bolita.

Insistió en que por ser uno de los investigadores más famosos en todo México, le achacaban todo. A pesar de aquel intento de lavado de honor, una vez más Miguel fue sacrificado frente a la presión popular, ni el secretario de Gobernación, don Fernando, ni el secretario de Protección y Vialidad del Distrito Federal, Javier, movieron un dedo para evitar su caída del recién nombrado.

Luego entonces, a los dos meses de haber sido invitado a colaborar tuvo que entregar su renuncia y volver al trabajo al frente de su empresa privada.

Gracias a estas dos experiencias previas, Miguel no se sentía tan seguro como le insistía don Luis, ya había experimentado lo que era saberse sin malla de protección a la hora de andar haciéndole al trapecista; por lo que el humor le estaba cambiando —a pesar del alcohol ingerido hasta ese entonces—, cuando su secretaria Estelita se atrevió a interrumpir sus meditaciones y su viaje al pasado, ya que se encontraba en el recibidor uno de sus antiguos colaboradores dentro de la DFS, quien llevaba más de tres horas esperándole e insistía en hablar con Miguel, porque tenía algunas cosas que contarle precisamente sobre el tema que de tan mal humor le había puesto aquella mañana.

—Disculpe, don Miguel, pero es que don Félix lleva un buen rato allá fuera y desea verle —tímidamente declaró Estelita por el interfono.

—No te preocupes, está bien, de todos modos ya había terminado de hacer el repaso de los años, creo que con tanta nostalgia me está llegando la vejez. Dile que pase —condescendiente respondió Miguel.

—Sí, señor.

Aquel antiguo agente de la DFS llegó frotándose las manos como deseando confesar una travesura infantil recién hecha.

—¿Me permite, jefe? —solicitó sumiso el ex agente la posibilidad de sentarse en uno de los sillones enfrente de Miguel.

—Claro, Félix, cuéntame, ¿qué traes entre manos?

—Supongo que está enterado del informe que se presentó el día de ayer por parte de la Comisión esa de los Derechos Humanos.

—Por supuesto —respondió chocado Miguel, como si su empleado de otros tiempos le estuviera contando que acababa de descubrir el papel calca.

—Pues fíjese que yo tuve conocimiento del rollo este desde hace como ocho semanas, ya que el esposo de una cuñada está trabajando con el sangrón ese del presidente de la Comisión, y me contó que el nombre de usted aparece en repetidas ocasiones, y que no queda muy bien parado que digamos.

—Eso ya lo veremos.

—Pues mientras que son peras o manzanas, cuando me logró llevar una serie de reportes previos a lo que sería el informe completo que se le entregó el día de ayer al presidente de la República, me di cuenta de que en verdad están cabrones con sus señalamientos, mi jefe, por lo que me tomé la libertad de hacerles llegar alguna que otra amenaza, para ver si lograba que le bajaran de tono a las estupideces que ahí se dicen; pero pues no, hasta donde tengo entendido se pasaron de tueste, ¿cómo ve?

Miguel entendió de inmediato las pretensiones de su antiguo colaborador, no era la primera vez que acudía a él para sablearle con algunos billetes, los cuales a pesar de todo Miguel entregaba con gusto, debido a que los servicios de Félix siempre eran discretos y de buena calidad.

—Muy bien, Félix, ¿hay posibilidad de que el monigote ese, esposo de tu cuñada, consiga la versión completa de lo que se le entregó al presidente? —sugirió Miguel mientras abría un cajón de su escritorio para extraer una suma de dinero.

—Ay, jefe, hasta parece que está tratando con principiantes; me costó algo de trabajo, pero precisamente por eso quería verle en persona, para dejarle estos disquitos de computadora.

—Sin duda alguna sigues siendo de los más avispados, mi querido Félix el Gato —se atrevió a bromear Miguel, mientras colocaba un fajo de billetes sobre el escritorio.

—¿Qué cree mi jefe? Me va a perdonar, en esta ocasión la información es un poquito más cara, porque como usted comprenderá tengo que darle su tajada a dos personas más —reclamó por primera ocasión el ex agente, con el conocimiento de que aquella pesquisa tenía un buen valor para su admirado patrón.

—Está bien, pero no abuses, tú sabes que conmigo siempre tienes para comer —dejó en claro Miguel, al momento de colocar una cantidad parecida a la que había extraído, sin interesarse en contar los billetes.

—No se enoje, mi jefe, pero las cosas no son como antes, cuando éramos los meros meros, ahora hay que batallar hasta por un pinche recorte de periódico.

—Está bien, deja de andar de chillón. Te encargo mucho que estés al pendiente de lo que pueda suceder de ahora en adelante, sobre todo con los contactos que nos quedan en la Procu, ya que, como sabes, uno de los acuerdos es precisamente la creación de una pendeja Fiscalía Especial, y no estaría nada mal saber de los posibles nombres a ocupar dicho puesto.

—Claro que sí, y no se le olvide que también se decidió abrir los archivos de la Dirección Federal de Seguridad —insistió Félix para aumentar de precio sus próximas colaboraciones con Miguel.

—De ninguna manera se me olvida, aunque lo bueno es que ese archivo sigue estando en manos de Felipe, incluso cuando desapareció la Dirección a Felipe lo enviaron a las nuevas oficinas del Centro de Investigación y Seguridad Nacional.

—Eso sí, y el Felipín es cuate.

—Sobre todo que ese cabrón se las sabe de todas, todas, él es quien clasificó el archivo, hasta donde recuerdo; lo tiene todo perfectamente bien organizado, acuérdate lo celoso que era con los papeles cuando estábamos ahí, es más, creo que lo quiere más que a su propia familia.

Entre carcajadas se despidieron, no sin antes recoger, Félix, sus ganancias del día y dejar a cambio un «estamos en lo dicho, jefe.»

Miguel jugó con los discos compactos que tenía entre las manos, por un lado le agradó la idea de que su antiguo colaborador se los hiciera llegar, pero por otra parte le inquietaba que no le hubiera avisado desde hacía ocho semanas de lo que sabía, y que se hubiera tomado por la libre la iniciativa de amenazar a los investigadores de la Comisión Nacional de Derechos Humanos; total, dejó sus elucubraciones a un lado, al mismo tiempo que guardaba bajo llave los discos compactos en el cajón de su escritorio.

Se sentía cansado y el hígado había resentido los tres whiskys ingeridos, además, le dolía la cabeza de hambre y de tanto diálogo interno.

Seguía en él esa sensación de inseguridad que nada le gustaba, se dijo un poco entre susurros algo así como «después de vencedor, creen que voy a estar vencido en el ocaso de mi vida.»

Se comenzó a preocupar por cuántas huellas había dejado en su paso como policía, aquellas que nunca imaginó necesario borrar, ¿para qué?, ¿por qué tendría que haberse preocupado durante aquellos años de gloria?, ¿acaso se le vería la cola como para que se la pudieran pisar? Se justificó frente al pasado, creía que toda la vida iban a perdurar los cuates en el poder, ¿qué, no por eso eran bien revolucionarios? Obligó a su memoria para que recordara qué tipo de informes acostumbraba redactar, como agente, como subdirector, como director; sin embargo, en lugar de esto, del interior de su cabeza llegaron gritos de mujer, que disfrutaba escuchar; sentía que aquellas prácticas eran de lo más afrodisíacas: ver los cuerpos desnudos de las mujeres retorciéndose, convulsionándose, desgarrándose; una vez más, se sintió satisfecho de sus actos, aunque ahora le colocaran en el banquillo de los acusados.

Mostró para sí mismo una pequeña sonrisa cuando recordó que alguien le llegó a cuestionar si acaso no se desquiciaba cuando un interrogado decidía no soltar la sopa, pero por el contrario, le encantaban aquellos especímenes, como les decía él, ya que alargaban el reto, la sesión de preguntas, la práctica de la tortura, el ingenio para poder arrancar nombres, datos, direcciones, hechos.

Una vez más el estómago le avisó que había llegado la hora de comer; se levantó de su asiento y mientras se colocaba el saco imaginó hasta dónde serían capaces de llegar con la creación de la famosa Fiscalía Especial, con el informe presentado por la Comisión de los Derechos

Humanos, con poner en manos de cualquiera los valiosísimos documentos de su antigua corporación.

La seguridad le regresó al alma, se consideraba capaz de enfrentar todo tipo de inconveniente, aun cuando varios estuvieran dispuestos a traicionarle, a darle la espalda, ya había padecido algunos contratiempos de los cuales salió airoso. Revisó la expresión de su cara en uno de los espejos de su oficina, sabía que no podía irse de ahí sin la clásica fortaleza, la seguridad, el rostro inmutable, nadie tenía por qué saber que aquella había sido una mañana llena de exasperaciones, de contratiempos, de recuerdos y de nostalgias; su mujer le estaría esperando para comer.

Expediente SEIS

La historia negra

La posible apertura de los archivos de las instituciones encargadas de la inteligencia de cualquier país siempre ha sido la cereza de un pastel para todo investigador, periodista o estudioso de las ciencias sociales; el ocultamiento, la negación de los datos, el encubrimiento, el trabajo entre las sombras, la pretensión por perpetuar las tinieblas, los actos violatorios en los sótanos, han sido un común denominador en México, donde existió la costumbre de realizar cualquier acto ilegal sin necesidad de rendir cuentas a nadie, ¿para qué? La contradicción del propio sistema es evidente al dejar registrada en papel la mayoría de sus actos ilícitos.

El movimiento estudiantil de 1968 se convirtió en el hecho histórico más controvertido, año en el que la sociedad participó sin rubor en las calles, las plazas públicas, las universidades, los barrios, las colonias, expresando su descontento frente a un gobierno represor, intolerante, obtuso; sin embargo, la violencia desatada por el Estado el día 2 de octubre de aquel año puso en evidencia el rostro autoritario del presidente de la República y de los diversos organismos políticos y policiacos, actuantes en todo el territorio nacional; ya que no solo se acribilló a un sinnúmero de personas en la Plaza de las Tres Culturas ante la mirada absorta de todo el mundo, sino que además se pusieron en práctica diversos mecanismos de intimidación, de negación de los hechos, de justificación de la barbarie; la neblina cubrió conciencias y actitudes ante las voces que exclamaban justicia y castigo para los culpables. La Comisión Ciudadana de la Verdad, organizada a veinticinco años de la masacre, en el año 1993, fue la que por primera vez exigió al Estado que abriera los archivos de todas las corporaciones policiacas dependientes de la Secretaría de Gobernación, para lograr esclarecer los hechos, los actos, y fincar las responsabilidades necesarias, tanto a funcionarios públicos, como a policías y militares. El resultado fue una tenue declaración por esperar que los calendarios se deshojaran por cinco años más, ante la falta de una legislación que permitiera regular y exigir la entrega de cuentas del poder para con la sociedad.

Para el año de 1998, una vez que el plazo se cumplió, una nueva Comisión de la Verdad, ahora compuesta y promovida desde el propio poder Legislativo, dio inicio a las gestiones pertinentes para que la apertura de los archivos de la Secretaría de Gobernación se hiciera realidad y comenzara así la posible revisión de un pasado tantas veces negado.

Alguien debió de haber apagado la luz, ¿quién dio la orden de que todos aquellos archivos terminaran en cajas? Papeles, reportes, legajos, discos, fotografías, restos de bomba, informes policiacos, transcripciones de conversaciones telefónicas interceptadas, copias y originales de cartas cuyo destinatario nunca recibió, declaraciones ministeriales de detenidos en varios momentos históricos, crónicas de los policías políticos infiltrados en movimientos campesinos, partidos políticos, movimientos estudiantiles, gremios empresariales, oficinas públicas, oficios y órdenes giradas a la Dirección Federal de Seguridad, firmas originales con tinta verde y café, pliegos con la información de los gastos realizados el 1 de diciembre de 1970 para la toma de posesión del entonces presidente de la República, nóminas de los policías políticos, registro de gastos de diversas corporaciones policiacas, memorandos acerca de la intervención del ejército, registros de las actividades de supuestos opositores del sistema, de periodistas, de políticos del propio partido en el poder y de secretarios de Estado, bitácoras de las actividades de la policía política, comprobantes de los subsidios a los partidos de izquierda, revistas, recortes de periódicos, informes periciales, notas de gastos, vidas íntimas, análisis de inteligencia política, charolas, manuales de operaciones policiacas, manuales de antiguerrilla, condensado de resultados electorales, manuales para provocar rumores, historias, leyendas, cuentos, fantasías, sentimientos de personas de carne y hueso, horror, violación a la intimidad de cualquiera, caos y más caos, telegramas de otros gobiernos en los que felicitaban al gobierno mexicano por sus actos de represión, nombramientos como asesores de la presidencia para Zabludowsky y Cantinflas, medallas, orgullo de la nación, salvar a la patria, madrear a los revoltosos, confiscar propiedades, registro de invasiones de tierra, seguimiento de comunicadores, polvo, fotos de cadáveres, fotos de una multitud, fotos de un mitin, fotos de una fila de personas que esperaban entrar al cine, relación de acontecimientos del espectáculo, fotos de estrellas del cine, directorios telefónicos, más caos y más polvo, los sufrimientos compaginados, fichas técnicas de posibles delincuentes, informes para la CIA, resultados de negociaciones, capítulos de libros, publicaciones, lágrimas congeladas... Los ojos y los oídos del sistema, la vigilancia, el acecho de individuos, organizaciones, sindicatos, organismos sociales, opositores al régimen, funcionarios públicos, todos contra todos; saber de las pretensiones de amigos y enemigos, saber de todos, conocer hasta los más mínimos detalles de las vidas privadas; el Estado que todo lo sabe, la información es poder, el poder de la información.

No existió discriminación, todo mexicano fue susceptible de ser vigilado; deseo y prepotencia por saber qué haces, qué piensas, qué pretendes, qué planeas, qué aspiraciones tienes, con quién andas, con quién te juntas, a dónde vas, vigilantes en todas partes, en cualquier rincón por recóndito que este sea: correos, telégrafos, embajadas, sindicatos, salones de clase, empresas, hasta el campo, la selva, la playa, todos contra todos, saber para ser.

¡Vaciar la oficina! Habrá sido la consigna; ¿qué oficina?, ¿de dónde son esos archivos?, ¿quién los amontonó en cajas de cartón? Vaciar archiveros, libreros, cajones, muebles, cajas, papeles arrinconados, escritorios, anaqueles.

En algún lugar habrían estado perfectamente organizados, ubicados, seleccionados, catalogados... ¿y?, ¿quién apagó la luz?

«De la oficina del Secretario de Gobernación, durante el sexenio de 1970 a 1976, de la que el responsable, al no quedar como candidato del partido oficial a la presidencia de la República, habrá dicho —que se chinguen, dejen todo en esas cajas, no destruyan nada.

»De la oficina de la Secretaría Particular del Presidente de la República, porque al salir lo guardaron todo y, en un descuido, no llegaron aquellos documentos al horno, al olvido; su destino eran las cenizas y alguien no encendió el cerillo.

»Son papeles de muchas oficinas, eran los archivos muertos; por ser papeles del pasado nadie les dio importancia y los almacenaron, ¿qué peligro podrían representar?

»Existe un descuido sobre la información documental y archivística de parte de los funcionarios públicos, a quienes no les interesa qué destino puedan tener los papeles, los reportes, su paso por la secretaría...

»El desprecio por la cultura y la memoria documental llega a tal punto que nadie sabe qué debe guardar, qué debe destruir, qué se tiene que entregar al Archivo General de la Nación para la custodia y el acceso al escrutinio público.

»Las instituciones pierden la memoria inmediatamente.

»Los archivos que no se encuentran a la mano, los que no se utilizan en la inmediatez de los acontecimientos, pasan al olvido.

»Papel que no está a la vista es un papel muerto, la realidad existe mientras la tenga en frente, es muy fácil que la documentación se extravíe de la memoria oficial.»

Son algunas de las hipótesis, ideas, elucubraciones...

Año 1982, la remodelación y el acondicionamiento del rancio Palacio Negro ha concluido para poder recibir la documentación y los archivos históricos de México, los cuales han sido trasladados desde las viejas oficinas de los juzgados a un moderno edificio construido a un costado de la antigua prisión de Lecumberri, que sirvió como punto de descanso mientras que el archivo histórico llegaba a su nuevo albergue.

La orden del traslado al fin llega, cientos de cargadores con sus diablitos suben y bajan, transportan por fin la documentación a su última morada, entre multitud de piezas de cartón con la que se podría construir una pirámide de las mismas dimensiones que la dedicada al sol en Teotihuacan.

Arriba una carga inesperada de dos mil novecientas veinte cajas, aproximadamente, al AGN, sin que autoridad alguna se hiciera responsable de su existencia, de su origen, de su procedencia.

La firmeza de la entonces directora: «si ya llegaron, se quedan, no hay devolución». Una primera auscultación en el interior de las mismas determinó que dichos documentos tenían un valor específico, su contenido parece escandaloso, en ellas está el testimonio de la vida política de las últimas décadas del México posrevolucionario.

Los papeles negros llegan al Palacio Negro, es la voz de la prepotencia, son las entrañas del sistema, son los testimonios negros, la versión oficial de movimientos sociales, la constancia del terror; pero no como para ser expuestas y abiertas aún al escudriño público, por lo que las cajas se sellaron, se lacraron, se quedaron a buen resguardo en espera del tiempo, del día en el que pudieran ser abiertas.

¿Quién sabía de su existencia? Quizás algunos empleados del Archivo, gente cercana a la dirección, uno que otro académico convocado para que testificara de aquel cargamento indeseable. Un error, la distracción, la confusión, esas cajas jamás debieron de haber llegado a Lecumberri, o ¿tal vez alguien deseaba que en verdad llegaran?, ¿desliz?, ¿accidente?, ¿coincidencia?, ¿inducción?, ¿acto provocado?

Las cajas durmieron por más de dieciséis años, descansaron, añejaron su información, sus testimonios, sus voces, sus vidas contenidas. Luego de la declaración de la entonces directora del AGN, en el sentido de esperar el paso de tres décadas para poder exponer al público el contenido de aquellas cajas, para 1998, gracias a la Comisión Legislativa de la Verdad sobre el movimiento estudiantil de 1968, las cajas vieron la luz, se abrieron, se permitió que los ojos se posaran en su interior, que manos desempolvaron documentos, que verdades a medias se conocieran.

Dicha Comisión Legislativa fue la primera en tener acceso, no hubo retroceso una vez violados los sellos y las firmas, las cajas perdieron su intimidad, sus secretos, sus tinieblas, a partir de ese 1998, la galería dos del Archivo General de la Nación albergó los documentos de la Secretaría de Gobernación en lo genérico para ser estudiados, vistos, revisados por cualquier investigador, por cualquier estudioso, por los medios de comunicación masiva.

Sin guía, sin un listado elemental para poder guiar la consigna, la investigación; el trabajo se convierte en tedioso, la constancia para estar con los ojos metidos en cajas que pueden arrojar joyas o perlas de información se ve desalentada; varios han llegado, pocos han persistido, hay cajas famosas, las cuales han adquirido popularidad: la número dos mil novecientos once, manoseada por muchos periodistas, por las cámaras de televisión, para mostrar los horrores del pasado.

Se ha hablado solo de esa caja como si contuviera la neta del 68, son las consentidas de los encargados de la galería dos, quienes al no saber tampoco qué contienen las cajas se van por la respuesta rápida, por lo seguro, ¿cómo puedes ser el responsable de un archivo del cual desconoces su contenido? Sería la lógica, y es por esto que solo prestan las clásicas, las *best seller*, cuando se les pregunta sobre qué tienen bajo su resguardo, el resto de la información queda en el anonimato.

La falta de una legislación sobre archivos públicos permite la discrecionalidad de los mismos, ¿qué se tendría que entregar de cada dependencia pública al AGN?

¿Cuántos archivos son destruidos, ocultados? ¿Cuánta información va a parar al olvido? ¿Cuánta corrupción se permite sin que se exija la transparencia de los documentos públicos? ¿Cuántos documentos se pierden por ignorancia? Sobre la existencia de los archivos de la galería dos, existe el debate si se debe de mantener abierta al público, ya que se pregunta ¿qué tan bueno es el que exista acceso a la información si luego no se puede encontrar?

Para el año 2000, la Comisión Nacional de Derechos Humanos se mete de lleno en las cajas; con un equipo de más de cuarenta auxiliares, se investiga, se husmea, se descubren informes y datos, se fotocopia todo para elaborar el famoso informe del *ombudsman* y entregárselo al jefe del Ejecutivo, sobre los diversos casos de desaparecidos políticos en las décadas de los años setenta y ochenta; los cinco archivos revueltos que existen dentro de las casi tres mil famosas cajas son del Departamento confidencial, institución de investigación política previa a la creación de la DFS; de Información Política, organismo de control y vigilancia del Estado mexicano, existente hasta los años cuarenta; de la Dirección Federal de Seguridad; de la Dirección de Investigaciones Políticas y Sociales, que fue una corporación policiaca colaboradora de la DFS, algo así como la hermana menor de la primera; de la Oficina Particular del presidente de la República. Los datos permiten suponer que todos aquellos registros pertenecieron a la Secretaría de Gobernación, por la variedad de las referencias, de la información y las características del archivo.

El Palacio Negro de Lecumberri, con su majestuosa construcción, orgullo del porfiriato, ejemplo de modernidad en materia penitenciaria, espacio para que confluyan todo tipo de historias negras, se convirtió en el guardián de la memoria con la inauguración del Archivo General de la Nación en el año 1982; los papeles de la Colonia, la Reforma, la Revolución mexicana, de diversas Secretarías de Estado, documentos valiosos, las constituciones, libros pasados, testimonios idos, fueron los nuevos huéspedes de aquella vieja construcción, remodelada para permitir el paso de estos.

Pero a partir del 27 de noviembre del año 2001, día en el que se decretó en ese mismo espacio el traslado de los archivos del ejército y de la Secretaría de Gobernación, referentes a la extinta Dirección Federal de Seguridad, un nuevo huésped llegó hasta Lecumberri.

Motivo por el cual el día martes 22 de enero de 2002 la Secretaría de la Defensa entregó cuatrocientas ochenta y seis cajas con información del período de 1965 a 1985, con un contenido aproximado de seiscientos cincuenta y tres legajos, documentos que se presentaron en silencio; sigilosos, entraron por la parte sur del edificio, pretendiendo como que nadie los veía ni los sentía, nadie se percataba de su nuevo espacio.

Con el arribo de los antiguos archivos de la Dirección Federal de Seguridad, procedentes de los sótanos del Centro de Investigación y Seguridad Nacional, en el mes de febrero del año 2002, de nueva cuenta varias de aquellas personas que habían permanecido encerradas en Lecumberri por cuestiones políticas años atrás, ahora regresaron en papel a habitar las paredes del Palacio Negro. El traslado comenzó el martes 19 de febrero por la noche, de manera silenciosa, sin reflectores, sin luz solar, entre las sombras, como se acostumbraba generar la propia información transportada.

Millones de fichas, de legajos, de testimonios, fotografías, la memoria del terror, el testimonio vivo de la práctica de vigilancia policiaca; la galería uno ya había sido acondicionada para recibir en sus antiguas celdas los papeles del horror, con nombres, direcciones, actos, hechos, narraciones, declaraciones, de todo aquello que el Estado consideraba necesario saber para poder exterminar al opositor.

Un total de aproximadamente cuatro mil cajas negras, con historias negras también, directamente a ser resguardadas ahora en el AGN; la conciencia negra del poder. No cualquiera cargó las cajas y sus contenidos secretos hasta entonces, se solicitó el apoyo de los propios empleados del archivo del CISEN, así como varios agentes del mismo organismo fueron los encargados del traslado desde las camionetas hasta la crujía; ubicaron cada caja en su respectiva celda, organizaron lo que ya perfectamente se encontraba catalogado, sistematizado.

Para Felipe no habrá sido fácil acatar la última orden, trasladar el archivo de su creación hasta el AGN para permitir el escudriño público de aquellos documentos que tan celosamente había guardado, coleccionado, clasificado, transcrito, por más de cuatro décadas; él sabe todo, ubica de inmediato los datos, las fechas, los personajes ahí descritos, los legajos, «siempre me decían: necesito tal información, y es para ayer.»

Por lo tanto Felipe está acostumbrado al trabajo bajo presión, sabe ubicar la información lo más rápido posible; sus jefes le exigían un dato en escasos minutos, para poder ir a detener al siguiente sospechoso.

Se trataba de información que permitiría la captura de más disidentes, de varios guerrilleros, de otros implicados, y el tiempo era parte fundamental para el éxito o fracaso del operativo policiaco. Él dirigió la estrategia y el acondicionamiento de la galería uno, desde que recibió la orden según acuerdo presidencial, cuando se solicitó a todas las secretarías que tuvieran información sobre los distintos casos de desaparecidos políticos o de situaciones referentes al actuar del Estado en contra de los disidentes políticos en tiempos pasados, que debían trasladarla a Lecumberri para permitir el libre acceso a dichos papeles.

Por esto, de inmediato y sin protestar, acudió a la nueva morada de su archivo, demandó lo necesario para que su creación llegara y aterrizara de la mejor manera, no sin ese extraño sentimiento de que alguien ajeno a la corporación policiaca pudiera estar metiendo las narices en sus cosas y violando una intimidad por tantos años defendida. ¿Quién se iba a imaginar que algún día estos papeles llegarían a manos extrañas? Aquella información la proporcionan aproximadamente entre sesenta y ochenta millones de tarjetas, las cuales contienen la investigación resumida de cada legajo, de cada archivo, con un número que indica el acceso directo hacia los documentos generales. El material se encuentra dividido en dos grandes rubros, por nombre del personaje y por nombre de organización; se dice que según el primer caso, en el archivo de la DFS existen tres millones de fichas de personas; sus nombres, sus historias, sus actos, sus pretensiones, perfectamente actualizados y con todo tipo de biografía al respecto; si hay o no familia, de dónde provienen, estudios, cursos, preparación en general, así como el árbol genealógico por completo.

Mientras que en el segundo caso, existen unas seiscientas mil organizaciones fichadas, vigiladas, también con todos los datos sobre sus existencias, número de afiliados, los líderes, su fundación, los fines para los cuales se organizaron, principios y estatutos, direcciones, teléfonos, sus impresos, sus declaraciones y acciones. ¿Quién se podía escapar ante los ojos del Estado mexicano?

Aquella información también llegó de manera silenciosa, en los misterios, fuera de los reflectores o de cámaras indiscretas.

Se necesitaron tres días en sombra para alcanzar el traslado total de las cuatro mil doscientas veintitres cajas con documentos diversos, más veintiséis mil videos y unas doscientas cincuenta mil fotografías, para ocupar más de veintidós antiguas celdas del Palacio Negro, incluida la estantería y los ficheros que los resguardaban, así como los archivistas, con Felipe a la cabeza; todos dejaron los sótanos de los organismos de la seguridad nacional, para dar la cara en conjunto a los chismosos que pudieran acercarse para conocer las historias oscuras.

La seguridad es contundente, ya que se dice que sin duda en esos papeles se encuentran las respuestas a varias incógnitas que han vagado durante muchos años, como los acontecimientos de la década de los años cuarenta, las intrigas del movimiento ferrocarrilero a fines de los cincuenta, todo lo referente al movimiento estudiantil del 68, y no sólo el colofón del 2 de octubre; más la larga zaga del enfrentamiento armado con los grupos guerrilleros a fines de los sesenta y durante toda la década de los setenta hasta entrados los ochenta; archivo que podría reconstruir la historia. La directora del Archivo General de la Nación comparte la sorpresa y la respiración en un vilo, ya que sabe que luego de aquel desfile de documentos hacia su institución, posteriormente llegarán el desfile de investigadores, periodistas, familiares y curiosos, para imaginar que un día cualquiera podrían llegar también los asesinos detrás de sus propias huellas. Consciente de que la historia requiere de fuentes confiables de información y que los archivos públicos son de interés e importancia para conocer las razones del poder, para no ver más a la verdad histórica solo como una apariencia, y que la documentación tiene que dejar de ser utilizada como un instrumento circunstancial de la política y el chantaje, y sí para conocer la historia.

¿Cuántos de los nombres, vidas, sentimientos, historias, ubicados dentro de las cajas negras de la Dirección Federal de Seguridad padecieron años atrás el encierro en Lecumberri? Su vida regresa ahora narrada por los cuerpos policiacos y, para acabarla de chingar, algunos de ellos vuelven para conocer su propio pasado; la versión que de ellos contó la policía; los excesos que se puedan contar en sus fichas, las de sus familiares; un doble exorcismo, regresar detrás de las paredes del Palacio Negro a enterarte de las historias negras sobre uno mismo, o los familiares próximos; a pretender descubrir paraderos, origen, ubicación, datos, sobre aquellos que nunca más regresaron. ¿Quién podría dudar que el color negro no es importante? Negro de solemnidad, de funeral, de papel, de hechos, de Palacio, de sufrimientos, de uniforme, de traje, de bandera, de ausencia del color, de rebeldía... ¿Cuántas referencias pueden existir al pensar en el negro?

El arribo de aquellos papeles de la Dirección Federal de Seguridad llamó a viejos fantasmas, provocó pasiones, heridas, celos, el resto de los archivos bien podrían haberse revelado en su contra; su contenido ha generado mayor expectativa que la información guardada por varios de ellos con tantos siglos en descanso, de añejamiento, para que una vez más llegaran otros a convocar el aplauso y el interés, el morbo, puede que sea un veneno, una trampa.

No hay quien no esté consciente de que a los archivos hay que seducirles, preguntarles lo correcto, saber acercárseles; las respuestas no están tan a la vista, son parte de un proceso de interrogatorio, sin torturarles, sin obligarlos de buenas a primeras a que cuenten todo lo que guardan; hay que saber esperar el momento preciso para que los datos aparezcan, surjan, se descubran; porque son vida, son voces atrapadas en un papel, son respuestas sumergidas en la tinta.

Por lo mismo se les debe consentir, acariciar, detrás de cada papel hay una vida, un sentimiento, una expresión de dolor, un hecho revelador.

Son varios los enigmas que se encuentran implícitos dentro de un archivo, desde la determinación misma por la que se eligió tal o cual organización, planeación; y en esa lógica se deberá de jugar para poderles exprimir, para que comiencen a hablar, ¿quién puede imaginar un punto final frente a tanta información?

La ceremonia de apertura de los archivos se realizó con todo un montaje propagandístico; tal evento no podría dejarse pasar de largo sin cámaras, sin reflectores; ahora era como si se tratara de un gran evento histórico, jurídico, festivo. A diferencia de su llegada al AGN, las cajas de la Dirección Federal de Seguridad fueron presentadas al público con fuegos artificiales, con música, en plena luz del día, para que sus hojas tardaran algunos instantes en reaccionar, en despejar aquella pereza tantos años acumulada; por ello, el martes 18 de junio del año 2002, se convocó a investigadores, políticos, funcionarios públicos, líderes partidistas, luchadores sociales, representantes de organismos no gubernamentales, a un acto casi tan parecido en formas y fondos como el día en el que el *ombudsman* presentó su informe, a pesar de que ya llevara más de tres meses y medio en su nueva morada.

Hasta entonces aquellos legajos solo habían sido permitidos para funcionarios de la recién creada Fiscalía Especial para la «Atención de Hechos Probablemente Constitutivos de Delitos Federales Cometidos Directa

110

o Indirectamente por Servidores Públicos en Contra de Personas Vinculadas con Movimientos Sociales Políticos del Pasado», había llegado el día de poner aquella información en manos de quien así lo solicitara, claro está, previo trámite dentro del AGN, el cual expresó la directora sería el mismo a seguir por cualquier investigador para tener acceso al recinto y sus papeles.

Lecumberri una vez más vestido de gala, preparado para el arribo del señor presidente y comitiva; Felipe, nervioso, iba de un lugar a otro, una cosa es que supiera y se hubiera hecho a la idea de que había llegado el día de mostrar sus expedientes, y otra muy distinta ser el personaje principal de la historia.

Él, acostumbrado a que nadie le conociera, a que nadie se interesara en su vida, salvo cuando los jefes de la DFS, un reducido grupo por cierto, tuvieran alguna urgencia en relación con los datos, pero de ahí en fuera, ¿quién más podría estar interesado en la vida de Felipe hasta ese momento?

Ocupaban el estrado el presidente de la República, el presidente de la Comisión Nacional de Derechos Humanos, el secretario de Gobernación, el fiscal especial de nombre largo y de actividad en entredicho y la directora del Archivo. El jefe del Ejecutivo no dejó pasar la oportunidad para asegurar durante su discurso que ese era el momento preciso de desterrar para siempre la impunidad y el abuso de poder, pero que no habría lugar para la venganza, sino, más bien, para la justicia... «¿Acaso el conocimiento de aquellos papeles podría desencadenar algún tipo de revancha?» Su alocución continuó en el sentido de lograr el esclarecimiento de los crímenes cometidos en el pasado, para poder alcanzar la reconciliación con él, por lo que no se trataba de ir a la pesca de fantasmas... «¿Cuántos podrían habitar desde siempre Lecumberri?

¿Cuántos existirían dentro de las cajas y los papeles?» Sino que, por el contrario, había que pretender llegar a la verdad, siempre y cuando esta no afectara la información de carácter privado sobre algún individuo... «¿De quién es la verdad, de quien la trabaja? ¿Qué otras cosas, qué información personal no podría existir en los reportes de la policía? ¿Dónde queda lo público y lo privado? ¿Acaso la inspección de los agentes no tenía que ver con la violación de la vida privada de los vigilados?» Por su parte, la directora insistió en que se había trabajado de buena fe, sin caer en la duda de cuánto pudiera haber de rasurado, ocultado, reservado, en la información disponible... «¿Acaso no se guardó nada Felipe? ¿Dejó que se trasladara todo lo que realmente existía en sus sótanos? ¿No pretenderá proteger a sus antiguos amigos? ¿Hasta dónde llega la fidelidad con una institución, una persona, una causa? ¿Quiénes eran los actuales funcionarios como para ordenarle a él qué hacer y qué no hacer?»

Felipe observó el nuevo hábitat de su documentación: un pasillo largo de cincuenta y tres metros, llamado galería uno, con setenta y dos pequeños cuartos, antes considerados celdas, de 3.7 por 1.96 metros de espacio interno, para resguardar tiempo atrás a quienes hoy se encuentran con vida en la tinta.

¿Concluiría una época? ¿Son esos papeles nada más una instancia del pasado? ¿Qué tanto podrían modificar el presente y el futuro? ¿Quién trabaja la verdad? ¿Qué tanto existen las razones de la historia en el presente? ¿Cuánta capacidad de acción legal tendrá aquel organismo especial para perseguir a viejos funcionarios de altos vuelos? Alguien podría justificar la apertura de dichos archivos debido a que el actual partido político en el poder no se encuentra involucrado en aquellos hechos del pasado, aun cuando se corra el riesgo de estudiar los casos de una guerra sucia, una guerra de baja intensidad.

La violencia ejercida desde el propio Estado, las guerras secretas y sus luces, podrían desatar viejas historias y convocatorias con fantasmas, a pesar de las declaraciones presidenciales. A partir de aquel acto de apertura un total de doscientas cuarenta y seis personas solicitaron el ingreso a la galería uno, para poder saber algo más sobre los papeles secretos y sus historias por contar.

Todos bajo el escrutinio de Felipe, quien dejó sus bajos mundos para quedar al frente de su archivo, ahora en el AGN, en el antiguo Palacio Negro de Lecumberri.

Expediente SIETE

Un gato husmea

Primitivo se levantó muy animado, el día anterior lo había invertido completo en compañía de Claudia.

Como la chica contaba con el día libre, se fueron a desayunar, después, el historiador le propuso un paseo por el centro histórico de la ciudad, a lo que Claudia aceptó sin contratiempo.

Decidieron visitar el Museo de la Ciudad y el Palacio Nacional, e incluso les dio tiempo de acudir al Palacio de las Bellas Artes, y terminar el recorrido en el *Sanborn's* de los azulejos.

En todos los lugares que visitaron, Primitivo había hecho gala de sus conocimientos, por lo que la atención de Claudia estuvo todo el tiempo cautivada por sus palabras, sus bromas, sus comentarios, las anécdotas que el historiador tenía para cada instante. Se sintió halagado cuando ella le reprochó no haber sido su maestro en la preparatoria, ya que sería otra cosa, si el maestro de aquellos años les enseñara la historia de manera tan atractiva e interesante como la conversación de Primitivo; pero a pesar de haber estado todo el día juntos, el historiador no tuvo oportunidad de propiciar una conversación privada; poder incursionar en la vida íntima de ella: si había novio de por medio, sus gustos, sus pretensiones, algo sobre su existencia; creyó que tal vez no era conveniente irritar en la primera cita con algún tipo de indagatoria al respecto, por lo que él también se reservó hacer algún comentario sobre su privacidad.

Se preparó el café matutino y encendió el primer cigarro del día, para ir de inmediato a recoger el periódico y conocer, como cada mañana, lo que su amigo el Gato Culto tendría para él; se le había convertido en una obsesión mecánica, luego de dar un trago al café, para conectarse con la realidad y meterse una o dos bocanadas de humo, saber la frase que el cartón de la sección cultural guardaba; sentía como si se la dictaran directamente a su conciencia, aunque advertía un poco de pena en esta obsesión, ya que se imaginaba como si él fuera una señora ama de casa que no puede dar un paso sin antes leer su horóscopo.

Consideraba que era preferible ser adicto a aquellas frases que a los libros de superación personal, deseaba que fuera algo amable, acorde con aquella sensación encantadora que le quedaba de haber estado al lado de Claudia.

Antes de poder llegar a la sección cultural, como siempre, le llamó la atención una noticia de la primera plana: «La muerte ronda de nuevo en el Palacio Negro de Lecumberri», firmada por su amigo Jacinto.

Traicionando su propia costumbre de no leer nada antes que el Gato Culto, Primitivo se dejó llevar por la nota que su compañero publicaba sobre el suceso del día anterior: «Luego de más de dos décadas sin visitar el viejo Palacio Negro de Lecumberri, el día de ayer la muerte volvió a recorrer los muros de la construcción porfirista inaugurada en el año 1900.

»Fue común escuchar durante varias décadas cómo un sinfín de hombres perdieron la vida cuando Lecumberri era la prisión de la ciudad de México; los motivos sobraban.

»La violencia que se vivió dentro le dieron a aquella legendaria construcción el epíteto de Palacio Negro; pero, ahora que dicho Palacio resguarda el pasado histórico de nuestro país, puede parecer absurdo imaginar los motivos que pudieron provocar el que una persona haya perdido la vida en su interior.

»Las puertas del actual Archivo General de la Nación permanecieron cerradas; evitaron el paso no solo a investigadores y periodistas, sino que, incluso, se optó por impedir la entrada a los propios trabajadores. El periodista logró burlar la vigilancia por una entrada posterior del edificio y presenciar cómo se trasladó en una camilla un cadáver cubierto por una sábana blanca, para después ser introducido en una ambulancia del Ministerio Público.

»Fue en vano solicitar informes a la dirección del Archivo, a la subsecretaría de Asuntos Políticos de la secretaría de Gobernación y al propio secretario.

»De la misma forma, el Ministerio Público que lleva el caso mantuvo un hermetismo acerca del hecho. Minutos antes del cierre de esta edición, llegó un boletín de prensa a la redacción para sugerir, someramente, que debido a un accidente, una empleada de vigilancia había perdido la vida durante la madrugada del día de ayer, sin ofrecer mayor explicación; así como tampoco los motivos de tan impresionante despliegue policiaco, según pudo presenciar el reportero.»

Primitivo concluyó la lectura de aquel texto, criticó a su amigo por el tono de denuncia más que informativo.

Por como estaba escrito, imaginó que Jacinto le estaba dando demasiada importancia a un hecho que, para su gusto, no lo tenía tanto.

Hojeó el resto de la información nacional antes de ir a buscar a su dictador de ánimo.

Por fin tuvo en sus manos la sección cultural y observó la cara pícara que ese día reflejaba el Gato Culto mientras decía: «El amor y la guerra son lo mismo. Pero el amor duele más». Sintió entonces cómo un alfiler pinchaba su ánimo, como si se tratara de un globo, ya que había estado demasiado ilusionado con Claudia en el paseo del día anterior; aunque a final de cuentas no había sucedido nada más, incluso ella no había expresado el más mínimo interés en su persona.

Cayó en la cuenta de que le llevaba más de veinte años de edad, ¿qué le podría ver ella a él, para enamorarse tanto como él lo estaba? Meditó mientras se disponía a darse un baño, y se preparó para que aquel amor no le causara mayor dolor, en comparación con cualquiera de las guerras que había estudiado como historiador.

Al llegar al Archivo sintió una sensación de misterio, todos los trabajadores cuchicheaban entre sí, se les veía asustados, consternados por lo sucedido el día anterior.

Primitivo seguía vagando en su mente por un jardín lleno de flores, por lo que le parecía excesivo que el mentado accidente provocara tanta inquietud.

—¿Ya se enteró? —preguntó cautelosa Carmelita al recibir su portafolio en el guarda bultos.

—Que hubo un accidente ¿no?

—Pobrecita de Eva, tan buena que era ¿verdad? —se conmocionó la señora.

—¿Eva? —se sorprendió Primitivo.

—Sí, maestro, Eva apareció muerta en la galería seis.

—¿Y eso?

—Pues hasta ahora no nos han dicho nada; al parecer, se lleva acabo una investigación, incluso todos los vigilantes del turno de la noche están detenidos.

—Eso sí que está raro.

—Pues sí, maestro, según dicen, se trató de un accidente, pero no entiendo por qué la policía se llevó a los compañeros de Eva.

—Ah, qué caray —dejó Primitivo el intento de condolencias para doña Carmelita, quien se veía realmente afectada.

El investigador continuó con el registro para poder acceder a las galerías a consultar los archivos; en la dos ya se encontraban Jacinto, Enrique y Gustavo; solo faltaba él para completar «Los cuatro fantásticos»; sus caras llenas de serenidad indicaron a Primitivo que algo estaba mal.

—¡Qué onda, cabroncitos! —saludó el historiador a sus compañeros como pretendiendo introducir algún tipo de solvente emocional que provocara un cambio en sus actitudes.

—¡Ya ni chingas! ¿Qué hora de llegar es esta? —increpó Jacinto a su compañero, como si fuera el jefe de la oficina y estuviera pendiente de que todos llegaran puntuales.

—¡Uy! Perdóname la vida.

—¿Qué no ves lo que está pasando? —le echó en cara Enrique.

—Claro que sé, ayer este cabrón y yo descubrimos lo que estaba sucediendo adentro.

—Pero la cosa está muy gruesa —intervino Gustavo.

—Bueno, no es normal que suceda un accidente en este espacio como para que la pobre de Eva perdiera la vida —quiso justificarse Primitivo.

—Vamos a tomarnos un café en el *Vip's* de la esquina y mejor ahí cotorreamos con calma, ya dejen de estar regañando a don Ligorio —propuso Gustavo ante el nerviosismo colectivo por los acontecimientos recientes.

Una vez instalados en el restaurante, Jacinto puso al tanto a Primitivo sobre todo lo que había estado investigando con ayuda de Gustavo y Enrique, a quienes logró localizar al poco tiempo de que Primitivo partiera en compañía de Claudia.

—¿Pero qué carajo suponen? —cuestionó Primitivo a sus compañeros, insistiendo en que para él, se estaban orinando fuera de la bacinica.

—Lo más sencillo, güey, es que a Eva la asesinaron —soltó Jacinto.

—Ah, chingá, ¿y en qué se basan?

—Mira, a ti te apendeja demasiado el amor, ponte a pensar tantito. Eva tenía un horario de ocho de la mañana a cuatro de la tarde, ¿te explicas qué carajos estaba haciendo ella por la noche en Lecumberri? —le explicó Enrique.

—Además, Eva llevaba como cuatro meses que la habían relevado de la inspección de las galerías. Acuérdate que estaba muy mona en el módulo de recepción de entrada —reflexionó Gustavo.

—A ver, cabrones, me están echando montón —se quejó Primitivo.

—Lo que te queremos decir es que Eva no falleció de muerte natural, tampoco perdió la vida, porque hubiera existido algún tipo de accidente de trabajo, y la cerrazón de las autoridades sobre el caso nos lleva a pensar que hay algo gordo detrás de todo esto —despejó Jacinto las dudas de Primitivo.

—Pero, ¿qué carajos pudieron haber buscado en el Archivo como para que alguien asesinara a Eva? —siguió ingenuo Primitivo.

—Eso precisamente es lo que queremos saber.

—Que no se te olvide, carnal, que la apertura de los informes de la Dirección Federal de Seguridad han despertado todo tipo de expectativas; nosotros mismos hemos manifestado que ahí se encuentran documentos muy valiosos que ponen al descubierto las chingaderas del sistema político mexicano —puntualizó Enrique.

—Acuérdate que se ha dicho que el antiguo policía y director de la DFS, Miguel, tiene gente en el Archivo que revisa los temas que se examinan, y está informado de todos los investigadores, periodistas, estudiantes, familiares de los desaparecidos que acuden a explorar los expedientes –consolidó su versión Jacinto.

—A lo mejor querían asaltar la bóveda, ahí sí que hay documentos valiosos, monedas que cualquier coleccionista daría la vida por ellas, pero, ¿asesinar a Eva por los pinches papeles polvosos que hemos estado revisando? Se me hace que ustedes tres están muy emocionados jugando a la novela policiaca —continuó Primitivo en su actitud suspicaz, para quien la documentación no dejaba de ser interesante y buena, desde la perspectiva histórica únicamente, sin encontrar el posible peligro en el presente. Además, no se les olvide aquello que dice el Gato Culto: «los optimistas son pesimistas sin experiencia.»

—¡Me cae que eres necio! Hasta donde hemos podido investigar, la bóveda estaba en perfectas condiciones —profirió Gustavo, un poco desesperado por la actitud de su compañero.

—¡Ay, cabrones!, es que no me imagino que ningún papel valga la vida de Eva, sobre todo ella, que era tan gentil, tan amable, tan sonriente siempre, vaya, a pesar de que era policía se me hacía guapa, no tanto por su físico como por su actitud —dijo Primitivo desinteresado, mientras comenzaba a comer los huevos a la mexicana que había pedido.

—Pues yo insisto en que aquí pasó algo muy grueso. Soy periodista y por principio no puedo creer en la palabra de los funcionarios públicos, sobre todo porque tú y yo fuimos testigos el día de ayer de todo un despliegue policiaco por demás exagerado, para mi gusto. ¿Concibes que por un accidente de trabajo se movilice tal cantidad de policías y de agentes? Entre otras cosas, tampoco es común el silencio de las autoridades, la manera cómo han querido ocultar los hechos.

—Bueno pues, supongamos que tienen razón, ¿qué es lo que quieren hacer?

—Pues no sé, escribir la historia, investigar... —dudó Enrique ante aquel cuestionamiento del historiador.

—Por mi parte, esto tiene un interés periodístico evidente. ¡Ah! y por cierto, toma tu celular, que es muy incómodo y antiquísimo, a ver si ya te modernizas, no te quedes con los productos que hacen alarde a tu nombre —expresó Jacinto, extendiéndole su teléfono a Primitivo.

—Yo por metiche, si tú quieres, pero estoy dispuesto a colaborar con Jacinto para que se sepa qué carajo pasó —sentenció Gustavo. Lo que motivó que Enrique y Primitivo cruzaran una mirada esperando ver cada cual la reacción del otro; hasta que el primero externó su solidaridad y disposición de contribuir con sus amigos.

—Para no quedarme como dedo, creo que también le entro, total, ¿qué sería de «los cuatro fantásticos» sin mí?

Ausentes de algún tipo de plan previo, «los cuatro fantásticos» regresaron al Archivo para ponerse a trabajar como cada día, con la consigna, eso sí, de estar atentos a lo que se pudiera decir por ahí; estar a la expectativa de algo que contribuyera al esclarecimiento de aquel embrollo.

Cuando llegan al inmueble, Primitivo abandona a sus compañeros, porque descubre que Claudia se encuentra en la cafetería, lo que motivó la burla de sus amigos: «Ahí va el enamorado detrás de la doncella.»

El rostro de Claudia mostraba la angustia en la que se encontraban inmersos la mayoría de los trabajadores del Archivo, estaba sola en una de las mesas al fondo de la cafetería, consumía una bolsa de galletas y un café negro; a Primitivo le pareció fuera de lugar que no estuviera acompañada por el resto de los empleados de limpieza, como era la costumbre, claro está que aquella circunstancia se le presentó como un buen augurio, y precisamente por eso se atrevió a acercársele.

—¿Cómo estás? —indagó Primitivo sin encontrar alguna otra manera más creativa de sacarle plática.

—Mal —respondió Claudia acentuando su semblante desencajado.

—¿Por lo de Eva?

—Es increíble que ya no esté con nosotros.

—¿Se llevaban mucho? —interrogó Primitivo sabiendo que se trataba de un cuestionamiento insulso, pero aquel sentimiento de incomodidad que le provocó descubrir a la muchacha —quien le robaba las ilusiones— afectada por los recientes acontecimientos, no le permitió mayor margen para actuar, se halló desarmado; sintió un enorme impulso por consolarla, de apretarla entre sus brazos, de sugerirle que no se sintiera indefensa, que para eso estaba él, para defenderla.

—Nos hicimos muy amigas desde que entré a trabajar aquí, era muy atenta, muy buena persona, la quería mucho —le narró Claudia con la voz cortada a punto de dejar de controlar el llanto.

—Cuánto lo siento, no sabía que eran tan cercanas.

—Hoy llegué a trabajar a las siete de la mañana y me puse a hacer el aseo como siempre, nadie me dijo nada hasta hace un momento cuando Carolina, la encargada de la galería siete, me contó lo que había sucedido. No lo podía creer, me vino una crisis que el jefe me permitió que me viniera a tranquilizar y que me tomara un café para regularme la presión.

—¿Y qué te han contado? —preguntó interesado Primitivo, dejando abierta la posibilidad de que sus compañeros tuvieran razón sobre lo extraño del caso.

—Pues no sé, han estado diciendo todo tipo de idioteces. Según las autoridades, dicen que se accidentó, cosa que es poco probable.

—Claro, no han dicho cómo se accidentó —comenzó a reflexionar el historiador y a deducir los diversos cabos que se encontraban sueltos, los cuales para sus compañeros eran evidentes.

—¿Con qué se pudo haber lastimado? —reflexionó Claudia a punto de volver a entrar en crisis por la ausencia de su amiga, sentía impotencia por los hechos.

—Lo que tampoco entiendo es ¿qué hacía Eva aquí después de las cuatro de la tarde? —quiso investigar Primitivo al caer en la cuenta de que sus amigos tenían parte de razón.

—Así es, yo me despedí de ella, vi cuando se fue para su casa, no tenía nada a qué regresar al Archivo.

—¿Acostumbraba volver por las tardes?

—Para nada, estaba muy contenta desde que la comisionaron en el módulo de admisión, ya estaba cansada de estar vigilando todo el día parada de un lugar a otro; en cambio en el módulo estaba sentada y no padecía el cruce del aire; además, que ya no tenía que entrar en el rol de guardias, su horario era fijo; por todo ello estaba muy satisfecha y, que yo sepa, desde que estaba en la recepción dejó de venir por las tardes.

Una vez más el ánimo de Claudia volvió a decaer, en sus ojos comenzaron a asomarse unas lágrimas, Primitivo no quiso continuar con el interrogatorio involuntario al cual había sometido a la muchacha; le alcanzó un pañuelo desechable que llevaba en la bolsa de su saco, con el que Claudia recogió su tristeza.

—Bueno, creo que tengo que regresar al trabajo, ya me tomé más tiempo del que me permitieron —argumentó ella, intentando escapar de la compasión que sabía estaba despertando en el historiador.

—¿Te la pasaste bien ayer? —rompió con el ambiente solemne Primitivo.

—Sí, muchas gracias.

—¿Aceptarías que te invite a salir en otra ocasión?

—Cuando quieras —expresó ella, regalándole una esperanza a Primitivo, mientras se incorporaba para ir a refugiar su pena en el trabajo.

Él se quedó sentado mientras la observaba partir; luego sus ojos se concentraron en la envoltura de las galletas que Claudia se estaba comiendo, descubrió una mordida a medias y no dudó en metérsela en la boca, imaginando sentir los labios de ella.

Recorrió mentalmente todo lo que el resto de «los cuatro fantásticos» traía en mente, lo asoció con lo que ella le acababa de confesar y comenzó a sentir un coraje que le nacía desde lo más profundo de sus vísceras, aunque no supo descifrar qué era lo que más le indignaba, si la idea de Eva asesinada, o el sufrimiento que para ese entonces estaba padeciendo la muchacha que le traía hipnotizado.

De lo que no cabía duda era que la irritación de Primitivo le permitiría ser el más animado de «los cuatro fantásticos» en la búsqueda de los motivos de la muerte de Eva.

Expediente OCHO

La voz de los desaparecidos

Era el 4 de diciembre del año 2001, Rosario llegó distraída a su casa en la colonia Roma, cerca de la una de la tarde, como cualquier otro día, con la mente llena de pendientes y citas, la agenda atiborrada de posibles encuentros; un papel a medio asomar debajo de la puerta de entrada atrapó su atención, se percató que no se trataba de cualquier propaganda clásica de algún centro comercial o de un restaurante de comida rápida con servicio a domicilio, tenía el olfato entrenado para distinguir un documento oficial, y en este, los sellos que se dejaban ver así lo mostraban; antes de abrir la puerta se agachó con desenfado para recoger aquel papel, con calma concluyó la tarea de introducir la llave en la cerradura y acceder a su departamento, dejó su bolsa y aquel documento en la mesa del comedor, deseaba quitarse los zapatos, lavarse las manos, refrescarse un poco el ánimo; cruzó la sala de su casa y saludó mentalmente a cada una de las fotos de su hijo Jesús; antes de dirigirse a la cocina se dio tiempo para enterarse del contenido de aquel papel que le aguardaba.

¿En algún lugar del mundo la justicia se ha atrevido a citar a los fantasmas a comparecer? Pues en México, donde todo llega a ser posible, la Procuraduría General de la República tuvo la ocurrencia, el tino, la desvergüenza, el cinismo, de citar a veintisiete desaparecidos políticos ante los tribunales, para supuestamente desahogar las pruebas correspondientes a la denuncia presentada por el comité Eureka, con doña Rosario a la cabeza. Sin duda los desaparecidos políticos se han convertido en México en una condición fantasmal, ya que existen gracias a la lucha y la memoria emprendida y sostenida por los familiares durante más de dos décadas; tiempo durante el cual se les ha venido negando sistemáticamente su existencia, su condición se ha escondido; la práctica de los acontecimientos que les privó de la libertad ha sido un laberinto, tanto para el desaparecido, como para sus familias, ambos se han convertido en almas que deambulan, inasibles.

El impacto para Rosario fue contundente, luego de haber escuchado tantas mentiras de parte de funcionarios, de aguantar y soportar tantas burlas; en todo el tiempo que había durado su lucha nunca se sintió tan indignada, tan absorta, tan incrédula, de tener entre sus manos aquel oficio, con el escudo nacional en una esquina y el logotipo de la Procuraduría en el lado contrario, más la firma de un licenciado y el clásico «sufragio efectivo no reelección» de todo documento oficial.

Aquello era el colmo, lo más surrealista, ¿cómo era posible que la autoridad denunciada pretendiera citar a comparecer a quienes ellos mismos en algún tiempo pasado habían secuestrado?, ¿cómo pretendían desahogar las pruebas?, ¿acaso no habían leído la denuncia?, ¿se trataba de una manera de intimidación del gobierno del cambio?, ¿qué significado tenía eso? Rosario se había hecho la ilusión de que aquel oficio tuviera que ver con la denuncia presentada por su Comité el 28 de agosto de 2001, en la que demandaba ante la Procuraduría el esclarecimiento de sesenta y cinco de los más de quinientos casos que Eureka mantiene registrados, dentro de los cuales se encontraba su hijo Jesús; luego de que el 12 de septiembre del año 2000 se diera entrada a una iniciativa de ley, en la Cámara de Diputados, para que se castigara el delito de desaparición forzada y se le considerara como una pena imprescriptible por lo que dentro de aquellas facultades legales, se abrió la averiguación previa número 26/DAFMJ/2001, y por lo tanto doña Rosario imaginaba correctamente que aquel documento tendría que ver con la denuncia presentada.

Pero lo que nunca llegó a suponer era que se citara a los afectados a declarar sobre su propio caso de desaparición; la doña volvió a leer el documento para salir de dudas, a lo mejor había leído mal, en una de esas se había confundido, por lo que sus ojos volvieron a recorrer los párrafos redactados: «se sirvan comparecer ante el suscrito, para la práctica de una diligencia de carácter ministerial relacionada con su denuncia de hechos de fecha 28 de agosto de este año», y a continuación los nombres de veintisiete de los sesenta y cinco casos denunciados como desaparecidos.

No había duda, la Procuraduría demandaba a las personas que en otros tiempos secuestró para que fueran ante ella a declarar y, de no acudir, se les podría aplicar un apremio, que podría ir desde una multa de uno a treinta días de salario mínimo, o se solicitaría el auxilio de la fuerza pública para que cumplieran con la ordenanza o en su caso, llegar a ejercer un arresto hasta por treinta y seis horas.

¿Otra vez los van a arrestar?, ¿de nueva cuenta el uso de la fuerza pública en contra de ellos?, ¿no habían ejercido ya demasiada tortura en su contra?, ¿hasta dónde irían por ellos?, ¿por qué no los presentaban primero para que después pudieran comparecer? «Carajo, ¡qué bello sería que comparecieran!» Exclamó Rosario para que las fotografías testigos de aquella situación absurda, la escucharan. Ellos los borraron y ahora les exigen que aparezcan, ¿qué esa no era la demanda única de su Comité Eureka? «Vivos se los llevaron, vivos los queremos», sentenció una vez más en su interior la luchadora social.

Dejó entrever su malestar contra ese pedazo de papel que les exigía a los desaparecidos que acudieran vivos a declarar. Se percató de la fecha en que se había girado dicho oficio: el 27 de noviembre, por lo que tan sólo atinó a exclamar de nuevo un: ¡carajo! Ese día, el presidente de la Comisión Nacional de Derechos Humanos había presentado su informe ante el presidente de la República. ¿Coincidencia? «Esa, ni aunque me comprueben la existencia de Dios». Se dijo una vez más Rosario, sin desechar en lo más mínimo la opción de que estuviera perfectamente planeado girar aquellos citatorios a los desaparecidos denunciados el mismo día durante el que el gobierno de Vicente Fox presumía de encaminar una investigación nunca antes tomada en cuenta.

Rosario se apresuró a convocar a la mayoría de las integrantes del Comité Eureka por la tarde en su casa, para darles a conocer aquella aberración. Una docena de doñas llegó a la convocatoria, a las que les informó del documento recibido, la lluvia de insultos, indignación, sentimientos de rechazo, coraje y explosión colectiva de ira, no se dejó esperar; ¿cómo eran capaces?

—¿Quién te entregó el oficio? —cuestionó una de ellas, como pretendiendo configurar la validez del documento, para descartar que no fuera una estrategia de intimidación de parte de algún grupo, incluso de corte paramilitar.

—Hasta con eso, me lo entregaron sin dar la cara, cuando llegué a la casa estaba debajo de la puerta, ni siquiera se esperaron para que firmara de recibido.

—¿Es esta acaso una de las primeras acciones de justicia, en el tema de los desaparecidos, emprendidas luego del informe del presidente de la Comisión de Derechos Humanos? —explotó otra de las mujeres.

—Lo cierto es que no tienen madre —fue lo único que se logró escuchar de boca de Rosario.

—Ya que además ni siquiera existe todavía un fiscal —reflexionó alguna de ellas.

—Sin duda este es un acto más de intimidación, están probando de nueva cuenta nuestros nervios, nuestra capacidad de lucha; desean debilitarnos exacerbando con mecanismos burocráticos los sentimientos —interpretó la primera.

—Si así es como comienza la investigación sobre la denuncia que presentamos el pasado 28 de agosto, díganme, ¿cómo va a concluir? —aportó en las dudas y la indignación colectiva otra familiar de los desaparecidos citados.

Luego de analizar todas las opciones, sin la rabia alojada ya en la razón, las doñas optaron por denunciar ante los medios de comunicación aquella falacia, y de inmediato se aprestaron a convocar a una conferencia de prensa, luego atinar a reír sobre la existencia de aquel citatorio.

—¿Se imaginan? —repitió Rosario— Antes de que ustedes llegaran, le dije a mis fotos y mis recuerdos lo bello que sería que nuestros muchachos acataran la orden de la supuesta autoridad y que se presentaran a declarar.

Los medios impresos fueron los únicos que acudieron como de costumbre al llamado, debido a que a los medios electrónicos pocas ocasiones les ha despertado interés la lucha de Eureka; sin embargo, despojados de cualquier tipo de objetividad periodística, los propios reporteros no daban crédito al citatorio del cual se repartieron copias entre los comunicadores; la nota de inmediato se dio a conocer, un ambiente de indignación comenzó a recorrer ciertas esferas de la sociedad, incluso algunos personajes que se la han pasado desestimando la actitud de las doñas, y de Rosario sobre todo, terminaron por darles la razón frente a aquel hecho absurdo. Dentro de sus declaraciones Rosario manifestó que los acontecimientos ocurridos en las décadas de los sesenta, setenta y ochenta fueron parte de una política de terrorismo de Estado, con la que se llenó de dolor cientos de hogares mexicanos y se logró sembrar el pánico; argumentaba que si en algún sentido los desaparecidos políticos, incluido su hijo Jesús, realizaron algún acto delictivo, ¿por qué no se les presentó ante las autoridades competentes? Como supuestamente ahora se les exigía que acudieran a presentarse.

La reacción oficial tardó en darse a conocer, ante lo absurdo de los citatorios; las declaraciones contradictorias se hicieron evidentes por la insistencia de la prensa en conocer una postura luego de lo denunciado por las doñas; hubo funcionarios que pretendieron negar la existencia de los oficios, algún otro, como el mismísimo secretario de Gobernación, pretendió justificar su existencia, arguyendo que eran parte del proceso de la averiguación previa iniciada por la Procuraduría.

Hasta que al fin la propia voz del procurador se dejó escuchar: Este reconoció que se trataba de un gravísimo error de parte de sus subalternos, por lo que ofrecía disculpas a las señoras del Comité Eureka y muy especialmente a Rosario, quien insistió en dudar sobre las maneras como entonces se estaría integrando la investigación de su denuncia, y arremetía en contra de la llamada Fiscalía Especial, próxima a integrarse, como lo dejaba ver el propio procurador.

Una vez más el debate sobre los desaparecidos y los actos de terrorismo de Estado volvió a ocupar las primeras planas de los periódicos y algunos noticieros radiofónicos; varios políticos insistieron en que el actual gobierno debería llevar a cabo un distanciamiento con el pasado, para alcanzar así la tan anunciada transición, evitando que esta se viera contagiada con la continuidad del sistema de complicidades, ya que probablemente las mismas personas que actuaron ayer en contra de la sociedad, ahora estén gozando de la impunidad que ya han logrado obtener; de ahí la censura por aquel error, broma, intimidación o burla del citatorio hacia los desaparecidos políticos.

Por su parte, los investigadores de historia dejaron escuchar su voz, insistieron en la necesidad de rescatar todas aquellas viejas historias negadas, ocultas, sin las cuales no se puede avanzar, aun cuando su postura se reduce a la relación de los hechos, sin que estos conduzcan a un dictamen penal; conscientes de que los procesos históricos no pueden ser aniquilados por una persona o un partido, debido a que pertenecen a los cauces históricos mismos, por eso la labor de los historiadores no sería la sustitución del Ministerio Público, sino la revisión del pasado con un enfoque histórico.

A pesar de todas las buenas intenciones, disculpas, promesas y declaraciones vertidas al respecto, para Rosario y el comité Eureka todo salía sobrando, los hechos les hacen insistir en su postura, en su tozudez, en su intransigencia, sin que su razón les permita comprender, a la fecha, los motivos de aquellos documentos: farsa, error, culpa, intimidación; serían los posibles impulsos que llevaron a la autoridad con sus ganas de deslindarse de las viejas prácticas, provocando aquel acto ridículo.

Expediente NUEVE

Un gato ronrronea

«Los cuatro fantásticos» se reunieron a la salida del Archivo para acudir a una cantina y dirimir sensaciones, el caso parecía ser más choncho de lo que sus propias intenciones olfateaban entre el *relax* de los alcoholes y el bullicio de la música, Primitivo confesó lo que su amiga Claudia le había contado.

—Claro, güey, hasta que ella te convenció nos haces caso, ¿verdad? De haber sabido que tantos corajes nos ibas a provocar en la mañana, te habríamos enviado con ella antes que nada —se burló Enrique.

—No jodan, el día de hoy me sentí más vigilado que nunca —intervino Jacinto en el momento en el que dejaba salir su espíritu periodístico y encendía la grabadora para que las voces de los cuatro quedaran registradas con sus respectivos comentarios, observaciones o elucubraciones sobre el caso, de modo que nada se pudiera escapar —todos me miraban con recelo, con ganas de exterminarme, específicamente Felipe, no sé por qué.

—Pues por tu pinche nota, ¿por qué va a ser? Además, güey, ve, tú también vigilas a todos, con tu grabadorcita, ahora hasta a nosotros nos quieres chingar —le reviró Gustavo.

Las botanas comenzaron a circular con las primeras cervezas, los primeros caldos de camarón calentaron más el ánimo de cada uno de «los cuatro fantásticos», quienes olfateaban algo sin precisar qué tipo de humo tenían enfrente.

—No hay duda de que el cuerpo de Eva fue localizado sin vida en la galería seis, que es la que resguarda varios documentos de la época de la Colonia, lo cual no tiene ningún tipo de relación, ya que ella siempre estaba comisionada para vigilar las galerías uno y dos, antes de que fuera enviada al módulo de recepción —recapituló Jacinto, sin permitir que el ambiente cantinero invadiera o distrajera las intenciones y objetivos de su encuentro.

—Para mi gusto, los archivos de la antigua DFS han estado inquietando a más de un actor del pasado —expuso Enrique.

—Aparentemente este puede ser un rompecabezas de diez mil fichas, pero me late que en realidad se trata de uno de siete piezas, parecido a los destinados para los niños de no más de tres años, el chiste está en dar con ellas y saber colocarlas en su lugar —se animó Gustavo frente a las disertaciones de sus compañeros.

—Como diría mi amigo el Gato Culto, «yo desconfió del valor de la desconfianza» —anotó Primitivo mientras solicitaba la siguiente ronda de cervezas para que a su vez aterrizara el siguiente plato de botana —lo que tenemos como incógnita es ¿qué existe detrás de esta historia? Me refiero a que la muerte de Eva es un hecho violento que nos ha conmovido a todos, porque la veíamos sonriente, amable, linda, pero no somos policías, no pretendemos esclarecer su asesinato, dar con el culpable, meterle a la cárcel, sino, creo que nuestras aflicciones están más bien relacionadas con el móvil de su muerte. ¿Voy bien o me regreso?

—Hasta pareces inteligente —bromeó Enrique una vez más.

—Por lo tanto, como dice Gustavo, las piezas del rompecabezas son pocas: la primera, ¿qué hacía Eva de noche en el Archivo? Lo cual tiene relación obvia con su asesinato. La segunda, ¿qué buscaba Eva dentro del Archivo en compañía de su asesino? —sintetizó Primitivo para llevarse a la boca el último trago de cerveza que quedaba en la botella.

—Es en este último punto donde yo no me muevo de la hipótesis de que tiene relación con los documentos de la DFS, son obvios los elementos para afianzar esta idea, ya que Eva era la que vigilaba las galerías uno y dos, y luego resulta que es la persona que nos solicitaba nuestras credenciales, que anotaba el número de la galería a la que nos dirigíamos cada investigador, ella tenía acceso a todos nuestros datos, como dicen por ahí que antiguos jefes de la corporación han estado interesados en nuestras pesquisas, para mí no hay de otra —aseguró Enrique antes de levantarse de la mesa para ir al baño.

La música de la cantina era insistente, la rocola no descansaba ni un segundo, en cuanto estaba a punto de concluir la tanda contratada por alguno de los bebedores, no faltaba quien introdujera otra moneda más para hacer cantar a Vicente Fernández, a los Tigres del Norte, a Juan Gabriel, a José Alfredo Jiménez, siempre con melodías destinadas a despechados, dedicadas a los amores idos, a las ilusiones frustradas.

—Si nos casamos con la idea de Enrique, la broncota que tenemos en frente es averiguar entonces qué tipo de documentos fueron sustraídos del Archivo, específicamente de la galería uno, y eso sí que no creo que lo podamos saber, todos ustedes saben que Felipe es el amo y señor de esos archivos; él dispone, decide, sabe qué es lo que hay y no hay, ¿cuántas ocasiones nos ha negado un expediente? —dejó entrever su desilusión Gustavo.

—Ahora recuerdo que en una ocasión, cuando estábamos conversando él y yo, me dijo algo así como que se debía a sus amigos —intervino Primitivo.

—¿Daba a entender que los estaba defendiendo? —quiso saber Jacinto con tono acusador.

—O más bien, ¿que, de ser necesario los defendería? —insistió Gustavo.

—No podría asegurar nada, lo que tenemos que indagar es qué tipo de expedientes faltan de la DFS, porque cada vez me convence más Enrique en el sentido de que exista una relación obvia con esos archivos —externó Primitivo con cara convencida, al momento en el que arribaba Enrique de regreso del baño, quien mostraba un gesto de satisfacción, sin poder distinguirse si era por haber vaciado la vejiga o por el reconocimiento de su hipótesis.

—¿Y cómo carajos vamos a saber qué falta, si nunca hemos sabido qué hay? —acentuó Gustavo, con actitud desesperada.

—Para eso está mi amigo el Gato Culto, que dice algo así como «hay historiadores que atraviesan la historia sin mojarse.»

—No mames, güey, déjate de citas cursis y vamos a planear cómo obtenemos esa información —se desquició Gustavo.

—Pues por más que critiques mis referencias, déjame demostrarte cuánta razón tienen estas, ya que también dice el Gato Culto «el olvido es una cura del presente.»

—Parece mentira que siendo tú una de las promesas en bruto de la ciencia histórica de este país, bases toda tu sabiduría en las frases diarias del monito ese —intentó contagiar Gustavo a Primitivo de su desánimo, de su imposibilidad para dar con las claves, para descifrar qué había sucedido con Eva y con el Archivo General de la Nación.

—No lo desestimes —interrumpió Enrique —en eso tiene razón, es precisamente a lo que me refiero, los archivos de la DFS se encontraban resguardados, cerrados, todos suponíamos que en ellos podrían encontrarse muchas razones de la actuación prepotente del Estado mexicano, pero simplemente lo imaginábamos, ahora que están abiertos al público, que tenemos cierto acceso a ellos, por más que hemos elucubrado que estén rasurados, hay ciertas pistas, opciones, para fincar responsabilidades, y eso les ha de haber calado a los antiguos policías políticos. Estamos viendo sus calzones, sus secretos, sus huellas, sus chingaderas, mientras estaban cerrados era como si no existieran, ahora están ahí; por lo tanto, alguien entró para que algunos expedientes volvieran a quedar en el olvido, para curar su presente —concluyó Enrique con cara de genio loco, para dar un largo trago a su cerveza y refrescarse el cerebro luego de la exposición sobre la teoría arriesgada.

—De que esta es una historia negra no cabe la menor duda —comentó Jacinto antes de contestar su celular, el cual chillaba histérico al no haber logrado llamar su atención debido a la música de la cantina. El resto de «los cuatro fantásticos» permaneció sumergido en sus pensamientos, mientras que su compañero periodista salía de aquel espacio bullicioso para poder mantener la comunicación con quien le llamaba por teléfono.

—Al parecer ya se sabe por dónde —eufórico regresó Jacinto todavía con el celular en la mano, como si el aparato fuera testigo avalador de su versión.

—¿Por dónde qué, güey? —exigió más información Gustavo, luego de que interrumpiera las cavilaciones secretas de cada cual.

—¿Te acuerdas que sobre la calle Héroes de Nacozari había un gran despliegue policiaco? —se dirigió Jacinto a Primitivo—, que precisamente entraban y salían varios tiras de una casa que queda en una de las cerradas que dan directamente frente a Lecumberri, pues pendejo de mí, que sólo indagué qué onda en el interior del Archivo, ya que se dice que en esa casa buscaban varias pistas sobre la manera de cómo Eva y sus amigos asesinos lograron entrar en la noche, según me dijo ahora el jefe de información de *El Universal*.

—Tienes razón, pero qué carajo íbamos a andar de un lugar para otro detrás de los policías, si apenas tuviste tiempo de entrar y salir de Lecumberri, güey. Me imagino que te iban a andar invitando para que los asesoraras en sus pesquisas —justificó Primitivo el detalle que había dejado pasar su amigo periodista.

—Parece que tu pinche nota los ha puesto a cagar —aseguró Enrique al momento de levantar su botella de cerveza para hacerla chocar, con las de sus compañeros, en plan festivo, para llevar a cabo un brindis.

—Pero no nos podemos quedar con este simple desmadre —continuó con su desastroso ánimo Gustavo, luego de responder al choque de cristales.

—Les propongo que nos reunamos hoy en la noche en mi casa, con todos los archivos que cada quien ha logrado encontrar de la galería dos y la información que se haya ubicado de la galería uno, para ver si encontramos algún hilo, algo que nos permita jalar este embrollo, que las dudas se esclarezcan y, así, crear de alguna forma una estrategia que nos lleve a romper el *bunker* de Felipe, porque sin duda lo importante es conocer si a partir del día de ayer desapareció algo que pudiera haber estado entre sus papeles —planteó Jacinto, sin escuchar alguna respuesta afirmativa de parte de sus compañeros—. Por lo pronto me van a disculpar, pero deseo ir a la redacción del periódico para ver qué más se ha dicho sobre este asunto —se levantó Jacinto, hurgando entre sus bolsillos para sacar su parte de la cuenta que se debía.

—¿Entonces hasta aquí llegamos en la ronda botanera? —cuestionó con cara infantil Primitivo.

—Pues si ustedes desean seguirle, no hay bronca —dio permiso el periodista a sus amigos.

—Yo también me corto, porque si nos vamos a encontrar en la noche con los papeles y documentos, deseo ponerlos en orden, ya ven que esta pinche tesis me ha costado más de lo que yo mismo hubiera imaginado —se disculpó Gustavo.

—A mí se me ocurre ubicar a familiares de desaparecidos que han estado acudiendo también al Archivo en búsqueda de información, para saber sus impresiones sobre las dos galerías —expuso Enrique, quien había logrado entrar en contacto con algunas de las personas cuyas intenciones, más que académicas o periodísticas, tenían que ver con las tragedias de sus familiares, igual que su caso; quienes veían ahora Lecumberri como el espacio esperanzador para dar con respuestas negadas por años.

—Está bien, entonces nos vemos al rato —resignado, Primitivo también comenzó a contar el dinero. Deseó saber cómo se encontraría Claudia, por lo que salió de la cantina y se dirigió de nueva cuenta al Archivo, para ver si de casualidad todavía la alcanzaba.

Primitivo descubrió a lo lejos la figura de Claudia, su instinto le ayudó a percatarse que aquella muchacha, sin el uniforme de trabajo, sí era la mujer de sus sueños.

Pensó en echar la carrera para darle alcance, que no se le fuera a perder entre la gente que transitaba sobre la calle Eduardo Molina, pues a esa hora, minutos después de las cuatro de la tarde, una multitud se daba cita en las aceras, entre trabajadores que salían liberados de la jornada, personas con la moral por los suelos al no concluir los trámites burocráticos en las oficinas aledañas a Lecumberri, y varios individuos más. Sus pretensiones se vieron frustradas cuando llevó su mano a la bolsa de la camisa y acarició el bulto que provocaba dentro la cajetilla de cigarros, al tercer o cuarto intento de carrera se sabía derrotado, su condición física estaba por demás a la baja como para pretender obligarla a aquel esfuerzo.

Por lo tanto, comenzó a suplicarle a la luz roja que se quedara ahí, estática, evitando que ella cruzara la calle para llegar hasta la esquina donde abordaría su microbús; para su fortuna el semáforo pareció ser su cómplice, no cambió de color hasta que al fin los pasos largos de Primitivo dieron alcance a Claudia, quien ya se desesperaba al no poder continuar con su camino y veía que a lo lejos se acercaba su transporte.

—¿Le puedo acompañar, señorita? —Primitivo le dijo al oído, lo que provocó que el cuerpo de Claudia diera un pequeño salto.

—¡Cómo eres! Me asustaste —reclamó ella sonriente al descubrir a su pretendiente.

—¿Ya comiste?

—No, pero la verdad ni hambre tengo, ha sido un día desastroso, más bien tengo ganas de irme a la casa a tirarme en la cama y ponerme a ver telenovelas, para no pensar en lo que ha ocurrido.

Primitivo hizo un gesto desaprobatorio; primero, porque Claudia estaba rechazando su invitación, y segundo, porque se había pasado toda la vida luchando porque las mujeres dejaran de ver las telenovelas.

—Pero si me invitas un café, te lo acepto —sugirió ella, tal vez al descubrir la desaprobación de Primitivo, o porque en realidad le había surgido la necesidad de sentirse acompañada por el historiador.

Aquella propuesta le devolvió la vida al espíritu de Primitivo, de inmediato sonrió y atento, como había estado, la guió hasta el *Vip's* cercano al Archivo.

—Entre mis amigos y yo hemos estado analizando lo sucedido a Eva, tenemos la impresión de que fue asesinada —inició la conversación Primitivo poco después de que la señorita del restaurante depositara los manteles y los cafés obligatorios, aún sin indagar si los recién llegados deseaban o no aquel líquido.

—Eso es lo que muchos han estado diciendo en el Archivo.

—Y ¿tú qué crees?

—Pues la verdad me cuesta mucho trabajo imaginar que alguien pudiera tener alguna razón para matar a Eva.

—¿Tenía algún novio?

—Que yo supiera no.

—¿Algún pretendiente, como tú los tienes? —indagó Primitivo al tiempo que incluía parte de sus deseos por llegar de inmediato hasta los labios de ella.

—No, que yo tuviera conocimiento, aunque algún día me llegó a comentar algo sobre un hombre que le había estado ayudando mucho, creo que una persona muy influyente en la Secretaría de Seguridad Pública, quien logró agilizar los trámites para que fuera comisionada al módulo de ingreso del Archivo.

—¿Te dijo su nombre?

—No, nada de eso. Pero lo que supongo, que ya sabes, es que existe un túnel... —confesó Claudia, creyendo que su amigo el historiador tenía conocimiento de lo que para ese entonces sabía todo el personal del Archivo.

—¿Cómo está eso? —abrió los ojos Primitivo como deseando comprender con la mirada lo que sus oídos escuchaban de la melodiosa voz de su amiga.

—En la galería donde se localizó el cuerpo de Eva se halló un túnel, que al parecer es por donde ella logró entrar en la noche, en compañía de otras personas más. Luego de que te dejé en la cafetería del Archivo, me incorporé sin ningún tipo de ánimo al trabajo y cuando iba rumbo a la galería tres, que es la que me toca limpiar esta semana, me alcanzó Tomás, el chavo ese con el que me llevo muy bien, y fue quien me lo dijo, por lo que de inmediato me fui a la galería seis para ver de qué se trataba. Como llevaba puesto el uniforme de limpieza, me dejaron entrar los policías, llegué hasta una celda a mitad de la galería y pude ver por la puerta que estaba entreabierta lo que decía Tomás, alcancé a ver el hoyo en el piso; según dicen que por ahí entraron en la noche.

—Y ¿hasta dónde llega ese túnel?, ¿a dónde va a parar?

—Eso sí quién sabe.

Aquellos datos le resolvieron varias dudas a Primitivo; su amigo Jacinto tenía razón, a través de aquel túnel Eva y su o sus verdugos habían accedido al Archivo, tal vez en la noche del martes; por lo que el final del pasadizo podría estar en alguna de las casas o en la propia calle del lugar donde el miércoles habían visto a tantos policías merodeando, en una de las cerradas frente a Lecumberri.

—¿Pudiste descubrir algo más? —insistió Primitivo emocionado por la información que le estaba proporcionando Claudia.

—No pude ver mucho, salvo lo que alcancé desde afuera, tampoco me dieron ganas de entrar, imagínate, no dejo de pensar que ahí es donde murió Eva y eso me deprime demasiado —el rostro de la muchacha comenzó a entristecerse una vez más.

—¿Te hizo gracia que te invitara por segunda ocasión tan rápido? —quiso interrumpir Primitivo la caída de ánimo de su amiga.

—¿Cómo? —se sorprendió Claudia por aquella pregunta sin pies ni cabeza, que había roto con el tema que estaban tratando, por lo que el historiador había logrado su misión.

—Que si te gustó que te invitara a salir tan rápido. ¿No ves que en el Archivo te pedí permiso para volver a verte fuera de él? —insistió Primitivo consciente del triunfo de su objetivo.

—Ahhhhhh, claro, lo que pasa es que me cambiaste muy rápido de tema. Por supuesto que me gustó, me la paso muy bien contigo. El día de ayer fue fabuloso, me divertí y aprendí muchísimo.

Aquellas palabras provocaron que la cara de Primitivo se viera cubierta de un color rojo que sabía le invadía, sensación que solo le ocurría cuando la mujer que pretendía le regalaba un comentario parecido. Inmovilizando su cerebro, bloqueó cualquier intento de ingenio, se paralizó su agilidad mental, por lo que simplemente le cruzó por la cabeza la intención de declararle en ese preciso momento todo su amor; si se detuvo fue porque sabía que no era la mejor ocasión, Claudia seguía muy afectada por el deceso de Eva, y él tenía que concentrarse por el momento en el armado de aquellas piezas sueltas que pudieran arrojar alguna luz sobre los motivos por los cuales había muerto. Aunque en su caso sintió que esa era una inmejorable oportunidad, luego de aquel piropo, ya que para Primitivo no existía mucho tiempo de cortejo, su edad le había enseñado que andar dando muchas vueltas sobre la flor, para intentar llegar a algo con ella, era parte de un tiempo perdido, por lo que había adoptado la estrategia de confesar sus pretensiones amorosas lo antes posible, sin preámbulo, sin mayor dilación de los momentos agradables que pudieran ocurrir con aquella mujer.

Y no era que tuviera tanto que ver con el deseo de terminar en la cama con ella, sino, simplemente, la libertad de tomarle la mano, de sonreír extensamente demostrando su amor, o atreviéndose a acercar sus labios a los de ella.

—¿Por qué tan pensativo? —Claudia rompió la burbuja en la que se había encapsulado Primitivo.

—Nada, es que de pronto me quedé pensando en que yo también me la paso muy bien a tu lado.

No le quedó de otra más que devolver con el mismo argumento su satisfacción y anhelo por tener su compañía. Se atrevió a extender su mano por encima de la mesa, esquivando las tazas de café y la azucarera, más los triángulos con los menús del día, para alcanzar la mano de ella, quien se dejó acariciar y sentir las ganas de él, su solidaridad ante lo que estaba sintiendo por la tragedia, o tal vez porque para ella también se había convertido el historiador en un hombre interesante con quien pudiera iniciar algún tipo de relación.

—Bueno, creo que ahora sí me tengo que ir a mi casa —interrumpió Claudia los segundos que llevaba Primitivo atrapando una de sus manos.

—Sí, vámonos, yo también tengo que ir a mi departamento a arreglar mis archivos, porque tengo reunión con mis compañeros. Vamos a organizar todo lo que hemos investigado, creemos que por ahí puede haber algo relacionado con Eva.

—¿Como qué? —quiso saber ella.

—Imaginamos que su ingreso nocturno se debió a que quien o quienes le acompañaban estaban interesados en los documentos de las galerías uno y dos.

—¿Los archivos que con tanta pasión investigas?

Aquella declaración le permitía a Primitivo deducir que de alguna manera se había percatado de su existencia desde antes de haberse animado a invitarla a salir.

—Esos meros, pero ¿y tú cómo sabes que ando apasionado con esos expedientes?

—Pues llevas varios meses acudiendo al Archivo, ya hasta pareces parte del inventario —soltó la broma ella, para no dejar entrever que desde hacía tiempo le observaba y se sabía observada por él.

—¿Te puedo pedir un favor? —suplicó Primitivo.

—Claro, el que quieras.

—Tú que de pronto tienes acceso a los basureros de las oficinas, de las galerías, a todos los rincones del Archivo, si llegaras a descubrir algo que imaginas pueda ayudarnos para dar con alguna pista sobre lo que le debió haber pasado a Eva, ¿me lo podrías guardar?

—Por supuesto.

—Aunque mejor dicho, te quiero pedir que desde mañana estés atenta a todo lo que creas que nos pueda servir.

—Lo haré.

—Otra pregunta, ¿quién hace el aseo de la galería uno?

—Depende de los turnos.

—¿Habría posibilidad de que entraras tú a esa galería mañana?

—Supongo que sí, le pediría intercambio bajo cualquier pretexto a quien se le haya asignado la limpieza de la uno.

—Eso sí, con mucho cuidado.

—No te preocupes —le dijo, obsequiándole una sonrisa por la manera como se había preocupado por ella.

Claudia y Primitivo se despidieron en la puerta del restaurante, el beso en la mejilla cautivó aún más al historiador; si no se animó a acompañarla hasta su casa fue porque de no apurarse llegaría tarde a su reunión con «los cuatro fantásticos», por lo que evitó dejar volar sus deseos y simplemente la vio subirse al microbús que la llevaría a su destino, antes de que él comenzara el paseo hasta el metro San Lázaro, recordando lo que alguna ocasión leyera del Gato Culto: «Lo mejor de la ilusión es que ilusiona.»

Expediente DIEZ

Encontrarlos en el papel

¿Qué se puede hacer cuando se tiene a un familiar desaparecido? ¿Cuánta rabia se puede llegar a contener ante las negativas de las autoridades que desconocen los hechos? A pesar de testigos, versiones, imágenes, que aseguran que las personas fueron detenidas por algún cuerpo de seguridad del Estado, que se les vio en algún campo militar, que se supo de ellos en sesiones de tortura en una cárcel clandestina, que se le presentó en las oficinas de una agencia policiaca. ¿Cuál es el paradero? ¿Dónde terminó la suerte? ¿Qué fue del futuro? La tragedia de haber padecido una experiencia similar, luego de poder sobrellevar algún tipo de tortura, de secuestro, las marcas quedan de por vida y se intentan olvidar, negar, no se conversa con la familia al respecto, no se le cuenta a los amigos, son recuerdos que se colocan debajo de alguna alfombra como si se tratara del polvo indeseable, para dejarle de ver en el momento, para hacer como que no existió, para ignorarle por un tiempo, hasta que sin duda alguien llega y levanta el velo, la alfombra, lo hace presente y remueve las heridas, los recuerdos, para asegurar que están ahí, que sí sucedió.

¿Cuántos testimonios y denuncias han recopilado el Comité Eureka, presidido por Rosario Ibarra? En su lucha por más de veintiocho años, en busca de su hijo,

Rosario se convirtió en el símbolo y la imagen de la resistencia.

Ha llegado a encabezar la voz de hasta quinientos setenta y nueve casos de desaparecidos, en diversos momentos históricos, ha logrado arrancarle a las cárceles clandestinas hasta ciento cuarenta y nueve personas reportadas como desaparecidas, cuyo destino se negaba oficialmente, pero gracias a testimonios, presiones, entrevistas y denuncias públicas, se consiguió la liberación de aquellos elementos; del montón de historias, se descubren las siguientes.

Historia uno

La versión de que no ha sido detenido, incluso se le niega como posible elemento activo de los movimientos armados, la autoridad insiste en desconocer su paradero, el nombre de Arturo no aparece en ningún listado, la familia tiene la certeza de que fue detenido en plena vía pública, precisamente cuando se dirigía a la universidad.

Varias personas atestiguaron la manera violenta como se le introdujo en un auto, cuyas placas se identifican con una unidad de la Dirección Federal de Seguridad del estado de Chihuahua, posteriormente algunos detenidos le llegaron a ver en una celda en los separos de la policía judicial del Estado, luego también se recabó el testimonio de una persona que llegó a conversar con él en el campo militar número uno en la ciudad de México.

A pesar de esto, su identidad no existe en ningún documento de ingreso a ambas instancias, la familia ha esperado por más de veinte años la posibilidad de alguna pista que les lleve al paradero de Arturo. Las cosas han cambiado desde que se esfumó, luego de que le arrancaron de su casa, de sus padres, de sus amigos, de la novia, de la actividad política... Cierto día, una tontería en boca de un director de la Procuraduría General de la República reventó cualquier punto de encuentro con el sentido común, luego de que el policía expresara: «yo creo que nunca lo detuvimos, a mí me late que a lo mejor se fue para los Estados Unidos de mojado y ustedes le han estado buscando en el lugar equivocado.»

Historia dos

Cuando el Comité de las doñas logra tener en sus manos un listado de detenidos, que algún día del año 1976, ingresaron al campo militar número uno, una de ellas descubre el nombre de Fabián, quien fue compañero de su hijo desaparecido; le sorprende ver al lado de su nombre las letras RIP, escritas con lápiz, «¿murió?, ¿qué no salió con la amnistía?, ¿cuándo lo mataron?» El estremecimiento del corazón de la señora le nubla la mirada, ¿cómo era posible que no estuviera enterada de la supuesta muerte de Fabián? La confusión de las fechas se le cruzan por la mente, entonces, ¿cuándo le comentó que su hijo estaba con vida en una cárcel clandestina?, ¿cuándo fue la última vez que habló con su madre? De los nombres ahí expuestos ninguno pertenece a la lista que el Comité Eureka ha presentado, por lo tanto las doñas deciden retirarse, continuar con su peregrinar. Una vez en la calle a la señora se le esclarece el orden cronológico, le ha pasado el impacto, ha logrado acomodar recuerdos, fechas y tiempos, está cierta de que Fabián no puede estar muerto, es más que imposible, incluso le llega al fin el recuerdo de que precisamente él es uno de los declarantes que serán presentados para testificar que llegó a ver con vida a su hijo y a otros seis desaparecidos en los sótanos de la Dirección Federal de Seguridad.

La señora no aguanta más la duda y se detiene en un teléfono público, el resto de las doñas no entienden bien a bien qué ha motivado tanta angustia y desesperación a su compañera, ya que no ha dicho nada, primero tenía que esclarecer su propia mente para luego contar, comunicar, expresar lo que ha visto. Del otro lado del auricular responde Rosario que está en su casa esperando alguna noticia de la Comisión, sin aguantar un segundo le cuenta atropelladamente lo que vio, le pide que compruebe si el nombre de Fabián está o no en la lista de testigos; Rosario no tiene que ir a cerciorarse de nada, se sabe de memoria la historia de cada desaparecido, de cada sobreviviente, de cada víctima del sistema, la doña le insiste a Rosario que recuerde cuándo fue la última ocasión que vio o que habló con Fabián; ésta, sin lugar a dudas, le responde que no tiene más de un mes que hablaron por teléfono, y le asegura que está bien, que se encuentra viviendo fuera de la ciudad de México, que su identidad se encuentra resguardada por el momento, pero que sin duda acudirá cuando llegue el día de ir a testificar. La señora se tranquiliza, se despide de Rosario, a quien le comenta que llegarán en una media hora a su casa para intercambiar las impresiones de la revisión de aquella infructuosa lista a la que tuvieron acceso. Ahora sí le explica a sus compañeras el motivo de su angustia, su prisa por constatar que Fabián se encuentra bien, el desorden que le provocó en su mente haber visto la palabra RIP luego del nombre de Fabián. ¿Realmente le considerarán como muerto? ¿Lo querrán desaparecer una vez más para que no testifique? ¿Por qué estará escrito RIP con lápiz? Para las doñas, la angustia no deja de ser una constante en su vida.

Historia tres

A veces el terror deja de ser narrado por tanta acumulación de sentimientos convocados, angustia, dolor; sin duda alguna Miguel fue la pieza clave del sistema, el ejecutor, el represor, el despiadado, el torturador y el asesino. Sus visitas al Palacio Negro de Lecumberri eran constantes, a pesar de haber mantenido a los detenidos por varios días incomunicados, sometidos a largas sesiones de interrogatorios con tortura, de presión psicológica y emocional; de vez en vez necesitaba comprobar algún otro dato y por lo mismo se trasladaba a la prisión en compañía de sus agentes, ya fuera para extraer ilegalmente de la cárcel al preso, o para que en alguna de las celdas se le permitiera hacer «su trabajo». Por esto, Lecumberri siempre fue considerado como el espacio sobrado de la perversión, del agotamiento de los sentimientos con un sentido de surrealismo, donde el ejercicio del poder se desplegó sin freno y límite alguno, dejando ver todo tipo de vicios y los más grandes extremos de la debilidad humana, el alma lastimada, la resistencia machacada, el espíritu abortado; si ya de por sí cualquier preso político había sido sometido a una fuerte sesión de torturas en manos de la Dirección Federal de Seguridad, en algún campo militar, o en cualquiera de las oficinas de las diversas corporaciones policiacas de los Estados de la República, el ingreso a Lecumberri para nada podría considerarse como el fin del calvario, por el contrario, se iniciaba una nueva etapa de vejaciones y tormentos, sin que nadie pudiera y mucho menos los llamados presos políticos de la famosa novatada; para todo aquel reo de nuevo ingreso, la saña demostrada para con estos era más que evidente, la coerción, la explotación, la exigencia de mayor tiempo en la realización de las famosas fajinas, el prisionero sometido a todo tipo de golpes y tortura, de extorsión, de sadismo.

En aquel escenario algún día llegó Miguel cerca de la media noche a Lecumberri, la información recabada sobre un secuestro en contra de un empresario famoso del norte del país no había satisfecho a los aparatos de inteligencia del Estado mexicano; la lógica de que el operativo había sido encabezado por uno de los grupos armados era evidente, según las demandas solicitadas a cambio del empresario. Todas las puertas se abrieron al paso de Miguel, ¿quién podría evitar que llegara a cualquier hora a Lecumberri? Rejas, portones, accesos, rechinaron haciendo temblar la columna vertebral de los reos, ¿para qué abrir las puertas a esas horas de la noche? Solo dos visitantes podrían tener acceso a las crujías y a las celdas en las sombras: un torturador o la muerte. De la celda número 34 de la crujía «G» fueron arrancados cinco presos políticos, todos ellos pertenecientes a diversos grupos guerrilleros, se les trasladó por el pasillo circular de la torre panóptica hasta los llamados apandos, celdas de castigo desde las que no se lograba escuchar ningún sonido, quejido, grito.

Todo estaba dispuesto ya para su recepción, a pesar de la estrechez del espacio, se habían acondicionado un tonel lleno de agua con excremento, varias botellas de agua de Tehuacán, dos sillas y una pequeña planta generadora de corriente eléctrica con sus cables tiritando como si fueran dos serpientes preparadas para el ataque. Los cinco presos enmudecieron, no les quedó la menor duda de lo que padecerían en las próximas horas, alguno de ellos no había visto antes a Miguel, pero el escenario elegido lo conocían a la perfección. A pesar de que nadie tenía conocimiento siquiera por los medios de comunicación de que se había llevado a cabo un operativo para secuestrar a un empresario norteño, la sesión de tortura dio comienzo, dos a la vez, mientras que los otros tres atestiguaban afónicos el padecimiento de sus compañeros, resignados tal vez a esperar su lugar; sabían de antemano que no existía pasión que evitara su turno, aun cuando las ganas de gritar de horror y desesperación, de clamar compasión, de apelar a cualquier santo, el pánico no les dejaba de recorrer la garganta, el estómago, las entrañas. Carlos fue el último en ocupar un sitio, a penas logró observar los cuerpos de sus compañeros consumidos en el piso de la celda, ya sin voz que pudiera expresar su llanto, su dolor, la poca resistencia que les pudiera quedar.

Miguel y sus muchachos se encontraban desquiciados por no haber logrado ningún dato, una pista, un nombre, ¿para qué tanto desgaste si no iban a sacar nada?

Tal vez por ello fue que el sadismo en contra de Carlos se incrementó, sobre su cuerpo recayó todo el coraje, la impotencia, la posibilidad del fracaso en la operación, el desvelo de los torturadores. A escasos quince minutos de haber iniciado la sesión de tortura con Carlos, su cuerpo quedó inanimado, no hubo grito desgarrador, simplemente desfalleció. «¡Qué le pasa ahora a este pendejo!» Fue el grito que se escuchó, en lugar de algún tipo de quejido del preso. «Creo que se nos murió, mi jefe». Se atrevió a sentenciar uno de los muchachos de Miguel. «Este pendejo no nos deja así». Decretó Miguel, para continuar pateando él mismo aquel cuerpo sin signos vitales y en un acto de desquiciamiento, desenfundó su pistola y vació los tiros útiles de su arma sobre el cadáver. ¿Cómo se iba a ir sin sufrir más? ¿Qué acaso Miguel no era el jefe? ¿Quién era el que decidía cuándo, a qué hora, hasta dónde?

Para el ex presidente Luis Echeverría no existió represión, actos fuera de la ley, simplemente: «En esa época la juventud con sus ideales actuaba de acuerdo con la ideología del momento y el ejército en hacer cumplir la ley. La Revolución cubana y figuras como Fidel Castro y el Che Guevara influían en la mente de los muchachos de aquel tiempo». Echeverría recorrió todos los puestos del poder político de México: subsecretario de Gobernación, secretario de Gobernación y presidente de la República; como nadie, conoció los sótanos, los mecanismos, las claves, las acciones encubiertas, los operativos fuera del Estado de Derecho.

Desde el año 1958 ocupó una oficina en Bucareli para desde ahí enfrentar al comunismo, la disidencia, los opositores, las voces críticas del sistema; por lo que su nombre debe estar ligado a todos los actos de represión de la historia reciente de México: movimiento ferrocarrilero, movimiento magisterial, asesinato de Rubén Jaramillo, movimiento médico, movimiento estudiantil en el Politécnico y en la UNAM, movimientos estudiantiles en diversos estados de la República, el 68; luego, como habitante de los Pinos, el Jueves de Corpus en 1971 y la actuación ilegal en contra de los movimientos subversivos armados. Sobre este último caso, hay quien asegura que es en el año 1973 cuando Luis, como presidente, determina que no será ilegal matar guerrilleros, cuando se encontraran detenidos en cárceles u hospitalizados; había que desaparecerlos, torturarlos, perseguirlos y capturarlos aun sin orden de aprehensión; la cuestión era tomar medidas drásticas, convertir a los terroristas en desechables, hacer escarmentar a los posibles seguidores, a las familias, por no cuidar y educar bien a los hijos; sobre todo cuando no existía duda sobre su culpabilidad, la consigna era reprimirles hasta donde fuera posible, sin límite, sin compasión, sin condición o impedimento alguno.

La política de aniquilar a los grupos armados coincide con el compromiso explícito entre el presidente Echeverría y su homólogo norteamericano Richard Nixon de controlar, aniquilar y contener la amenaza comunista en el flanco sur de los Estados Unidos. Para ello, varios policías y efectivos militares fueron enviados al país del norte a recibir entrenamiento antiguerrillero, así como un grupo de jóvenes paramilitares para poder actuar en las ciudades como contenedores de posibles disturbios públicos.

Pedro cayó herido en combate, un tiroteo frustró su carrera guerrillera, había participado en uno de los secuestros más escandalosos para el gobierno mexicano ocurrido en el año 1973, luego de que el cónsul de los Estados Unidos se convirtiera en rehén del grupo armado que Pedro lideraba.

Con aquel acto, Echeverría no tuvo más remedio que negociar y acceder a las demandas de los captores del representante norteamericano, se vio doblegada su soberbia a causa de la guerrilla, por lo que se pagó la cantidad solicitada y se liberaron los treinta detenidos políticos recluidos en diversas prisiones del país. Luego de aquel enfrentamiento a tiros con la policía, en el que Pedro es herido, sus compañeros logran huir y trasladar al lesionado a un hospital para que recibiera auxilio médico, el cirujano que le atiende da parte a la policía, así que de inmediato Pedro es secuestrado del Hospital Civil y es llevado a un Sanatorio Militar, donde continúan atendiendo sus heridas.

Una vez que logró recuperarse, varios agentes entraron en acción para obligarle a declarar: que soltara datos, direcciones, nombres. La afrenta recibida por el gobierno con aquel acto exitoso de la guerrilla sobre el secuestro del cónsul norteamericano no iba a quedarse sin un saldo de cuentas; tal vez creyendo que la vida le volvería en algún momento, o por el padecimiento al cual fue sometido, Pedro habló, dijo, explicó; una vez comprobadas sus declaraciones y en cuanto cayeron algunos de sus compañeros, Pedro se volvió desechable, ¿para qué invertir en su atención médica?, ¿a quién le interesaba la posible recuperación del detenido?

A pesar de los testimonios, de los hechos, de los actos, la desmemoria invade a los actores, el ex presidente Echeverría se declara ajeno a la política de exterminio que se viviera durante su sexenio, se ubica con lagunas mentales, sin saber de los acontecimientos, insiste en desconocer los hechos y hasta podría jurar que también ignora las protestas presentadas en su contra, ya que sólo cuenta con una grabación ubicada en la cabeza que le permite repetir que en ese entonces no hubo muertos ni desaparecidos ni secuestrados.

Historia cinco

Joel era su nombre, de origen humilde, se creía traidor a su familia por estar estudiando en el Instituto Politécnico Nacional para convertirse algún día en ingeniero, siendo que las necesidades eran evidentes en la cotidianidad familiar.

Él no tenía tiempo para creer en ideologías, pensar en el proletariado, en la lucha de clases, ya tenía bastante con las penurias familiares; para él, los discursos y las conversaciones de sus compañeros de facultad carecían de sentido práctico. «Con rollos no se expulsa el hambre». Insistía cuando le invitaban a un mitin, a una concentración, a repartir volantes. El 2 de octubre acudió a la Plaza de las Tres Culturas por iniciativa de su novia, le emocionó el ambiente que se expresaba, creyó que había errado la decisión de no participar en el movimiento estudiantil a pesar de las constantes invitaciones de sus amigos. Al agonizar la tarde, los gritos y unos zumbidos inundaron la plaza, Joel a penas pudo mantener la mano de la novia, la multitud les separó, él quedó arrinconado a un costado del templo, hasta que unos soldados le ordenaron que se desvistiera y a punta de bayonetazos le obligaron subir a un camión junto con cientos de estudiantes más; no sabía qué estaba pasando, ¿por qué le golpeaban?, ¿qué había hecho? Su ingreso al campo militar número uno le permitió suponer lo que sería el infierno, como en las largas narraciones le hiciera saber su devota madre cuando era niño y se afanaba en que fuera un buen católico.

«No hay mejor manera de inculcar la religión que mostrando los padecimientos si te alías a Satanás». Luego de varias sesiones de inexplicable maltrato, Joel fue conducido a una oficina y se le exigió que firmara su declaración, donde se asentaba que era acusado de asociación delictuosa, portación ilegal de armas, conspiración, robo, daño en propiedad ajena y atentados en contra de las vías de comunicación. Joel no entendía nada, ¿qué eran todas aquellas cosas que decían que él había cometido? Aceptó firmar más por el pánico que parecía salírsele por los ojos, que por saberse culpable; su traslado inminente a Lecumberri lo hizo en compañía de varios estudiantes, algunos de los que le observaban ajeno, por su comportamiento retraído, asustado, inseguro; mientras que de alguna manera el resto aparentaba por lo menos sostener en alto su ánimo con ciertas consignas, disertaciones sobre lo ilegal de su caso, los alientos de que de un día a otro los familiares, los compañeros, los sacarían de la cárcel. La familia de Joel tardó varios días en enterarse que se encontraba en prisión, para ellos fue una sorpresa tener conocimiento de que había participado en el movimiento estudiantil. Cuando su madre al fin logró entrar a visitarle en el Palacio Negro, lo primero que preguntó Joel fue por Alicia, su novia, cuyo paradero desconocía desde aquella tarde en Tlatelolco.

Un sentimiento de alivio le llegó cuando supo que estaba en su casa, que luego de varios días ella había contado más o menos lo que vivieron el 2 de octubre, que se sentía culpable y responsable de lo que le estaba sucediendo a él, ya que por su iniciativa habían acudido al mitin. Dos años y medio estuvo Joel en prisión, acusado de delitos que desconocía pudiera llegar a cometer algún día, siempre apartado del resto de los presos políticos, encerrado en sí mismo, deprimido.

Si de por sí cargaba con el sentimiento de culpa de la situación económica de la familia, ahora los gastos se incrementaban cuando acudían hasta Lecumberri para visitarlo, para llevarle alguna que otra cosa de comer, algún utensilio de limpieza personal... Alicia, la novia, apareció al año de estar encerrado; aquella visita le devolvió un poco la sensación de estar vivo, se juraron amor eterno, y sólo cuando ella llegaba a recorrer los patios de la penitenciaría, era cuando se le veía diferente a Joel. De la noche a la mañana, y sin saber cómo, Joel quedó en libertad, al lado de otros estudiantes, nadie le había ido a recoger, los autos sobre la avenida le parecieron extraños, la gente en la calle, el ruido, el ambiente urbano, se atrevió a pedir prestados unos cuantos billetes a un familiar de uno de los estudiantes que también fue liberado y que acudió a recibir a quien sin delinquir había cumplido una condena. Con aquel dinero en la mano se comunicó con Alicia, le dio la buena nueva de que al fin estaba libre, la citó en un café cerca de La Merced, mientras ella llegaba Joel se hizo de un arma, la cual ocultó entre sus ropas.

La felicidad parecía que al fin se asomaba en la suerte de Joel y Alicia. Una vez que estuvieron juntos en el café de la cita, de manera apresurada Joel propuso acudir a un hotel cercano, ella comprendió las ganas acumuladas que podría estar experimentando su novio, por lo que sin dudarlo aceptó.

El cuartucho de hotel parecía ser la última morada, luego de algunos besos Joel sacó el arma, le arrancó la vida a Alicia y luego se puso el cañón en la sien, el sistema político mexicano los ajusticiaba dejando que Joel apretara el gatillo.

Historia seis

El temblor ocurrido el 19 de septiembre de 1985 devastó la ciudad de México, pero, sobre todo, puso en evidencia la caducidad del sistema político, demostró sus fracturas, su incapacidad de enfrentar el desastre; mientras que la organización civil y la efervescencia de solidaridad fueron los ingredientes con los que se pudo hacer frente a la desgracia. El edificio de Lecumberri resintió, como cualquier otro inmueble histórico, los caprichos del subsuelo, ya que además habría que añadir que la construcción se había hundido un metro aproximadamente y la estructura correspondiente había soportado más de ocho décadas de existir, en el momento del sismo; a todas aquellas amenazas también habría que agregar el peligro que corresponde la cercanía del drenaje profundo, el cual en más de una ocasión ha mostrado su furia, desbordándose.

Pero, sin duda, para el investigador y perito del Instituto Nacional de Antropología e Historia, más que el sismo del 85, o la posibilidad de inundación o hundimiento, lo que más le ha dañado es la historia negra que guardan sus muros, como asegura: «su propia historia es la que le maldice». ¿Qué podría agregar ahora con el resguardo de los nuevos archivos de la DFS? Dentro de aquel edificio de muerte y tortura su antiguo elevador todavía funciona, no obstante, existe un piso en el que al abrirse la puerta no hay acceso, simplemente se choca con un muro de ladrillos; de todos modos los movimientos extraños de aquel elevador, la manera como sus puertas se entreabren independientemente de que se accione o no alguno de los botones, ha provocado que el personal del Archivo General de la Nación evite su uso, optan mejor por las escaleras como vía de acceso, a pesar de que la carga sea demasiada es preferible a experimentar un susto, a padecer alguna de las cientos de historias de terror que dicen suceden en el interior del edificio. Los antiguos espacios dedicados a la tortura de los presos han sido convertidos en oficinas para el desempeño de restauradores, investigadores y personal administrativo, así como también para archivo; cuando llega la hora de la salida nadie permanece un minuto más en soledad, nadie está dispuesto a experimentar la apuesta de padecer algún tipo de sensación fuera de la razón. ¿Se escucharán los gritos retenidos en los muros? En alguna ocasión doña Rosario visitó Lecumberri, recorrió pasillos, antiguas celdas, calabozos, señaló espacios en los que fueron arrebatadas decenas de personas luego de haber sido atormentadas para nunca más volver a saber de ellos, cuyos familiares continúan vagando como fantasmas en la búsqueda de algún dato, seña, idea sobre lo que pudo haberles ocurrido. «Muchos de aquí salieron ya sentenciados». Dejó doña Rosario la expresión rebotando entre los muros de Lecumberri.

Conocedora de varias de las penurias experimentadas por los detenidos, como el caso de un muchacho que falleció debido a los golpes recibidos durante los interrogatorios, a quien levantaban luego de una sesión de madrizas y, como ya no podía mantenerse en pie, le amarraron a un tablón por la espalda para que quedara erguido y con un garrote le continuaron dando en el tórax, piernas, talones y tobillos; una vez que concluyó la jornada, el joven imploraba por un trago de agua, según contaron los compañeros detenidos y testigos de su padecimiento, expresaba que tenía mucha sed, ante la inexistencia de alguna bebida a su alcance, le imploró a sus compañeros que orinaran para poderse llevar a la boca algún líquido; se le iba la vida por la deshidratación, sin duda era el síntoma más evidente de que tenía una hemorragia interna. Por aquellos espacios Rosario tan solo suspiró pensando si algún día se lograría castigar a los culpables...

Historia siete

«No hay desaparecidos, todos están muertos» se escuchó la sentencia del general frente a las madres de los desaparecidos, quienes con su consigna «vivos se los llevaron, vivos los queremos», evitaron que se reprodujera aquel dictamen del hombre de armas. «Daremos una oportunidad al gobierno de Vicente Fox, si hemos esperado por treinta años, no nos vamos a cansar hasta ver que se haga justicia». Irrumpió el grito de una de las doñas. La lucha siempre fue desigual, aun cuando la juventud de los años setenta apostó al derrocamiento del régimen por medio de la vía armada, sus tácticas por lo regular exageraron de inocencia, el enemigo a vencer estaba preparado, contaba con todo tipo de armas, preparación, financiamiento, medios de comunicación, apoyo de los sectores adinerados. Por lo regular, un grupo guerrillero reclutaba a sus cuadros de jóvenes de los Centros Universitarios, elegía para su causa a los más destacados o acelerados, a los convencidos en la revolución, para posteriormente crear comandos de asalto y generar algunas situaciones de violencia pública, estrategia que asustaba y rechazaban los obreros, los campesinos, las clases medias.

Para alcanzar la revolución faltaba mucho más que el operativo para asaltar un banco, un comercio, el secuestro de algún político; la clandestinidad se convirtió en un juego a muerte, donde la apuesta del sistema fue a eliminarla, al grado incluso de que ni siquiera le reconoció como contrincante se les redujo a la nota roja, al plano de la delincuencia, escatimando cualquier referencia que tuviera que ver con las demandas sociales, políticas o económicas, y para ello la prensa, la radio y la televisión de la época, permitían el control del imaginario colectivo, del consenso, de la negación histórica. Además, llegó a ser tan efectiva la receta mexicana de ofrecer asilo político a los perseguidos de otros países latinoamericanos —mientras que en el interior del territorio nacional se perseguía, torturaba y asesinaba—, que los mexicanos extrañaron la posibilidad de que existiera una embajada de México en el propio México, a la cual poder acudir para salvar la vida; por ello se evitó la solidaridad de otros pueblos, de otros grupos armados, aun el paraíso socialista cubano renegó de los guerrilleros mexicanos, ¿cómo podían levantarse en armas ante un gobierno amigo? A Castro lo que menos le interesaba era sostener relaciones con los opositores de su único puente con el mundo latinoamericano.

Apestados sería lo menos como los consideraban el resto de los perseguidos chilenos, argentinos, guatemaltecos, uruguayos, bolivianos, peruanos, brasileños; los amigos se habían extraviado en algún rincón de la historia, ¿sería oportuno ir en su búsqueda?

Expediente ONCE

Un gato escucha

Jacinto organizó la sala de su casa para dar cobijo a «los cuatro fantásticos», una botana compuesta por jamón serrano, salami, chorizo, quesos y aceitunas se desplegaba en la mesa de centro, al lado de las viandas una pequeña selección de alcohol para acompañar la velada y hacer más amable la sesión de trabajo, eso sí, prefirió excluir el tequila y el mezcal del alcance de sus amigos porque de estar presentes las bebidas nacionales concluirían con todo intento de razonamiento.

Uno a uno fueron llegando a la cita, con un intervalo de quince minutos entre los tres, cada quien con sus respectivos cargamentos: los alcances, los datos encontrados, las pesquisas; los documentos seleccionados eran del dominio público, ya que día con día, al concluir una sesión de investigación en el AGN, cada quien se dedicaba de inmediato a poner al tanto al resto de los integrantes del grupo sobre lo que habían localizado; por ello no era extraño para nadie, más o menos, qué tipo de informes, nóminas, fichas, reportes, declaraciones, transcripciones de llamadas interceptadas, registros de corporaciones policiacas, cartas, manuales, u otro expediente que había hallado cualquiera de ellos.

Dos grabadoras acompañaban la botana sobre la mesa del centro, para Jacinto dejar testimonio de todo lo que ahí pudiera decirse era clave importante, ya que prefería no dejar nunca que la memoria se hiciera cargo de la información.

—¡No me chingues, ahora no solamente una, sino dos! —expresó Primitivo al descubrir las pretensiones periodísticas de Jacinto.

—Me late que tú has de ser de Gobernación, cabrón —completó Enrique la broma.

Sin mayor preámbulo y luego de haberse servido cada quien su vaso con alguna de las opciones dispuestas por Jacinto para beber, el clic de las grabadoras comenzó a labrar en las cintas el testimonio de todos y cada uno de los ruidos y voces emitidas en el interior de aquella sala.

La primera voz que se comenzó a grabar fue la del historiador, quien les puso al tanto de lo que Claudia le había contado unas horas antes, acerca del túnel en la galería seis y de la razón que pudiera tener Jacinto sobre la existencia del despliegue policiaco en alguna de las casas de la cerrada que quedaba exactamente frente a Lecumberri.

Por lo que no existía la menor duda de que ese pasadizo se conectaba entre el Palacio Negro y una casa de aquella privada.

—¿Ya ven?, por eso digo que la regamos, porque debí darme una vuelta, por lo menos para ubicar el número de la casa desde la que se llevó a cabo el operativo —continuó reclamándose el periodista.

—Pero no jodas, ese no es ningún problema, no será tan difícil saber cuál es la casa —le reviró Gustavo, cuyo ánimo para esas horas de la noche ya había mejorado considerablemente.

Además, Primitivo comentó que en la redacción del periódico habían logrado averiguar que la policía se encontraba totalmente desorientada con el caso, que sus pistas no llegaban a ningún lugar, que por ello no se había dado la cara a los medios, pero que estaban presionando fuertemente para arrancar algún tipo de declaración, ya que era absurdo que apareciera un cadáver en el AGN.

Por su parte, Enrique informó de los contactos que había logrado establecer, sobre todo con doña Rosario y su comité Eureka, para que pudieran reunirse con ella al día siguiente, y así intercambiar puntos de vista, sospechas y demás hipótesis.

Una vez que se habló sobre las pesquisas que cada uno había logrado en el transcurso de la tarde, la sala de la casa del periodista se vio inundada por el despliegue de varios documentos, cada quien extendió sus archivos, sus notas, su investigación, por lo que la ronda de los papeles comenzó a demostrar su danza.

—Aquí tenemos algunas huellas, no hay duda —reflexionó Gustavo, observando atentamente la variedad de todo lo que cada uno habría investigado.

—Lo absurdo es que el sistema político mexicano no haya borrado las huellas de sus atrocidades, ahora sí que luego de cometer el delito, las guardó, las atesoró, ¿qué pensaban? —levantó los hombros Enrique con esa incredulidad acerca de lo que estaba deseando entender.

—Nunca creyeron que esto llegaría a ser historia, imagínate que para ellos estos papeles que consideras valiosos ahora tú, en su concepción eran simples reportes policiacos, rutinas del trabajo desempeñado; como a toda hora, en estos casos el Gato Culto es un sabio, ya que dice: «Siempre el pasado y el futuro empatan a cero hoy» —Primitivo pretendió ofrecerles una respuesta a sus compañeros.

—La clave está en que treinta años después, sí volvieron por las huellas dejadas de sus actos, sin duda quienes entraron con Eva al Archivo fueron por algún documento, un expediente, deseaban desaparecer evidencias que pudieran comprometer su presente —remarcó Jacinto.

La noche se fue consumiendo en la revisión de los papeles obtenidos por cada uno, sus voces quedaban registradas en las dos grabadoras dispuestas por el periodista; la botana y el alcohol paulatinamente fueron consumiéndose, desapareciendo; al concluir la jornada, luego de haber echado la mente a volar por más de una ocasión, de haber reflexionado, reconstruido todo tipo de ideas, el agotamiento se posicionó en cada uno de los amigos, por lo que Jacinto propuso que concluyera la reunión, antes de que alguno de ellos terminara tirado en uno de los sillones, con la promesa de que al día siguiente les entregaría la transcripción de lo ahí dicho. Sin objeción, el grupo se desintegró y cada quien se dirigió a su casa a descansar, para revalorar lo ahí expuesto al día siguiente, sería lo más oportuno, con la cabeza fría, despejada.

Las voces que se escucharon de aquella sesión quedaron de la manera siguiente, como si se tratara de un coro griego, de una escenificación teatral:

Primitivo: ¿A ustedes no les ha pasado que cuando comentas con alguien que está uno revisando los documentos abiertos de la DFS se ponen nerviosos? Como que todos tienen miedo de que sus nombres puedan estar por ahí escritos, que se revele lo que dijeron en una asamblea, que se les descubra que en una de esas fueron colaboradores u orejas de la DFS.

Gustavo: Pues cómo no, cabrón, ¡imagínate cuántos informantes tenía la DFS? Por toda la información que hemos logrado recabar, es obvio que existía una enorme red de espías, en todas partes, entre campesinos, estudiantes, empresarios, políticos, periodistas, en fin, la DFS

170

tenía ojos y oídos en todo el territorio nacional y en todos los círculos.

Enrique: Es ahí donde no termino de entender; el sistema vigilaba todo, incluso a sus amigos, si se dan cuenta, no sólo se tenía bajo observación a los disidentes, a los opositores, también existía la orden de escuchar qué decía tal o cual secretario de Estado, qué hacía, encontrarle el punto flaco, la debilidad, y sobre eso el mejor ejemplo es la transcripción de las llamadas telefónicas intervenidas. No se trataba de un aparato de seguridad homogéneo que tan sólo vigilase a un sector de la sociedad, sino que se veían, se escuchaban, se vigilaban todos contra todos, y quienes participaban de esto también sabían que eran vigilados y, a pesar de esto, al tener el poder no acudían a los sótanos para borrar lo que se había dicho de ellos mismos.

Jacinto: Eso es lo que crees tú, no olvidemos que estamos ante dos archivos diferentes, el material de la galería uno, que está sistematizado, controlado, catalogado, el cual es defendido bajo la custodia de Felipe; pero también existe la galería dos, donde no hay control, no hay un orden, yo tengo la seguridad de que la información de la galería uno está rasurada, controlada, que en ella se dejó testimonio de lo que convenía a ciertos políticos, a determinados policías, pero que en la galería dos no, ahí sí se les pasó la mano, dejaron la materia prima de toda la información con la que se armaban los expedientes de la galería uno.

Primitivo: Tienes razón, el archivo y las cajas de la galería dos son un verdadero desmadre, es como si alguien hubiera dado la orden de vámonos ya, y guarden todo en cajas, sin importar organización, sin pensar en el sentido del archivo; por esto, cuando abres una caja te encuentras revistas, fotografías, o declaraciones originales de algún detenido; a las cuales, por ejemplo, en la galería uno no tienes acceso, a no ser que seas familiar del directamente afectado.

Enrique: ¿Habrán dejado a propósito esas cajas con aquella información ahí?, ¿no se les habrá olvidado destruirlas?

Gustavo: Según dicen que las cajas de la galería dos, fue un acto de venganza del secretario de Gobernación durante la época de Echeverría, quien al no ser el elegido para la grande, le valió madre la información y lo dejó todo ahí para que alguien llegara por ella.

Primitivo: Por eso tiene razón Jacinto, cuando plantea que de la revisión de lo que hemos logrado encontrar en la galería dos, podemos saber qué es lo que se buscó en la galería uno para asaltar Lecumberri, ya que nadie sabe siquiera qué existe en las cajas de la galería dos, mientras que la de la uno está perfectamente clasificada, ordenada.

Gustavo: ¿Quiénes podrían estar interesados en desaparecer algún documento de la galería uno?

Enrique: Antiguos policías de la DFS.

Jacinto: Cualquier político del pasado o del presente.

Primitivo: O sea, los verdugos de antes, quienes ahora pretenden torturar a la historia, callarla, silenciarla, no hay más.

Gustavo: Sabemos que lograron entrar a Lecumberri por medio del túnel, aunque dudo mucho que hayan estado revisando las fichas para saber qué expedientes estaban buscando, para mí que la información ya les estaba esperando, alguien de la galería uno, les dejó preparado el paquete para ser sustraído.

Enrique: Entonces estás acusando directamente a Felipe, el encargado del archivo de la DFS.

Jacinto: A final de cuentas no se mueve un papel de aquella galería si él no da la orden.

Primitivo: No olvidemos que al tener acceso al edificio debieron de haber desactivado las alarmas, los sistemas de seguridad, supongo que para eso llevaban a Eva.

Enrique: Además, los trámites para poder acceder a la información de la DFS son casi tan parecidos de cuando Lecumberri era prisión y acudía uno a visitar a los familiares detenidos; muestras la credencial, te anotas, te registran, revisan que únicamente entres con hojas de papel sueltas y que no lleves ningún tipo de tinta, solo lápiz, tanto a la entrada como a la salida, luego das el nombre del personaje que vas a investigar; casi como cuando estaban ahí de cuerpo presente, y son ellos los que detrás del mostrador te dan acceso a su historia, a su vida, faltaría nada más que se escuchara: «sutanito, a la reja que tiene visitas». Es la lógica de la DFS, te revisan todo, te preguntan los porqués y para qué de la visita, porque ahí está escrito todo de todos. Ni se diga luego esa actitud absurda de que nadie puede ver lo que uno está leyendo, según existe la regla de que solo quien solicita los expedientes puede verlos, nadie más; al respecto, les he dicho que si está prohibido que alguien más lea los documentos que uno tiene en la mesa, que entonces nos recluyan en las celdas para estar solos con los documentos, porque de no ser así, imagínate, estás en una mesa larga junto a varias personas más, ¿qué vas a hacer, cubrir con los brazos las hojas escritas para que nadie las lea? Además, ¿qué sucede si afuera le muestro a quien yo desee lo que escribí, lo que investigué?

Jacinto: Precisamente, según sus reglas estúpidas, ahora estamos violándolas, porque estamos sociabilizando los documentos que cada cual ha fotocopiado o transcrito de los archivos.

Primitivo: Vean esta carta interceptada que le escribió Cuauhtémoc Cárdenas a su mamá en 1966, cuando él y el general fueron a Chihuahua a enterarse sobre los acontecimientos violentos en aquel estado de la República.

Enrique: ¿No les digo? Tenían gente en todas partes, correos, teléfonos de México, telégrafos, imagino que veían el destinatario de la correspondencia y la abrían.

Gustavo: ¿Qué me dicen de los reportes de inmigración? No había quien viajara a Cuba y no fuera fotografiado, y que se le informara a la CIA.

Jacinto: ¿Qué tal este informe ridículo sobre un despliegue militar durante las elecciones de 1976? Porque según ellos la guerrilla pretendía organizar actos de sabotaje y evitar que se llevaran a cabo las elecciones.

Primitivo: Dicho informe tira al suelo la hipótesis de Sergio, el que publicó su libro sobre la historia de la DFS, ya que según esto, si utilizaras este documento como único para el análisis histórico, te darías cuenta que el Estado mexicano sí llegó a ver como un peligro desestabilizador la existencia de los grupos armados en nuestro país, y no como sostiene él, en el sentido de que se exageró su potencial para que los elementos de la DFS obtuvieran mayores beneficios políticos o económicos. Ahora sí que pretende coincidir con lo que alguna vez le leyera al Gato Culto en el sentido de que: «Todo tiempo pasado fue tiempo perdido.»

Enrique: Creo que de pronto se le ha dado demasiado valor a las fichas, a los documentos de la DFS, que no se nos olvide que son reportes policiales, donde tampoco quiere decir que se dice la verdad, la única razón de la historia.

Primitivo: Eso es obvio, aquellos archivos contienen la versión por demás oficial de la historia, su justificante por actuar de parte del Estado, como lo hizo durante los años sesenta, setenta y ochenta.

Jacinto: Que no se te olvide que son reportes de orejas, de informantes, de policías, de infiltrados, además de que está impregnado todo de su muy particular juicio.

Enrique: En ese sentido, por ejemplo, he tenido que valorar qué tanto de lo que se asienta ahí como declaración de mi padre es verídico, qué tanto puede ser inventado.

Primitivo: Sobre eso, imagínate lo que ha de ser para Felipe el estar recibiendo ahora a todos aquellos, cuyos nombres están en las fichas y los reportes o expedientes, desfilar en frente de él para solicitarle precisamente su pasado, lo que se dice de ellos, lo que se asentó como verídico. Y lo digo porque a mí me tocó el otro día estar enfrente de un antiguo militante de un grupo armado, de aquellos que secuestraron al cónsul de Estados Unidos en la ciudad de Guadalajara, y fue curioso, ya que coincidió que precisamente mientras estaba leyendo las fichas de su grupo armado, su nombre aparecía insistentemente citado en el papel, resulta que lo tenía enfrente de mí, en el papel y en vivo.

Jacinto: Claro, sobre todo él, que se sabe de arriba para abajo el archivo de la galería uno, para él no hay nombre que se le escape: hecho, acontecimiento, ya que como jefe del archivo, transcribió los informes a fichas, los clasificó, los ordenó, ahora sí que él ha registrado la historia reciente de nuestro país.

Gustavo: Incluso, en una de esas ni siquiera sabía cómo eran físicamente todos aquellos personajes de quienes hablan los papeles que catalogó, o también hoy, no los reconoce por el paso del tiempo.

Primitivo: Para Felipe ha de ser de lo más impresionante y difícil haber tenido que salir de su sótano por una orden presidencial, pues imagino que estaba acostumbrado a mantener sus papeles en el más absoluto de los silencios.

Enrique: Según tengo entendido, lleva trabajando más de cuarenta años para los archivos de la DFS, por lo tanto tuvo que ver con la mayoría de los directores de la corporación.

Gustavo: A mí me llegó a contar que sus archivos contienen información tan precisa que podía darle seguimiento a un arma, un auto, cualquier dato que sirviera para los operativos esta ahí, para poder ejecutar las acciones policiacas.

Jacinto: Para él tampoco hubo guerrilleros o luchadores sociales, sino nada más delincuentes, dice que quienes fueron verdaderos guerrilleros murieron por sus ideales, y los que sobrevivieron son unos oportunistas.

Enrique: No saben qué fuerte fue aquel suceso, cuando llegaron las señoras del Estado de Guerrero para buscar información de sus desaparecidos. La mayoría de ellas no sabe leer, por lo que el propio Archivo les asignó a algunas de las asistentes del departamento de referencias para que les ayudaran a localizar los datos que solicitaban y les leyeran en voz alta lo que ahí se decía de sus familiares. Me tocó estar sentado al lado de una señora que se indignaba cada vez que escuchaba la voz de la asistente, ya que insistía en que no era cierto nada de lo que ahí se decía, la señora aseguraba que a su padre lo habían ido a sacar los soldados de su casa en la mañana, que supuestamente sólo se lo llevaban para declarar, que incluso ella y sus hermanas suplicaron que le dejaran terminar de desayunar, porque al parecer se trataba de un señor de edad avanzada, y todo lo que ahí decía era totalmente diferente a lo que había vivido y presenciado aquella pobre mujer, la cual le reclamaba a la asistente del centro de referencias, como si ella tuviera la culpa de los hechos, o bien de lo que en los papeles se decía.

Primitivo: Le reclamaba a ella, porque era la voz que escuchaba decir aquellas mentiras.

Gustavo: Y es que imagínate lo que habrá sentido. La indignación de llegar al Archivo pretendiendo encontrar algún dato, alguna señal que le permitiera suponer dónde está el cuerpo de su padre y que todo lo que los reportes dijeran fueran falsedades desde el principio.

Enrique: Incluso en más de una ocasión le preguntó si no se había equivocado de expediente, si ahí estaba realmente escrito el nombre de su papá, porque se negaba a aceptar que lo dicho por la empleada del Archivo fuera lo que se decía sobre los hechos y los acontecimientos relacionados con él.

Jacinto: Pero además, ponte en su lugar, ¿cuántos recuerdos no le llegaron de golpe? Más allá de la desilusión de saber que no era cierto todo lo que ahí se decía.

Enrique: Pobre mujer, se puso muy mal, estuvo llorando un buen tiempo, además que le daba pena exponer sus sentimientos en el Archivo.

Gustavo: Y es que, ¿qué puede buscar un familiar en los archivos? ¿El pasado negado? ¿El sitio de su cuerpo? ¿Los datos que confirmen su tortura? ¿La verdad? ¿El recuerdo? ¿Más datos? ¿Acaso desean encontrarlos nada más en el papel? ¿Qué parte de su historia?

Primitivo: Considero que para todo aquel que fue protagonista de estos hechos, se encuentra más amargura, desesperación, desilusión y viejos fantasmas, que respuestas.

Gustavo: No dejan de ser papeles de muerte, de terror.

Enrique: Es difícil encontrar desaparecidos en los archivos.

Primitivo: Pero no por ello vas a dejar de revisar el pasado.

Jacinto: Sobre todo ahora que dicho pasado se ha convertido en una amenaza, en el presente, para algunos, que se atrevieron a asaltar Lecumberri.

Gustavo: A pesar de la vida de una chava.

Jacinto: Eso es lo que no termina de cuajarme, ¿por qué la asesinarían?

Enrique: Tal vez porque sabía en exceso; toma en cuenta que así como no vas a encontrar las claves del paradero de los desaparecidos, de todos modos en esa información de los archivos vienen los nombres de todos ellos, reconociendo implícitamente que fue el Estado quien los detuvo en algún momento, que los interrogó; ya no se trata nada más de la versión de otro detenido que los llegó a ver con vida, sino que existe el material documental que confirma que tal o cual individuo fue capturado, interrogado, sin poder seguir negando la responsabilidad del Estado mexicano en las atrocidades cometidas en los setenta.

Primitivo: Claro, de alguna manera se pueden sacar pistas para deslindar posibles responsabilidades en contra de los ejecutores de aquellas órdenes, incluso de los actores materiales; por eso la historia, ahora sí se ha convertido en un personaje actuante durante el presente, como nunca antes. No olvidemos que un archivo es un ente vivo, donde hay relación de hechos, nombres de personas que actuaron, que existieron, en estos papeles se cuentan vidas, sentimientos. El chiste es hacer hablar al archivo y creo que eso es lo que provocó el miedo de más de un individuo como para poder organizar el asalto.

Gustavo: Entraron a Lecumberri para robarse la historia.

Jacinto: Para callarla.

Enrique: ¿Habrá estado consciente el actual gobierno de lo que podía destapar al decidir abrir los archivos de la DFS?

Jacinto: Yo creo que dentro de sus juegos de complicidades con el viejo sistema, sí, de alguna manera aquella determinación debió de haber estado pactada de antemano.

Primitivo: ¿A quién le interesa la historia? Peor aún estas historias negras.

Gustavo: La opinión pública es muy inestable, muy variable.

Jacinto: En eso tienes razón, recuerden la enorme fila de periodistas acudiendo al AGN los primeros días que se abrieron los archivos, como que hubo un *boom* por intentar sacar algún tipo de información amarillista; luego de unos quince días, el tema pasó al olvido.

Enrique: O sea que, según ustedes, tenían calculado cierto tipo de riesgo y un momento estelar del tema, para que luego pasara de nueva cuenta al olvido, y el actual gobierno pudiera disfrazarse de transparente, hacerse pasar como un ajustador de cuentas, como un cumplidor con el pasado tenebroso de los priístas.

Primitivo: Yo creo que algo por el estilo.

Gustavo: Aunque en ese sentido, si todos estaban protegidos ¿entonces para qué asaltar Lecumberri?

Primitivo: Una cosa es lo que tú creas que va a suceder y otra muy diferente cómo se dan las cosas, los escenarios programados no siempre salen como tienes pensado, hay variables que nunca puedes controlar dentro de los procesos históricos, sobre todo en un caso como este.

Jacinto: ¿Quién se iba a imaginar que cuatro locos como nosotros íbamos a estar de tiempo completo hurgando dichos expedientes?

Enrique: No hay duda, eso sí, de que alguien se sintió amenazado y decidió actuar.

Jacinto: ¿Cuántos políticos en activo no estarán circulando por los archivos de la DFS? Mal que bien, que no se les olvide que se ha creado una Fiscalía Especial, la cual tarde que temprano deberá explicar sus indagatorias, como que entraron en un círculo un poco peligroso.

Primitivo: Que de momento le puede dar legitimidad al actual gobierno, pero que los resultados para mi gusto no los tienen totalmente entre sus manos.

Gustavo: Por lo menos es una delicia para nosotros el poder estar en contacto con dichos archivos, en ningún lugar del mundo te abren los archivos de las corporaciones de inteligencia, así como aquí hemos tenido la oportunidad, aunque en una de esas no pase nada.

Enrique: ¿Y qué me dices de la muerte de Eva?

Gustavo: Me refiero a que en verdad se llegue a hacer justicia y castigar a los responsables de las desapariciones forzosas, de los asesinatos, de los actos de tortura.

Jacinto: Pero eso es lo peor del caso, que una vez más todo va a quedar impune.

Primitivo: En todo esto es donde creo que el libro de Sergio entró a jugar un poco la posibilidad de crear un ambiente *light* sobre el caso de la llamada Guerra Sucia, ya que por un lado aparece su libro, se da el informe de la Comisión Nacional de los Derechos Humanos, el presidente de la República acata las recomendaciones de esta y promueve la creación de la Fiscalía y la apertura de los archivos, pero ya se sembró dentro de la opinión pública, dentro de los investigadores y estudiosos, el antecedente de que no fue para tanto, que se trató de una exageración de parte de los cuerpos policiacos políticos del Estado, para restar impacto de lo que pudiera haber sido en realidad el pasado, actuando en el presente.

Jacinto: Claro, evitando así profundizar en el caso, continuar con las investigaciones, todo queda dentro de los posibles escenarios creados por el actual gobierno, sin que nada se les escape.

Enrique: Pero sin duda algo sucedió que alguien decidió actuar por su cuenta, o en una de esas y fue el propio gobierno actual el que se autorobó.

Jacinto: ¿Nos hemos imaginado cuántos de los que acuden al archivo no son enviados por la actual secretaría de Gobernación? ¿O por antiguos policías políticos? Vaya, si infiltraban antes a los grupos, ¿por qué no lo podrían hacer ahora?

Enrique: Alguna ocasión en el juego de las paranoias, al salir del Archivo he sentido que alguien me sigue, que me vigilan.

Primitivo: Pues con todo lo que hemos dicho, no dudes que así sea.

Jacinto: ¿Cuántas ocasiones nos hemos metido en algo grueso y ni cuenta te das?

Gustavo: Ahora que en una de esas y estamos frente a una estrategia del propio gobierno actual para volver a cerrar la llave de la información ¿eh? A fin de cuantas la información ha fluido, se han publicado algunos casos amarillistas en la prensa. Estoy de acuerdo que ya nadie más de los medios ha estado tan interesado como al principio, pero no dejan de ser temas que incomodan en el pasado y en el presente, no dejan de ser heridas que con el paso del tiempo de dos o tres décadas no han terminado de cerrar, y eso siempre es un riesgo.

Enrique: Claro, imagínense hoy a los actuales funcionarios amenazando a otros políticos, chantajeándoles para que actúen de tal o cual manera o se sacan los trapitos al sol.

Jacinto: La información siempre ha servido para obtener más poder: yo sé lo que hiciste, por lo tanto mejor alíneate.

Primitivo: Nunca creí llegar a ser testigo del valor real de la historia y no sólo dentro del clásico discurso político revolucionario en el que lo convirtió el sistema priísta. Dense cuenta del valor que ha llegado a tener hoy un memorándum, un informe, una ficha, ¿quién lo iba a creer? Que la historia fuera una amenaza, un peligro, un riesgo, contra la cual se actuara, se asesinara, se pretendiera custodiar su silencio.

Gustavo: Precisamente por esto, el trabajo realizado durante el asalto al Archivo es por demás fuera de lo común, ya que imagino que no pretendían dejar ningún tipo de huella, supongo, porque quien estuviera interesado en silenciar la historia debe ser alguien a quien ver su nombre plasmado en esos documentos le implica seriamente en el presente, y ellos no trabajan tan burdamente.

Primitivo: Algo les falló que tuvieron que asesinar a Eva y dejarla como testimonio de su acción.

Jacinto: Si a esas vamos, probablemente sea al revés, que el cadáver de Eva se deja como amenaza, como aviso para algún político, como señal de su paso, de su atrevimiento de actuar.

Enrique: Considero que de pronto estamos cayendo en una serie de elucubraciones innecesarias, sin duda los papeles de la DFS ya sea de la galería uno, o de la dos, son de una importancia única, pero, ¿acaso a alguien le interesa realmente el trabajo de investigación que estamos realizando ahora sobre el tema?

Primitivo: Por supuesto.

Gustavo: Tú más que nadie no lo debería de dudar.

Jacinto: Yo mejor ni te respondo, porque creo que ahora sí te orinaste fuera de la bacinica.

Primitivo: Hoy como nunca antes, el pasado se ha convertido en un factor de vital importancia en el presente, como ya se mencionó.

Gustavo: Has de cuenta que la hora de los torturadores llegó, creo que han de estar por demás preocupados porque estos documentos les torturen ahora a ellos; sus testimonios, sus vidas, sus acciones, sus prepotencias.

Jacinto: Y que no se te olvide que existen muchos torturadores de la historia cuyas versiones pretenden precisamente moldear el pasado en una versión cómoda del presente.

Primitivo: Te entiendo en parte, porque hemos estado acostumbrados a que a nadie le interese la historia, nos educan con un cúmulo de datos, de héroes de piedra, de acciones heroicas sin sentido, las que por lo regular se cuentan ajenas a la realidad de la mayoría de los estudiantes, de los ciudadanos; fuera de la escuela ¿quién lee historia en este país? La historia se ha convertido en una materia más, sin valor práctico, sin entendimiento de cómo actúa en el presente, por esto nadie le apuesta a la historia porque nunca ha pasado nada, con o sin ella.

Jacinto: En ese sentido, ha sucedido algo similar con los medios de comunicación, ¿qué pasó en México luego de la matanza absurda del 2 de octubre de 1968? Nada, los medios callaron y los violines sonaron, no hubo reacción, protesta, la indignación se atragantó y punto; el valor de la información periodística es un actor que tiene poco tiempo, ahora se ha labrado una manera de crear opinión pública, pero, ¿quién denunciaba las atrocidades del sistema político mexicano antes de la existencia de la revista *Proceso*?

Gustavo: Mal que bien, hoy sí hay un ansia por saber, por conocer, por descubrir, por esto lo que hacemos cada quien en el Archivo puede convertirse en una amenaza en el presente para muchos personajes actuales, es más, si no ¿para qué entrar a Lecumberri? ¿para qué asesinar a Eva?

Enrique: Está bien, ya párenle a su locomotora en mi contra, es más, si gustan, mátenme, péguenme, quítenme mi dinero.

Jacinto: Por esto veo con horror lo que ha estado sucediendo, la posibilidad de que se cierre el acceso a la información, a pesar de los discursos aperturosos del actual gobierno, el incidente donde perdió la vida Eva es algo que nos debe preocupar más de la cuenta, se trata de la actuación de los viejos verdugos, de los asesinos impunes.

Enrique: Ahora que si siguen con ese discurso, lo que van a provocar es que me dé miedo y deje de investigar, de trabajar... no se crean, es broma.

Gustavo: Lo que hemos logrado encontrar habla de la prepotencia testimonial de un sistema político, mira, ahí está la ficha de aquel intelectual cuya fama parece intachable que da aviso de los encuentros en la universidad; el telegrama de Borges que felicita a Díaz Ordaz por los acontecimientos del 2 de octubre del 68; lo absurdo de los gastos erogados por el gobierno de Echeverría; los informes policiales, en fin, todos los documentos que decoran esta sala son piezas valiosas de nuestro pasado reciente.

Primitivo: Quienes entraron al archivo lo hicieron para encontrar, y lo que debemos saber es con qué dieron y qué se llevaron.

Jacinto: Hemos sido testigos de los papeles que narran la historia de la represión que no se ha castigado, la duda que me salta es ¿se les podrá castigar hoy?

Enrique: Según vamos hilando el tejido, lo dudo, peor aún con el caso que nos ha convocado de manera urgente, como lo fueron los hechos de esta semana.

Fin de la grabación.

Expediente DOCE

Fiscalía sin delincuentes

Siguiendo con la larga lista de eventos propagandísticos y de buenas intenciones, así como vestidos de *marketing*, el viernes 4 de enero del año 2002, luego de auscultar entre una lista de más de cuarenta probables candidatos, se eligió al Fiscal Especial para la Atención de Hechos Probablemente Constitutivos de Delitos Federales Cometidos Directa o Indirectamente por Servidores Públicos en Contra de Personas Vinculadas con Movimientos Sociales Políticos del Pasado, el procurador de Justicia le presentó a los medios y se realizó el acto protocolario para que asumiera el abogado Ignacio su nuevo cargo, tarea nada fácil: corretear las huellas del pasado, acudir a las alcantarillas para detectar escombros, asistir a los sótanos para localizar datos, testimonios, huellas, para intentar fincar responsabilidades a los antiguos funcionarios públicos, ¿habrá llegado a las manos del fiscal especial aquella famosa lista del *ombudsman* con los nombres de los probables responsables?

«No hay crimen perfecto». Había expresado Ignacio confiado en sus pesquisas, en sus investigaciones y en la incorruptible actitud por hacer prevalecer el estado de derecho, tantas ocasiones violado, vapuleado, inadvertido.

¿Existirán huellas? Sería la pregunta que el recién estrenado fiscal no se hizo el día de su toma de posesión,

¿habrá evidencias? Las oficinas acondicionadas para dar albergue a la labor de la nueva Fiscalía se ubicaron en la antigua sede de la INTERPOL México, una vieja corporación policiaca que sin duda contribuyó en los delitos perseguidos ahora por Ignacio.

«Acudiré hasta los archivos de Satanás». Se manifestó seguro el hombre destinado para investigar y luego castigar a quienes desde las instituciones hoy acusadoras, actuaron en contra de aquellos que osaron protestar rechazando al régimen. Insiste en que perseguirá la información donde exista, convencido de que su labor no será en vano, que logrará llegar hasta donde se tenga que llegar, ya que todos contribuirán con la causa de la justicia, y denunciarán todos aquellos actos cometidos treinta años atrás, como un cateo sin orden, un acto de pillaje, una violación. Sin descartar en algún momento la posibilidad de que se pueda llevar a cabo alguna acción de índole mafiosa en contra de la actuación de la Fiscalía Especial, son callos duros los que se pueden llegar a pisar, son grupos que han estado organizados, que saben de trabajos sucios, de acciones ilegales y cuyo corazón ya está entrenado para realizar cualquier tipo de operación. ¿A poco van a esperar sentados, plácidos, cómodos, la llegada de la justicia en su contra? A pesar de contar con el riesgo, el fiscal insiste en que este ya se ha calculado, ya que no es posible alguna acción que pueda detener la labor de la justicia, que la deba de inhibir como ya ha ocurrido en otros tiempos, como para que se evitara que los presuntos responsables rindan cuentas ante un tribunal, porque el asunto está incrustado en la conciencia de los mexicanos y no ha desaparecido de su memoria, de sus expectativas de ajustar cuentas con la prepotencia, con la violación al estado de derecho. «Por lo que desde ahora no se podrá eliminar la decisión de llegar a la verdad». Confesó confiado, seguro, como si su propio discurso le permitiera autoconvencerse de sus palabras, por si alguna duda pudiera existir. Por lo que, aseguró, evitaría, en la medida de lo posible, la mínima filtración sobre los avances de sus investigaciones, para salvar que los implicados evadan el peso de la ley, por lo que amenazó, a un inexistente equipo de colaboradores, en que se podría ejercer acción penal en contra de quien resultara responsable de haber llevado a cabo algún tipo de indiscreción.

La cara de Ignacio reflejaba la sensación satisfactoria de haber cumplido la tarea, el primer sorteo público durante su presentación en sociedad como si se tratara de una quinceañera, con los reflectores puestos en su persona, con la encomienda presidencial de abordar un tema por demás escabroso, casi imposible de realizar, ¿existen las tareas imposibles? La del recién estrenado fiscal parece ser una de ellas, incluso con el despliegue publicitario, con el sentimiento de esperanza que varios pudieran contar entre sus más recónditos deseos, porque ahora sí exista una pizca de ajustes históricos y castigo para quienes han permanecido en la impunidad.

Las experiencias hacen a la persona, el discurso contestatario no es gratuito, no se trata de ser negativo, simplemente Rosario cuenta con un bagaje lleno de amargas experiencias, donde ya no hay quién le pueda dorar la píldora, exigirle que crea en las instituciones, si han transcurrido más de dos décadas apostando a la legalidad, y la única respuesta durante todos aquellos años acumulados ha sido la buena fe, la promesa tirada en el basurero, la mentira, la vuelta al problema, la inexistencia de las pretensiones por llegar al lugar correcto.

«La Fiscalía es una tapadera de la Procuraduría». Declaró de inmediato, sin otorgar el más mínimo recurso de duda, con la seguridad de quien ha sido más de un ciento de ocasiones engañada. Confirmó que simplemente se trata de quitarle presión a la institución que por ley debería llevar a cabo las investigaciones del caso, que sería el propio procurador de Justicia, claro está, ¿cómo podría un militar pretender acusar a sus antiguos compañeros?, ¿amigos?, ¿acaso no está uno para seguir siendo fiel a sus antiguos aliados?, ¿qué no fue en un momento determinado el actual Procurador, Secretario particular del director de la Dirección Federal de Seguridad en los años setenta?, ¿no conoce entonces todo lo que fueron capaces de hacer sus colegas?, ¿con quiénes ha laborado el fiscal en tiempos pasados?, ¿acaso no también cuenta con intereses creados?, ¿qué Fiscalía Especial ha presentado buenos resultados a la sociedad?

A pesar de las dudas, del descrédito, la fiscalía comenzó a trabajar de inmediato desde la primera quincena de enero del año 2002.

Retomó la investigación presentada en el informe de la Comisión Nacional de Derechos Humanos, curiosamente no se le entregaron las copias de los documentos originales consultados por dicha Comisión en los archivos de la Secretaría de la Defensa Nacional y de la extinta Dirección Federal de Seguridad, por lo que la fiscalía tuvo que volver a invertir tiempo, dinero y esfuerzo en el fotocopiado de los mismos papeles, que sin explicación alguna no le fueron facilitados. Para justificar, pretender transparentar y ofrecer la inexistente confianza en el órgano investigador, se nombró de inmediato el Comité Ciudadano de Apoyo a los Trabajos de la Fiscalía, que se compuso por antiguos militantes de izquierda, ex líderes del movimiento estudiantil del 68, académicos, ex guerrilleros y periodistas, quienes tienen acceso directo a todo el material recabado y al curso que puedan llevar las investigaciones.

Tan poca confianza se ha tenido en los trabajos realizados, que de pronto el fiscal ha recurrido a los argumentos más descabellados para intentar justificar su labor, como por ejemplo proponer que los desaparecidos políticos puedan encontrarse entre la población lumpen del país, por lo que no sería mala idea el organizar un censo de estos para ubicar su procedencia, sus nombres, su origen. ¿Puede imaginarse un familiar de un desaparecido político que algún día se ha cruzado con él en cualquier esquina de la ciudad de México? Claro está, mucho más cambiado, con costras de mugre tatuadas al cuerpo, que apesta, abandonado, con un costal de trebejos detrás de la espalda...

Otra de las opciones propuestas fue la de investigar dentro de los hospitales psiquiátricos, ya que hubiera sido muy fácil para los secuestradores deshacerse de los desaparecidos internándolos en dichos nosocomios, reportándolos como desconocidos, o simplemente con la orden de que por el bien de la nación permanecieran ahí. ¿Quién le habrá sugerido aquellas hipótesis al fiscal? ¿Tendría conocimiento de algo? ¿Nada más estaría elucubrando opciones? ¿Cuál es la responsabilidad de un funcionario público al estar comentando ante la sociedad dichas opciones?

A pesar de los pocos resultados, al Fiscal se le vio contento luego de que lograra citar al ex presidente Luis Echeverría y a otros funcionarios menores de su sexenio, para simplemente leerles una serie de preguntas infantiles, las cuales decidieron responder por escrito apelando enfermedad de última hora, por lo que la tónica ha sido el llevarlos frente a un escritorio para escuchar y luego fingir enfermedad, algo así como el síndrome de Pinochet, para volver a la tranquilidad de sus hogares y que sus abogados se dediquen a responder con evasivas, negativas y engaños el cuestionario presentado. ¿Se alcanzará así la justicia pregonada?, ¿cuántos no han logrado huir de la justicia?, ¿cuántos no van a continuar huyendo de la misma?, ¿quién pudo haber dejado una huella? En todo delito, primero se habla de los probables móviles que llevaron a cabo la infracción de la ley, ¿sabe el fiscal acerca de los mismos?

Expediente TRECE

Los recuerdos de Rosario

Doña Rosario ya les esperaba en la sala de su casa, erigida esta como un museo en contra del olvido; de las paredes colgaban diversos carteles de su incansable lucha, fotografías familiares entre las que destacaban las de su hijo Jesús, algunos reconocimientos, diversas propagandas políticas de cuando fue candidata a la presidencia de la República.

Los espacios vacíos no eran del agrado de Rosario, tal vez por esto no existía rincón sin un recuerdo, sin un suspiro, sin un pedazo de historia. En la mesa de centro las copas esperaban a «los cuatro fantásticos»; quienes acudieron puntuales a la cita, sabían de la importancia de intercambiar puntos de vista con la luchadora social; sin mayor preámbulo dieron comienzo a una larga conversación, se sentían como si estuvieran en su casa, la hospitalidad de aquella mujer de inmediato invitaba a entrar en confianza, a desmenuzar todos y cada uno de aquellos asuntos pendientes entre el pasado y el presente.

«Los pactos con el pasado son muy duros». Soltó Rosario de inmediato, criticó la actitud del actual gobierno por levantar nuevamente cortinas de humo que aparentaran la actuación del Estado en contra de los viejos verdugos. «Se ha enfatizado en que no se trata de llevar a cabo una cacería de brujas, que no se piensa lastimar viejas heridas, pero siempre me he preguntado ¿por qué viejas heridas?, si son actuales, llevamos más de veinte años luchando por nuestros desaparecidos, no son pasadas, son presentes. Tratan de convencernos para que no se desaten las pasiones, sin embargo, los únicos apasionamientos que toda la vida se han defendido han sido los de los torturadores, los verdugos sí han contado con el aval, con la impunidad.»

«Se ha protestado, denunciado, gritado, ¿y qué respuesta hemos recibido?» Las palabras de Rosario dejaban enmudecidos a «los cuatro fantásticos», como siempre Jacinto había accionado su grabadora para no perder detalle de lo expuesto, pero no había necesidad de hacer alguna pregunta, la señora sabía más o menos de qué se trataba, cuáles eran las incógnitas de aquel grupo, por lo que continuó con su narración. «Déjenme decirles que a los trece días de haber tomado posesión Fox como Presidente, solicitamos formalmente la primera entrevista con él, ¿y saben cuándo nos recibió?, a principios de noviembre de 2001, casi un año para darnos la cara, y eso porque se venía el teatro aquel de la presentación del informe de la CNDH, pero si no, les aseguro que nunca nos hubiera recibido.»

«¿Para qué se iba a rebajar en atender a las viejas gritonas? Lo que pasa es que nosotras no nos chupamos el dedo.»

—Lo que me sorprendió en un momento dado es que por lo menos con aquel informe se reconoce que fue el propio Estado el que violó los derechos humanos, de alguna manera se está acusando a los gobiernos priístas de la tortura y de las desapariciones forzosas –se atrevió a argumentar Jacinto, mientras que ahogaba su osadía por interrumpir a Rosario con un trago de coñac.

—Es lo mismo de siempre muchachos, desde el año 1979 a mí ya nadie me cuenta nada, en ese año llegué a pensar que con el informe del procurador de entonces lograríamos obtener algún tipo de respuesta, pero incluso aquella ocasión torturaron nuestra propia esperanza, se burlaron de nosotras, en ese tiempo se nos dijo que no existían desaparecidos, que lo que había eran desconocidos; claro está, como iba a venir de visita el máximo representante de la iglesia católica, querían lavarse las manos, tranquilizarnos, adormilarnos, y no te voy a mentir que nosotras nos la creímos...

—Ya lo creo, esa ilusión es la que le ha mantenido luchando... —interrumpió Enrique.

—Pues sí, pero ¿saben todo lo que hemos pasado?, ¿saben cuántas ocasiones han intentado robar nuestros sueños? Sin duda las caras de la burla y la prepotencia se nos han aparecido a cada instante, por esto hemos logrado desarrollar todas y cada una de las doñas, como ahora nos dicen, una piel acostumbrada a detectar las palabras con poca credibilidad. ¿Saben lo que declaró el entonces presidente Echeverría cuando decidió cerrar Lecumberri?

La cara de incredulidad de «los cuatro fantásticos» por el cuestionamiento, se reflejó con su silencio, al no poder negar siquiera el conocimiento de la respuesta, por lo que Rosario salió en su rescate. «Se atrevió a decir que con la clausura del penal se ponía fin a una larga secuela de injusticias y vejaciones a la dignidad humana, ¿ustedes creen? Eso se atrevió a expresar el muy cínico, cuando en realidad sus funcionarios, torturadores y verdugos habían actuado con toda la impunidad dentro de aquellas paredes, eso lo dijo el 1 de septiembre de 1976, cuando durante todo su sexenio se presentaron un sinnúmero de irregularidades, de atrocidades, de secuestros, de vejaciones y de violaciones de derechos humanos.

El cinismo es una de sus más grandes cualidades, ¿saben cuántas ocasiones me entrevisté con él?» Una vez más Rosario ponía en jaque los conocimientos de «los cuatro fantásticos», inamovibles, ninguno se atrevió de nueva cuenta a negar siquiera con la cabeza. «Treinta y nueve ocasiones hablé con él, ya me conocía todo el personal de los Pinos y del Palacio Nacional, incluso algunos de sus ayudantes hasta me decían por debajo del agua en dónde se encontraba, porque han de saber que de vez en cuando se me escondía el muy cobarde, quien además me prometió cualquier cantidad de estupideces.»

Primitivo observó en silencio a aquella mujer diminuta, se imaginó el largo recorrido, las cientos de angustias, las ocasiones en las que la llamada del teléfono podría haber despertado una vez más, a mitad de la noche, la esperanza arrinconada, recordó alguna cita de su Gato preferido insistiendo en que: «Las ilusiones y las moscas tienen alas.»

«Luego, con López Portillo como sucesor de Echeverría, ya no lo perseguí tanto». Continuó Rosario con la descripción de su lucha, aun cuando en ese instante no existiera pregunta por parte de sus visitantes. «Sólo fueron una docena de ocasiones en las que me entrevisté con él, tenía yo claras las formas de cómo se comporta el poder; sobre todo porque además para esos tiempos nos habíamos organizado varias madres y familiares de desaparecidos, pero de todos modos la mayoría de nosotras no conseguimos nada; posteriormente, con de la Madrid como presidente, ahí sí que nos enfrentamos ante un muro de piedra, a ese siempre lo he considerado como el más oscuro de todos.

Él nos dijo desde el principio que no deseaba resolver nada que tuviera que ver con algún tipo de connotación política, y mucho menos de sexenios anteriores; por ejemplo, no autorizó ningún tipo de amnistía; de ahí que los trescientos setenta presos políticos que logramos liberar salieron de la cárcel porque este prefirió promover que desistiéramos, que reconocer su condición de presos de conciencia; posteriormente, con el inefable Carlos Salinas se dio lo peor, y que conste que creíamos que cada uno de los anteriores había sido el más vil, el más infame; pero no, llegó Salinas y ese sí que dio muestras de ser el maestro del cinismo, de la ignominia.

Un día nos recibió en los Pinos, éramos siete madres de desaparecidos, nos dijo que en veinte días tendríamos noticias de nuestros hijos, incluso hasta el muy desgraciado se atrevió a darnos un beso en la mejilla a cada una, su objetivo se logró, ya que mis compañeras salieron llenas de esperanza una vez más, sin duda sabía aparentar, yo era la única escéptica, y no es por otra cosa, pero tanto trajinar, tanto ir de un lado a otro, que a mí ya nadie me vende la catedral.

Como es obvio, no nos cumplió y nos quiso complacer con la creación de la llamada Comisión Nacional de Derechos Humanos, por esto le tengo tanta tirria a dicho organismo, nos utilizó para cumplir con una exigencia que venía del exterior, los gringos y los europeos ya estaban enterados de la serie de arbitrariedades que existen en nuestro país, y una de las condiciones para entablar y enriquecer las negociaciones comerciales fue precisamente acallar tantas protestas sobre tortura, desaparecidos y violación a los derechos humanos.»

«Por esto le grité tantas ocasiones en la tribuna del Congreso de la Unión, porque han de recordar que en aquellos tiempos era yo diputada, lo último que le aventé fue el grito de ¡Judas! Con tanta furia que hasta por poco y me desgañito.»

A Enrique le cruzó por la mente la incógnita que no se atrevió a expresar ¿cuántas lágrimas habría derramado aquella mujer? Luego continuó escuchando la narración de ella con todas aquellas experiencias amargas.

«Con Zedillo nos entrevistamos por no dejar, pero como comprenderán aquel era un inútil, nunca tuvo idea que estaba sentado en la silla presidencial, además de que ya sabemos lo traicionero que fue, sobre todo en 1995 cuando intentó detener a Marcos por medio de aquella celada, peor que la que se le tendió a Zapata o a Villa. Por eso he insistido en que Vicente Fox está cargando con la infamia de cinco presidentes de la República, no porque hayamos confiado alguna vez en él, como varios de la antigua izquierda que se adhirieron al famoso llamado voto útil, pero él tiene en sus manos el esclarecimiento de muchos momentos turbios de nuestra historia, porque sin duda las heridas están ahí, y no se trata de un caso particular, no es nada más mi hijo Jesús, se trata de un ajuste de cuentas con la conciencia nacional, con los cientos de desaparecidos, con la serie de atropellos cometidos, con muchos días, meses, años de impunidad, ya que, además, es obvio que uno se pregunte si acaso serán los actuales juzgados corruptos y las corporaciones policiacas de hoy las que castiguen a sus todavía compañeros de hazañas en contra de los opositores de los años setenta; pues no nos queda la menor duda de que los cinco presidentes que he mencionado son los responsables de los quinientos cincuenta casos que tenemos registrados como desaparecidos políticos, de quienes contamos con un archivo exhaustivo, que entregamos allá por 1978 a la Procuraduría, los cuales son la base de aquel informe de la CNDH; porque como sabrán, el famoso *ombudsman* no se cansó nunca de anticipar lo que informaría aquel día, por eso precisamente desconfío de ellos, nada más re-friteraron nuestro trabajo.»

«Los cuatro fantásticos» no perdían detalle de la narración de Rosario, se sabían frente a la máxima expresión de lucha, de resistencia; ante la pausa que esta se dio para dar un trago a su copa, Gustavo se atrevió a preguntar por los recuerdos más remotos que tuviera sobre la desaparición de su hijo Jesús y de su largo peregrinar desde entonces.

«En 1973 catearon mi casa en Monterrey, que no se les olvide que yo en ese tiempo no era la mujer en la que me he convertido desde entonces, llegó la policía buscando a mi hijo Jesús, ya que supuestamente había participado en el intento de secuestro del industrial Eugenio Garza, quien terminó muerto por evitar que le secuestraran; al año de aquel acontecimiento, un día la policía se llevó a mi marido y lo torturaron horriblemente, de aquellas sesiones de tormento quedó mal de la columna vertebral; luego, ya cuando nos enteramos que el 18 de abril de 1975 habían detenido a mi hijo, acabé por entender lo que sucedía en México, lo que era aquello de la lucha armada en la que participaba mi hijo y sus razones, sus causas. Tenía veintiún años cuando se lo llevaron, todavía recuerdo cómo su novia se la pasaba diciendo que con esa mujer, como le llamaba a la revolución, no podía competir; al parecer Jesús la amaba más que a ella misma; y bueno, los ideales son eso, pasión, ganas de vivir, ganas de contribuir para que la situación cambie.»

Luego de aquella narración, «los cuatro fantásticos» fueron testigos de algo que nunca hubieran imaginado presenciar, a Rosario se le comenzó a quebrar la voz, por lo que hizo una pequeña pausa para llevarse un trago de coñac y no permitir que las lágrimas se asomaran enfrente de ellos, y poder continuar con su historia.

«Para la segunda mitad de abril de 1977 habíamos organizado el Comité Eureka en Monterrey, movimiento del que me siento muy orgullosa, ya que de no haber sido por nuestra huelga de hambre, un año después, en 1978, en la catedral metropolitana, no se hubiera logrado la expedición de una ley de amnistía para los presos políticos durante el gobierno de López Portillo; a través de esta se consiguió excarcelar a cerca de mil quinientos presos políticos, quienes como siempre eran negados por el sistema, según ellos tan sólo se trataba de delincuentes comunes; además se logró la suspensión de las órdenes de aprehensión, cesó por un momento la persecución de otros líderes sociales y de activistas políticos, además de que volvieron al país unos cincuenta y siete exiliados que se encontraban en diversos países de América Latina y de Europa.»

«Aunque de nuestros desaparecidos, una vez más, nada; pero en el sentido de que nuestra lucha ha dado frutos: los ha dado, eso que ni qué. Porque a pesar de que varios desaparecidos aún continúan por ahí en cautiverio, para el año 1987 habíamos logrado arrancarle a los verdugos unas ciento cuarenta y ocho personas desaparecidas, recluidas en diversas cárceles del país, en campos militares, en cárceles clandestinas...» Una vez más Rosario tuvo que regresar por la ayuda de su copa para poder controlar la emoción al contar: «Ha sido muy impresionante, cuando hemos conseguido salvarle la vida a un desaparecido, lograr desclavarlos de algún martirio, ver sus rostros siempre asustados, apreciar cómo sus pupilas apenas pueden responder a la luz de la libertad; junto con ese éxtasis que le provoca a las familias recibir a sus muchachos, muchos de ellos ya no tanto, pero para mí todos son mis hijos.»

«Los cuatro fantásticos» se encontraban absolutamente conmovidos por aquellas narraciones, aunque varias anécdotas las conocieran por la prensa, por amigos en común, otra cosa era estar ahí sentados frente a Rosario escuchando su testimonio. Enrique pretendió declarar que él se sentía también un hijo de ella, pero ahogó el comentario con un trago de su copa, para permitir que ella continuara hablando.

«Una de las primeras organizaciones que se atrevió a luchar por los derechos humanos en este país fue el Frente Nacional Contra la Represión, el FNCR, que se fundó en 1979 y que mantuvo una excelente actividad por trece años, aproximadamente, si la memoria no me abandona; ahora es común todo tipo de organismos no gubernamentales que luchan por los derechos humanos, por la ecología, en fin, ya es casi una moda, pero ¿se imaginan las presiones que se vivieron en aquellos años? Nos traían cortitos, todo el tiempo los teléfonos interceptados, por lo menos una vez a la semana nos seguía un carro sin placas, porque no sólo ha sido cargar con el dolor de nuestros seres queridos y su desaparición, nos han tratado de intimidar, nos han enviado soplones, orejas, nos han amenazado, pero miren...» Rosario levantó su pequeño cuerpo y llenó con su orgullo toda la sala, para mostrarse satisfecha de su lucha. «Aquí seguimos.»

—De todas las entrevistas que sostuvo con presidentes, con secretarios de Gobernación, con jueces, con policías, con directores de la DFS, con todo tipo de burócratas, de todas la puertas que ha tocado ¿qué le decían sobre Jesús?, ¿alguna ocasión le dieron esperanza?, ¿cómo era posible que le dieran la cara?, ¿cuántas historias le han contado? —se atrevió a preguntar Jacinto, dejando ver su instinto periodístico, consciente de que esa historia muy personal de Rosario para ese entonces era parte de la historia de México.

«¡Uyyyyyyyyy mi'jo! Cientos de veces, en 1988 por ejemplo, me dijeron que se lo habían llevado a un campo militar en la ciudad de Torreón, fui para allá, investigué, y nada, siempre he creído que esas han sido tácticas para cansarnos, ofrecer una esperanza para luego estrangulártela, para que te aburras, para que desfallezcas, minar tu ánimo es una de las mejores estrategias del Estado, del poder, pero no han podido con nosotras; en otra ocasión, a pocos días de que concluyera el sexenio de López Portillo, allá por el año 1982 el subsecretario de Gobernación, el famoso don Fernando, me preguntó: "¿cómo vería si un día de estos, tal vez en la madrugada de cualquier día, les entregamos a un grupo de sus familiares desaparecidos? Digamos que se los dejamos en un camión abandonado, por ejemplo en la Ciudadela, ¿estarían dispuestas a aceptar?, ¿organizarían un escándalo?" Eso era lo que les preocupaba, que nosotras armáramos algún tipo de denuncia, de griterío; de inmediato le respondí que en la Ciudadela no, ¡por favor! Porque sin duda ese lugar es considerado como el sitio de la traición en nuestra historia.

»Le insistí al famoso, considerado como el policía caballero, que más bien era un torturador sin misericordia, que nosotras no deseábamos encontrar a los culpables de nuestra desgracia; fíjate nada más, en aquel año estábamos dispuestas a dejar pasar el castigo a los responsables, lo que más deseábamos era a nuestros hijos, a nuestros familiares con vida; por lo que creo que en ese entonces sí llegó a existir la posibilidad de que nos los entregaran, pero a final de cuentas, y quién sabe por qué, optaron por no hacerlo.

»Tiempo después el propio Fernando dijo que la determinación por desaparecer a opositores del régimen había sido una decisión de Estado, y que solo otra decisión de Estado podría deshacer el entuerto. Es por esto que siempre hemos insistido en que nuestra esperanza tiene la misma duración que la lucha de nuestros familiares. Ni con sus burlas y torturas han logrado minar que el recuerdo siga presente, por ello nuestra clásica consigna de "vivos se los llevaron, vivos los queremos", la cual sin duda ha sido un estorbo para todos los gobiernos, para el sistema represivo, para la propia historia oficial y de la izquierda.

»No te creas que no me doy cuenta de cómo hemos llegado a fastidiar a los compañeros de la izquierda mexicana, quienes nos ven como las viejas achacosas con su lucha estéril, tal vez hasta nos critiquen de absurdas, de extremistas, varios nos han sugerido que ya dejemos descansar en paz a nuestros desaparecidos, que nos reconciliemos con el pasado, que dejemos de torturarnos con nuestra propia lucha, que aceptemos las migajas que se nos han ofertado, pero ¿creen que eso puede ser posible?

»En otro momento, el torturador Miguel me informó que se había conformado un grupo de ajusticiamiento financiado por los ricos de Monterrey, para vengar la muerte de Eugenio, su líder empresarial, quien falleció en un tiroteo en septiembre de 1973, cuando la Liga Comunista 23 de Septiembre le intentó secuestrar, como ya les conté, y que supuestamente aquel comando de matones financiado por los acaudalados había ejecutado a Ignacio y Salvador, dos líderes de la organización guerrillera, aun cuando ambos habían sido detenidos por agentes de la Dirección Federal de Seguridad, por lo que me dijo que lo más seguro era que mi muchacho había sido ejecutado por esos homicidas.

»De inmediato le reclamé, exigiéndole que si contaba con esa información y él se decía ser un policía, entonces ¿qué carajo esperaba para ir a detener a los asesinos de mi hijo?, se incomodó con mi argumento y me dijo que no me creyera lo que me había dicho, que a lo mejor le tenían secuestrado en algún ranchito, remató su frase estúpida y me dijo que yo no aguantaba una bromita.

»Aquel torturador cínico se ha atrevido a declarar que no sabe nada, que sobre sus actuaciones se ha creado toda una novela, un mito. ¿Cuál mito? si existen cualquier cantidad de testimonios que le señalan como torturador, como el más sádico de los hombres, sin piedad, sin moral, desde los años sesenta se le ha venido señalando como un verdadero monstruo, quien ha gozado de impunidad, protección, por eso su prepotencia, su actitud de sinvergüenza.

»Ahora con lo que sale este gobierno del cambio, para mi gusto el Partido Acción Nacional en el poder está peor que el Partido Revolucionario Institucional, porque los está solapando, los está encubriendo, los viejos actores del pasado tienen a Vicente Fox agarrado del cuello, amenazado, de seguro le han dicho "cuidadito y te mueves", les recuerdo lo que nos hizo Vicente, recibirnos sólo para utilizarnos, para que le sirviéramos de pantalla para el evento del día de la entrega del informe de la CNDH.

»Leí con detenimiento lo que dicho informe dice sobre el caso de mi hijo Jesús, en el que se asegura que en los archivos se localizaron mil ciento treinta y dos hojas sobre él ¿y? Yo no quiero papeles polvorientos llenos de microbios, ¿de qué me sirven los pliegos? El informe es pura paja, lo quiero a él, no necesito de buenas voluntades, exijo justicia y castigo a los culpables, nunca hemos pedido muertos, nunca, jamás, mucho menos huesos, que nos presenten al menos a uno, al que sea, cualquiera de ellos es hijo de todas.«

«Nos insisten en que somos extremistas, como puedo parecerles ahora, pero si exigir justicia es ser extremista, vamos a seguir siendo extremistas, a ver qué hacen con un grupo de extremistas como nosotras; ¿recuerdan la estúpida declaración de nuestro flamante ex secretario de Relaciones Exteriores?» Ninguno de «los cuatro fantásticos» sabía una vez más a qué se refería Rosario, por lo que se quedaron paralizados esperando a que ella misma les salvara, como si estuvieran jugando a las estatuas de marfil. «El muy traidor dijo que hay impunidades que no se castigan, por lo tanto no se podía hacer ninguna otra cosa, que así era la vida y punto, ¿cómo puede declarar eso un miembro del gabinete del cambio?, ¿acaso no está dejando entrever que ya pactaron, que existe un acuerdo de protección para los torturadores, para los antiguos presidentes y sus secretarios, y sus policías y el ejército?»

«Además, no sé si han revisado las declaraciones de este intelectual que se las da de ser un defensor de los derechos humanos, Sergio, el que ha estado insistiendo en que se formara una comisión de la verdad en lugar del bodrio que se constituyó con lo de la famosa Fiscalía Especial, quien le ha reclamado al ejecutivo su incumplimiento de palabra, ya que Vicente la propuso durante su campaña, cuando planteó que tal vez lo más acertado sería la creación de dicha comisión de la verdad para conocer y reconciliar el pasado.

»Pues el otro día Sergio expresó que la dichosa comisión sería una atinada decisión para quitar la papa caliente de las manos del gobierno, ¿se dan cuenta? eso somos para ellos, los intelectuales de este país, los servidores públicos, los funcionarios; una papa caliente, o sea que no somos personas que exigimos justicia, sino somos un problema que se ha convertido en un clavo en el zapato, una pesadilla, unas viejas locas que gritamos por gritar, cuando aparentemente ya no hay nada que hacer.

»Durante la entrevista que sostuvimos con Vicente, le exigimos que tenía que resolver nuestro caso tantos años aplazado, retardado, ocultado; a algunas de las madres les volvió a sembrar la esperanza de que ahora sí las cosas van a ser diferentes, que supuestamente el gobierno del cambio le va a entrar a resolver y esclarecer nuestro caso; Vicente se veía feliz de utilizarnos, como todos los presidentes, se despidió de beso de nosotras, pero yo lo rechacé, no dejé que mi mejilla se contaminara con sus labios llenos de mentira.»

—Es usted como una rosa de piedra, estimada Rosario, delicada como una flor, pero fuerte como castillo feudal, infranqueable, decidida a pesar de los años de desgaste, déjeme decirle algo que leí del Gato Culto, que le queda muy bien: «nadie es feliz hasta que lo intenta» —se atrevió a alabar Primitivo la actitud y la historia de aquella mujer, luego le permitió que continuara con su narración.

«Como les digo, hemos obtenido cosas importantes, aquellos pequeños avances han sido buenos, sin duda alguna, pero todavía hay mucho por hacer, hay muchos nombres que saltan por la vida de nuestro país como si no hubieran hecho nada. Ahora recuerdo por ejemplo cuando nombraron embajador en Cuba a un antiguo secretario de Gobernación; luego de que tomó posesión de la embajada, nos fuimos para allá dos madres y yo, y nos plantamos en el patio del inmueble con una manta denunciando que en este país se violan los derechos humanos, además le entregamos un escrito al gobierno cubano en donde exponíamos que el embajador que acababa de aceptar el Congreso Cubano era uno de los policías más represivos de este país.»

A pesar de los diversos tonos de voz de Rosario, de las distintas emociones convocadas, los recuerdos, argumentos, reflexiones, su pequeño cuerpo continuaba sereno, tranquilo. Enrique le sugirió que les diera a conocer sus impresiones sobre lo que había ocurrido en el presente, las actuaciones del gobierno luego del informe de la CNDH, la apertura de los archivos, la Fiscalía.

«¿Cómo nos salen ahora con que van a crear una Fiscalía Especial?, ¿cómo se les ocurre siquiera imaginar en indemnizarnos por los daños?, ¿cuánto cuesta un hijo?, ¿hay precio?, ¿valor de cambio, de uso? Según me dicen que el *ombudsman* reconoce mi coraje, mi tenacidad sobre el tema de los desaparecidos, gracias a la que no se han olvidado; no ha dejado de estar en el imaginario colectivo, que por mi lucha se ha despertado el interés no solo en ellos, sino que además se ha permitido poner en discusión todas las arbitrariedades que se llevaron a cabo durante el enfrentamiento del Estado contra los grupos de disidentes armados, que se ha reconocido la existencia de la llamada guerra sucia, sobre la que admite que fue una práctica del gobierno federal.

»Mira nada más a qué hora se viene a informar el señor, si durante varios años vivimos en un terror de Estado, en una constante violencia practicada por el poder mismo, que me perdonen pero yo no necesito de reconocimientos y mucho menos de ellos, yo no estoy aquí para alcanzar la gloria, las loas, yo quiero a mi hijo vivo. ¿Saben que es lo último que veo antes de cerrar los ojos para dormir?» Rosario se levantó de su sillón para dirigirse a su habitación y reapareció frente al grupo con una fotografía más de su hijo Jesús, sonriente, lleno de vida, diferente a las que se encontraban decorando su pequeño departamento por otros espacios. «A él le veo cada noche, cada día, y lo quiero ver vivo, imagino que con varios años más de como está aquí, pero lo quiero a él.

»¿Se imaginan al actual procurador general de Justicia siendo un militar?, ¿cómo va a poder perseguir a sus compañeros de trabajo, a sus amigos de toda la vida? Por eso para nosotras el cambio no existe, estamos igual que en años pasados. Que conste que de todos modos a pesar de estar conscientes de aquella situación, nos decidimos ir a la PGR el 28 de agosto de 2001 a presentar nuestra denuncia judicial en contra de todos los presidentes y sus huestes, en donde presentamos solo sesenta y cinco casos de desaparecidos, por lo que se abrió la averiguación previa número 26/DAFMJ/2001, y hasta ahora no hemos recibido ningún tipo de información.

»¿Me creen que debido a aquella denuncia se aceleraron los tiempos para entregar el famoso informe de la CNDH? Por lo menos así lo vemos nosotras, y creemos también que la respuesta de dicho organismo ha sido una farsa, la Fiscalía Especial nada más va a servir para quitarle la responsabilidad a la PGR y al procurador de llevar a cabo las investigaciones pertinentes, ¿qué Fiscalía Especial ha dado buenos resultados en este país?, ¿la de Colosio?, ¿la de Ruiz Massieu?, ¿qué caso se ha resuelto a través de una Fiscalía Especial? Por favor, ¿quién se chupa el dedo? A pesar de todo estamos conscientes y seguras que la causa de los desaparecidos no está perdida, por ello seguimos aquí.»

—Doña Rosario, la búsqueda de su hijo le ha colocado en una situación específica, ha recibido el reconocimiento de mucha gente, del pueblo, de distintos partidos políticos de izquierda, ¿cómo recibe todas esas muestras de reconocimiento? ¿de apoyo? —inquirió Jacinto.

—Con mucha satisfacción y agradecimiento, porque estar conmigo, a mi lado, es estar al lado de mi hijo, de los hijos de todas las madres de desaparecidos, de hermanos, de padres, de tíos; pero como les insisto, nunca aceptaré ningún tipo de gratitud de parte de ningún funcionario o gobierno que sea cómplice de la desaparición de mi hijo. Aceptar eso sería tanto como aliarme yo misma a los torturadores, a los policías deshumanizados, traicionar mi lucha ya que incluso la propia Comisión Nacional de Derechos Humanos se ha dedicado muy por debajo del agua a intimidar a los familiares de los desaparecidos. Tan bien tenían preparado aquel teatro, que el presidente de la CNDH primero se lo filtró a la prensa, a los medios de comunicación, luego se los resumió a los legisladores, para montar su circo romano con todo un escenario preparado detrás de los propios muros del Palacio Negro. No fue coincidencia que el propio presidente de la República tuviera lista una respuesta ante las supuestas recomendaciones; según me contaron, el secretario de Gobernación ya llevaba el decreto para ser publicado al día siguiente en el Diario Oficial —Rosario suspiró como para agarrar fuerzas y continuó—. Les digo, están en contubernio, no dudo de que le avisaron a todos los responsables sobre lo que pensaban organizar aquel día, para que estuvieran preparados y no les tomara por sorpresa: la apertura de archivos, la supuesta fiscalía y la propuesta de indemnización, son viles cortinas de humo, son ganas de no querer llegar al fondo de las cosas, de encontrar un distractor más, es un montaje, una forma de dar carpetazo a un problema muy grave, a estos lo que les interesa es cuidar su imagen en el extranjero, nada más, quedar bien con los hombres del dinero.

Enrique se preguntó «¿cuándo podría descansar Rosario?» pero evitó hacerle la pregunta.

«Que no me vengan con que tienen ganas de revisar el pasado, que desean en verdad conocer las conductas y omisiones que hemos estado padeciendo, ¿acaso no leen los periódicos?, ¿cómo es posible que el *ombudsman* entregara en sobre cerrado los nombres de los supuestos culpables, de los responsables?

»Si además esos nombres los conocemos todos, son públicos, ¿quién no sabe el nombre del Presidente de 1970 a 1976?, ¿el nombre del entonces director de la Federal de Seguridad?, ¿del secretario de la Defensa?, ¿del secretario de Gobernación? Por favor, parecen niños que están jugando a las escondidillas. Lo que han demostrado es que se trata de una campaña más de propaganda, incluso Amnistía Internacional les criticó que dicho informe no lo conociéramos los familiares de los desaparecidos antes que el propio poder Ejecutivo y el Legislativo.

»Hoy seguimos sin saber de él, salvo por la prensa, ya que además también se les ha insistido en que los culpables deben de ser castigados por delitos de lesa humanidad, este estúpido informe no resarce en nada el daño que se nos ha causado, aunque ahora sea el propio Estado el que reconozca que fue él mismo el responsable de la desaparición de nuestros familiares y el actor de una política de terrorismo de Estado. Eso no es lo que hemos buscado con tantos años de lucha. Miren, se han contado muchas historias, se han escrito muchos libros, se han publicado varias novelas sobre el tema, pero los capos ahí siguen; quienes ya murieron se llevaron a la tumba su silencio, su probable castigo, como Fernando, que falleció en octubre de 2000, tal vez no aguantó ser testigo de que su partido perdiera la presidencia de la República, o Javier, quien se enfermó y murió en noviembre de 1998.

»Florentino que se suicidó, José Antonio, que está en la cárcel, pero no como acusado de este tipo de delitos, sino porque se le encontró responsabilidad en el asesinato del periodista Manuel Buendía; por cierto, cuando le detuvieron en su domicilio estaba como enloquecido, según me contó el entonces Procurador de

Justicia del Distrito Federal, que solicitó que subiera él solo hasta su departamento, luego de haber mantenido a raya a los agentes con un tiroteo que ya llevaba várias horas, y cuando este accedió a subir solo, desarmado, creo que José Antonio le decía que por qué no se iban al carajo los dos de una vez, amenazándole con matarlo para luego suicidarse; me imagino que se sintió traicionado por el sistema que tanto le había permitido, con sus actos de prepotencia, con sus actitudes criminales; total que el procurador le convenció para que se entregara, y así sucedió.»

Rosario tomó un descanso, se aclaró la voz con un trago de su copa, «los cuatro fantásticos» permanecían impávidos, asombrados por su capacidad para narrar: imposible interrumpir a aquella mujer.

«Pero me distraje del tema, y ustedes no me dicen nada; total que para mí, todo lo que han hecho solo ha servido para justificar la inmovilidad del actual gobierno, en complicidad incluso con varios periodistas, académicos, intelectuales, no olvidemos las colas que cargan estos últimos al razonar los actos del poder.

»¿Recuerdan la novela de Héctor? Hay quienes se han manifestado en el sentido de que la apertura de los archivos se debe gracias a que existe en el calendario cívico un 2 de julio del año 2000 con el triunfo de Vicente, ¿me explico? Le están otorgando una carta de buena conducta al actual régimen desde su postura de eruditos; un archivo es un ente vivo, ¿cómo no va a estar vivo?, si ahí puede que se consigne el paradero de gente, las detenciones arbitrarias, ahí hay vidas que han sido ocultadas, están los nombres y las personas que han padecido tantas vejaciones, ¿cuántas historias verdaderas faltan por contar?» Dejó la pregunta Rosario sobre la mesa de centro de su sala.

Enrique se percató que doña Rosario se encontraba cansada, había sido una sesión de muchos recuerdos de muchas vidas; con una gesticulación le dio a entender a sus compañeros que era hora de irse, mensaje que fue entendido y compartido por el resto de sus amigos, cada cual se sentía emocionado de haber encontrado una similitud entre sus observaciones con las de aquella mujer.

—¿Se quedan a comer? —les invitó Rosario, al darse cuenta de la hora.

—Ya le hemos causado muchas molestias —salió al paso Gustavo.

—Cómo creen, contar toda esta vida me permite seguir adelante. Vengan, vamos a echarnos un taco —insistió Rosario, esperando que la tarde comenzara a caer por detrás de la ciudad de México.

Expediente CATORCE

El valor de los papeles

Miguel estaba seguro de la traición, su cabeza era la más débil, se sabía que dentro de algún tipo de pacto, entre el presente y el pasado, él podría convertirse en el eslabón de enlace, para saciar las diferentes voces y calmar conciencias intranquilas, ya no importaba lo que pudiera decir, conocer, los secretos tantos años guardados, sus declaraciones no afectarían a nadie como para que se le protegiera.

Así se lo indicaban las señales de los informes recientes que había recibido, por lo que cuatro meses atrás organizó un grupo de vigilancia que acudía regularmente al Archivo General de la Nación con el fin de observar todos los movimientos y sacar la lista de quienes se inscribían para investigar los viejos archivos de la Dirección Federal de Seguridad. El equipo estaba compuesto por ocho de los mejores elementos entrenados en espionaje, en artes marciales, en análisis de textos, en psicología; expertos que lograban enfrentar cualquier tipo de circunstancia, gente preparada como para poder sostener una conversación con periodistas, académicos, investigadores, funcionarios; unos haciéndose pasar por simples estudiantes no salían de la galería uno, otros de la dos, algunos simplemente recorrían las galerías para observar los movimientos de la Fiscalía Especial, uno más como contacto de Felipe, el dueño del archivo, el creador, el cuidador del mismo.

El acceso a los nombres y sus antecedentes de investigadores, periodistas, familiares de desaparecidos, académicos y estudiantes, cuya rutina consistía en acudir al AGN, les fue facilitado por Eva, cuya promoción al módulo de recepción del Archivo, para dejar de ser una simple policía vigilante, se lo debía a uno de los miembros del equipo de Miguel, quien contaba con varios conocidos en la policía de la ciudad de México, como para que se obtuviera ese pequeño favor de ascender a alguien en el pago de honorarios; más aún, cuando hizo falta personal y lo escaso de la nómina del AGN permitió que se aceptara de inmediato la propuesta de la corporación policiaca de apoyar a la dirección con la plaza de Eva.

Por eso fue que ella no sabía en qué estaba metida, ignoraba a dónde iban a parar los datos que puntualmente recogía día con día, las fichas de cada uno de los que ingresaban al registro, los temas de la investigación, la galería a la cual solicitaban acceso, el número de la acreditación, teléfono de oficina y particular, dirección, institución para la que laboraban, en fin, todos los datos generales que permitían crear al equipo de Miguel sus propias fichas de identificación; los perfiles de todos y cada uno de los asistentes al Archivo, sus gustos, sus pretensiones, sus motivos de investigación, sus temas, las fichas que servirían para medir el peligro de la información que comenzaba a salir de los sótanos de la antigua DFS.

Para su desgracia, Miguel no había logrado controlar los fantasmas que comenzaron a habitarle desde que se enteró por la prensa del mentado informe de la Comisión Nacional de Derechos Humanos y la consecuente determinación presidencial por crear una Fiscalía Especial, que investigara y castigara a los responsables de la mal llamada Guerra Sucia; así como la determinación de exhibir las entrañas de su querida institución, a la que tanto le debía el país, que había luchado contra el comunismo nacional e internacional. Varias ideas comenzaron a desfilar por su mente: destruir todo el AGN, no solo los documentos de la DFS, provocar un incendio, un falso contacto siempre es un buen pretexto para hacer arder cualquier inmueble y sus respectivos tesoros guardados; no hay mejor alivio que las llamas para lograr borrar cualquier pasado, pista, huella; las cenizas se las lleva el viento al igual que las palabras, no en balde le había encargado a él, precisamente en 1978, la hermana del entonces presidente de la República, que se deshiciera de la Cineteca Nacional, donde existían una serie de películas que atentaban contra la moral, contra las buenas conciencias, y eso le incomodaba a la directora de Radio, Televisión y Cinematografía del gobierno federal, «¿para qué guardar tanta basura?» Se justificó, para poder echar en marcha sus planes pirotécnicos, que en una sola función se fuera todo aquel material cinematográfico al carajo, con un solo cerillo, con una pequeña llama; luego habría tiempo para justificar aquella desaparición, aquel desastre que pondría de luto a la intelectualidad cursi del país, a los liberales frustrados de haber nacido en tierra azteca y no en los espacios del conquistador. Operación que se llevó a cabo con todo sigilo, incluso ni siquiera el entonces secretario de Gobernación supo por dónde había llegado el madrazo, él sí que se creyó la versión de que los químicos eran lo suficientemente flamables como para que un pequeño e insignificante corto circuito ocasionara una impresionante fogata con todas las cintas ahí guardadas por años.

Tiempo después debió de informarle al mismísimo presidente de la República, todavía Miguel como director de la DFS, del encargo de su hermana, y la imposibilidad de negarse a su orden, a su capricho, a su deseo, ¿qué le podría suceder a quien no cumpliera un mandato de la señora heredera de Sor Juana Inés de la Cruz? Pero sin duda, el Palacio de Lecumberri no era igual a las antiguas instalaciones de la Cineteca Nacional, los muros del Palacio Negro habían sido construidos para resistir todo tipo de embates, ¿acaso ahí no permanecieron por más de setenta años los peores criminales del país? Además de que los sistemas de control contra incendios ya estaban perfectamente automatizados y no se contaría con el apoyo de la dirección de la institución, como fuera el caso de la Cineteca; ahora habría que planearlo todo perfectamente bien, con lujo de detalle, todos los inconvenientes, las sorpresas, las circunstancias, las alteraciones, a Miguel nunca le gustaba dar un paso sin antes conocer a fondo todos los posibles escenarios, decía que las sorpresas se las llevaban los pendejos, no los policías de su talla; además, que al lograr incendiar una galería sería casi imposible provocar que las llamas alcanzaran el material del resto de las galerías, así como la imposibilidad de generar que el fuego pudiera repartirse y alcanzara entrar en cada una de las antiguas celdas de la prisión, cuyos gruesos muros defendían a la perfección los papeles ahí guardados, por lo que dicha idea tan solo lograría quemar, si acaso, algún mobiliario, pero sería demasiado difícil provocar explosiones que alcanzaran todo el archivo, y de ir sólo en contra del material de la galería uno, que era el que le interesaba, podría despertar más sospechas, los tiempos con una Fiscalía Especial y otro partido en el poder no estaban como para andar llevando a cabo intentos fallidos ni mucho menos despertar sospechas que les pudieran llevar hasta su persona.

Otra idea fue la que le propuso un amigo ingeniero sobre la cercanía del drenaje profundo al AGN, que en dos ocasiones se había visto inundado por las aguas negras, cuando las fuertes lluvias habían azotado a la ciudad; por lo que le proponía una sencilla forma de accionar con explosivos los contenedores del drenaje profundo para permitir que sus aguas se desparramaran por todas las calles aledañas y, debido al hundimiento del edificio de Lecumberri, sería sencillo que estas de inmediato lo atestaran todo, así se provocaría que el Archivo General de la Nación se cerrara de manera indefinida y se evitara que más ojos se la pasaran escudriñando en un pasado que no les interesaba conocer. En ese momento, podría infiltrar a varios de sus agentes como restauradores de archivos, para que pudieran sin problema alguno desaparecer todos aquellos documentos que lo comprometieran. El plan no parecía tan descabellado como las pretensiones incendiarias, sin embargo nadie le aseguraba que los papeles a resguardo fueran embarrados de caca, sino que todo lo contrario, existía una gran probabilidad de que sólo se inundara el área de oficinas, que estaban situadas frente al inmueble, y si acaso las galerías cinco, seis y siete; sin lugar a dudas, de la uno a la cuatro se salvarían, ya que su ubicación les colocaba con mayor altura que las otras antiguas crujías. De todos modos Miguel no desechó de inmediato aquella idea y solicitó a su equipo que le llevaran planos del drenaje profundo; contrató una unidad de especialistas, entre arquitectos, ingenieros, urbanistas, expertos en explosivos, y demás profesionales, que pudieran aportar sus conocimientos para su empresa invasora de mierda, la cual obviamente nunca fue revelada, sino que se dijo que se trataba de un operativo de la ciudad de México para poder evitar ese tipo de tragedias. El tiempo fue lo que no le gustó mucho a Miguel, y las pocas expectativas de triunfo que los especialistas le auguraron.

La idea del asalto a Lecumberri y el robo de los documentos fue lo que más entusiasmó a Miguel, sobre todo luego de haber consultado todas las variantes con sus dos hijos, socios suyos en la empresa de seguridad privada y asesoría de seguridad nacional fundada los días que dejó la DFS. Miguel sentía que estaba corriendo una carrera desesperada en contra del tiempo, alguien le llegó a comunicar que la Fiscalía había fotocopiado varios de los documentos ahí resguardados, deseaba cortar de tajo el flujo de la información, y a pesar de que con su operativo ya controlaba varios de los posibles puntos de escape de la documentación, sentía que las cosas había que hacerlas de una vez por todas y en un solo golpe; a pesar de que su antiguo subordinado Felipe, jefe del archivo de la DFS, le había prometido fidelidad a toda costa, nunca le había gustado contar con esa sensación de que los hilos quedaban sueltos, a él le gustaba tener en la mano todo el manojo, la bola de estambre, la tela completa, ¿para qué dejar hilos colgando?, le insistía siempre al personal que tenía a su cargo.

Costó un poco de trabajo conseguir los informes de las alarmas, de las cámaras de vigilancia y demás operativos de seguridad, para lo que, sin duda alguna, Eva había sido ampliamente recompensada por la averiguación de aquellos datos, ya que todo lo que no conocía lo preguntó entre sus compañeros celadores del AGN, quienes por la confianza que le tenían a la muchacha nunca dudaron de los motivos de sus preguntas; así como cuando ella recibió la orden de recabar aquella información, creyó que esta era solicitada por la propia corporación de policía de la ciudad de México, pero que se deseaba mantener en secreto, por lo que tampoco imaginó las pretensiones y el destino que aquellas pesquisas tendrían.

«Nos descolgamos desde la cúpula, sin problema alguno se puede abrir un boquete desde arriba, es de material resistente, pero no inviolable, y con cuerdas podremos descender». Proponía Luis, uno de los tres elegidos que llevarían a cabo el trabajo máximo para salvar el pellejo del jefe Miguel, apodados para la ocasión: Hugo, Paco y Luis; como si fueran los sobrinos de aquel avaro personaje Rico Mc Pato de Walt Disney, por lo que el jefe superior sería Mickey, y Donald su hijo, responsable de la logística de la acción, esta la habían denominado "Ilusión", para poder arrancar al gobierno de Vicente sus ganas, intenciones, sueños y anhelos de ver a Miguel en prisión, pagando culpas por motivo de unas cuantas viejas gritonas.

Forzar la puerta de entrada, saltar los muros del antiguo penal, perpetrarse al cierre de actividades del AGN en la galería uno, con la complicidad de Felipe, organizar un comando armado en plena luz del día. El desfile de opciones circuló, todos opinaban, proponían, escuchaban, analizaban; la sesión de trabajo se alargaba y luego de diez horas de seguir dando vueltas al tema, ninguna idea satisfacía a Miguel, había que cuidar las formas, que nadie se enterara de los motivos reales del asalto, que nadie pudiera ligar aquel acto con los propios archivos de la DFS era la meta principal del jefe.

Por esto, Miguel se sintió como uno de los tantos líderes guerrilleros contra quienes combatió en alguna ocasión, ya que todo tenía que ser clandestino, secreto, en absoluto hermetismo, amenazando a todos y cada uno de los elementos participantes que de fallar, de cometer la más mínima indiscreción, su vida sería el pago de cualquier error.

Ahora era diferente de cuando programaba, planeaba las acciones en contra de los grupos subversivos, pues en ese entonces los poderosos eran sus aliados y sus cartas credenciales, como agentes de la DFS, les abrían todas las puertas, incluidas las de los guardias presidenciales; pero ahora tenía que burlar a todos, escabullirse, alcanzar el objetivo aparentando otra pesquisa, distraer al enemigo, llegar, pegar y huir sin propaganda, sin error posible, sin cola que seguir.

—Hemos descartado todas las posibilidades, por lo que no nos queda más opción que escarbar, esa no la hemos mencionado siquiera —manifestó Paco, el tercer elemento, cuya discreción recurrente se vio alterada por las horas que llevaban trabajando, pensando, sin que nada contara con la aprobación.

—¡Bingo! —ensordeció Miguel a los presentes, como si se hubiera ganado el premio mayor del juego de números.

—Eso es todo, remover un túnel —completó su alegría.

—Pero, papá, ¿sabes cuánto tiempo nos vamos a llevar en poder escarbar un túnel? —replicó el heredero de Miguel, único que de vez en vez se atrevía a contradecir las geniales ideas del jefe.

La cara iluminada de Miguel lo decía todo, estaba decidido, esa era la solución de todos sus problemas. «Siempre lo he dicho, tienes cara de pendejo pero no lo eres». Se dirigió a Paco, mientras su cabeza se revolucionaba a varios *kilowatts*, la información guardada en su mente se había activado, siempre había considerado que su mayor tesoro serían sus conocimientos, sus recuerdos de cuando estaba en la DFS, los que ahora le permitieron traer al presente al considerado como el primer narcotraficante mexicano.

—No te preocupes, lo que pasa es que en el año 1976 un tal Sicilia nos hizo el trabajo —le argumentó a su hijo para que este creyera en él, en su idea, en lo fácil que era el asalto a Lecumberri.

—Es muy sencillo, aquel narco contrató a los mejores ingenieros de México, adquirió una casa frente al penal y realizaron una excavación de más de cuatro metros de profundidad, para hacer un túnel hasta la celda, creo que la 29, de la crujía donde se encontraba el narco, por medio del que logró huir en compañía de otros tres presos. En aquella ocasión detuvimos al director del penal, a varios celadores, parecía imposible que no se hubieran dado cuenta de los trabajos que se habían realizado para lograr construir aquel túnel, considerado por muchos como toda una obra de ingeniería y de cálculo, en ese entonces era el director de la Brigada Blanca, y de inmediato me habló el secretario de Gobernación, porque el caso parecía de lo más delicado, ¿cómo era posible que se les hubieran fugado de la cárcel más importante de México?

—Bueno, pero unos años antes, si no me equivoco, ya se había realizado una fuga con helicóptero y todo, de un tal Kaplan, ¿no? —le recordó su hijo.

—Sin duda, eso fue a principios del sexenio de don Luis, y no tengo la menor duda de que en aquella ocasión hubo complicidad de parte de las autoridades carcelarias, pero aquella fuga fue de la cárcel de Santa Martha Acatitla, una prisión con mayor holgura en sus disposiciones disciplinarias, y la orden llegó desde arriba, en el sentido de que no se le moviera, que se dejara el caso tal y como estaba. Siempre he creído que en ese asunto estuvo metida la CIA —precisó Miguel a su hijo, nadie le iba a competir en información y precisión de los acontecimientos policiacos de los últimos cincuenta años, así se tratara de uno de sus cachorros.

«El tema que les comento sucedió cinco años después y aquí sí no existió apoyo, ayuda o complicidad de parte de autoridad alguna, simplemente llevaron a cabo una excavación y la construcción de un túnel, o sea la cosa más simple del mundo, la estrategia de escapatoria más antigua de la humanidad, y les salió muy bien a estos cabrones; lo malo fue que en la calle se pusieron nerviosos, creo que alguien les quedó mal, la casa que habían comprado para esconderse no estuvo o no recuerdo bien qué chingao, por eso fue que coloqué vigilancia en las casas de todos los familiares de Sicilia, y obvio que estaban en una de ellas, por lo que a los dos días los volvimos a detener, luego de habernos puesto de cabeza con su fuga; incluso muchos dicen que por ese escándalo el presidente aceleró los trabajos para cerrar Lecumberri; total que se vieron muy inocentes o mejor dicho muy pendejos a la hora de ver la calle de por medio». Miguel guardó silencio para revisar las caras de los integrantes de su grupo, quienes no perdían detalle de sus descripciones, sabía que cada vez que abría la boca para rememorar algún operativo, alguna acción de sus años de oro, captaba la atención de hasta los más curtidos.

«Lo que recuerdo es que el túnel sólo se taponeó con cemento en la entrada y en la salida, o sea los dos extremos, pero lo demás quedó intacto». Concluyó su exposición para regresar al presente y diseñar el nuevo plan. «Por lo tanto, tenemos que conocer quiénes son los actuales propietarios de aquella casa en la que comenzaba el túnel, la cual quedó por un tiempo en manos de la Secretaría de Gobernación, pero luego se subastó; tenemos que apropiarnos de ella, comprarla, adquirirla, y si de pronto los dueños se ponen difíciles, pues hacer lo que se tenga que hacer, pero esa casa es clave; según recuerdo estaba en la tercera cerrada de san Antonio Tomatlán número 24, exactamente a un costado de Lecumberri. O sea que unos se me van al Registro Público de la Propiedad mañana temprano, otros a vigilar los movimientos de la casa, quiero planos como siempre, todos los datos, a más tardar esta semana esa casa tiene que ser nuestra para iniciar los trabajos de destape y revisar cómo se encuentra el túnel; si todo marcha bien, espero que en unos quince días se pueda llevar a cabo el asalto. Citen a Felipe para contarle cómo tiene que preparar el material, él mejor que nadie sabe los papeles que necesito y que esa muchachita del Archivo nos entregue toda la información que nos hace falta del inmueble». Concluyó Miguel emocionado con sus indicaciones, fascinado, sintiéndose como en los viejos tiempos; así dio fin a la maratónica sesión de trabajo, que traía a todos los participantes con el ánimo por los suelos, pero cuyos resultados a final de cuentas habían dejado satisfecho al jefe.

Las pesquisas y recolección de datos se obtuvieron de inmediato, todos aquellos pequeños pendientes se fueron resolviendo con una velocidad sorprendente, el propietario de la casa a un costado de Lecumberri, un hombre de unos sesenta y cinco años vivía solo, sus hijos estaban en Estados Unidos y aceptó sin ningún inconveniente la suma estratosférica que se le ofreció a cambio de su casa, para poder ir a reunirse con sus hijos al país del norte, afortunadamente, ya que de haberse negado, su vida hubiera quedado en el recuerdo de sus descendientes sin más. En una semana se realizaron todos los trámites y el comando del proyecto «Ilusión» se encontraba instalado en la calle de aquella cerrada frente a Lecumberri. No tuvieron que batallar mucho para localizar el tapón del túnel, un poco de cemento fue retirado para que frente a sus ojos apareciera un hoyo negro, profundo, las luces de varias lámparas iluminaron el fondo, la inspección del mismo se llevó a cabo lo antes posible, había que comprobar su resistencia, habían transcurrido veintisiete años en los cuales la traza urbana había sido modificada, la construcción de los ejes viales habría podido provocar fisuras, desprendimientos, algún tipo de deterioro que evitara la continuidad del pasillo; para su suerte, todo estaba en su lugar, aquella construcción había sido de una perfección inusitada, se podía cruzar de la casa número 24 de la cerrada Tomatlán por la calle Héroes de Nacozari hasta una de las antiguas crujías de Lecumberri sin el menor problema, como si se tratara de una vía de acceso del metro de la ciudad de México.

Todos los planes caminaban mejor que nunca, Miguel se sentía feliz, ilusionado por llevar a cabo una acción de tal envergadura y, sobre todo, poder descansar de los viejos fantasmas que le habían estado torturando. ¿Acaso le tocaba a él padecer aquella práctica de interrogatorio?

—Todo en su lugar, «Ilusión» puede ser ejecutada cuando usted ordene —fue el reporte que recibió Miguel de parte de Paco, uno de sus tres muchachos.

—Pues siendo así, propongo que la acción se realice dentro de dos días, no hay por qué esperar más tiempo —dejó sentir su decisión Miguel.

—He pensado que sería bueno reclutar a Eva en la ejecución misma de la acción, ya que aun cuando estamos enterados de la ubicación de las alarmas, las cámaras y los demás sistemas de seguridad, ella mejor que nosotros conoce todos los espacios del inmueble —soltó inesperadamente Luis.

—¿Es de confianza? —dudó el jefe ante lo precipitado de aquella idea.

—Es la muchacha que nos ha entregado toda la información del Archivo, se siente muy agradecida conmigo por el ascenso de puesto y salario del que fue objeto gracias a nuestra intervención; hasta ahora ha creído que todo lo que ha hecho es para la Secretaría de Seguridad Pública de la ciudad de México, pero creo que si le comentamos que la acción misma tiene que ver con la corporación policiaca, nos puede ayudar sin objeción alguna; y considero que sería muy valiosa para ubicarnos en la oscuridad, para desactivar alarmas, para ser nuestra guía —insistió Luis.

—Pues de mi parte no tengo objeción, siempre y cuando ella no se entere de que mi mano está metida en este asunto, ustedes son los que darían la cara ante cualquier inconveniente —agregó satisfecho Miguel, dejando ver que si sucedía cualquier incidente, los que cargarían con los platos rotos serían ellos.

—Entonces voy a contarle de la acción para dentro de dos días.

Martes por la noche era el día elegido, Miguel sabía que para la madrugada del miércoles tendría en su poder los papeles que posiblemente lo pudieran incriminar, las huellas no borradas, los cabos sueltos, las pruebas de su actuación dentro de la DFS, ¿cómo era posible que no hayan pensado en borrar los testimonios?, ¿a quién se le iba a ocurrir que algún día estaría en una situación similar? Ningún viejo compañero, jefe, subordinado, amigo o cómplice, había logrado convencer a Miguel de que no debía preocuparse, que todo estaba pactado con el presidente en turno, que no le pasaría nada, que la Fiscalía Especial era una treta más, un juego de espejos, de sombras, y que sus acciones se verían limitadas; ni siquiera aceptó creer la versión de su hijo, quien le instaba a que descubriera que no existían coincidencias, que los diversos movimientos daban a entender que se trataba de una simple cortina de humo, según los datos que había logrado recoger, «¿no ves que todo es parte de un juego?, ¿crees que si iban a ir detrás de alguien hubieran ventilado la información así como así?» argumentaba el heredero «¿qué acaso no se encuentra al frente de la Procuraduría General de Justicia un antiguo elemento de la DFS?, ¿qué no Felipe sigue siendo el rey, amo y señor de los archivos de la DFS?» Para el hijo no existía el más mínimo elemento por el cual inquietarse, aquellas señales eran claras de un pacto entre caballeros, de una simulación para acallar de una vez por todas las voces de protesta que habían durado por más de dos décadas. «Ni al actual presidente ni a nadie le conviene que la verdad salga, que la luz caiga sobre aquellos años». Le insistió al padre, pero para Miguel, no había duda, su cabeza sí era cortable en ese momento, ya que en otros tiempos cuando todavía existían amigos en el poder no dudaron en voltearle la cara, en darle la espalda.

A Miguel no se le olvidaba lo de Estados Unidos, su remoción de la DFS, su detención con los gringos, él ya había sentido en carne propia la traición, por ello no creía en las palabras de ninguno y prefería actuar por propia cuenta, sin esperar la ayuda de nadie, sin el aval de otros, sobre todo ahora que los tiempos habían cambiado; a Miguel no se le borraba aquella frase de su antiguo amigo cuando fue a Norteamérica a recibir un curso en el FBI «donde hay humo es que hubo fuego» y para él, ese humo se le acercaba cada vez más y no deseaba verse quemado.

Eva aceptó participar en el operativo, incauta continuaba creyendo en la versión de Luis sobre la idea de que las instrucciones venían directamente de la Secretaría de Seguridad Pública de la ciudad de México, su dependencia, a pesar de todo ¿por qué tendría que dudar? A final de cuentas Luis había demostrado tener buenas intenciones con ella, le había ayudado para dejar el puesto de vigilante, incluso llegó a hacerse la ilusión de que aquel agente se había fijado en ella para tener algún tipo de amorío y eso la entusiasmó; por esto aceptó participar en la noche de aquel martes en el asalto.

Luis le explicó brevemente el mecanismo, la forma como entrarían al inmueble a las once de la noche, lo que harían dentro; se trataba supuestamente de comprobar los mecanismos de seguridad del inmueble y la inviolabilidad de la bóveda, donde se resguardaran documentos importantes, monedas y demás tesoros de la Nación. Si acaso le sonó un poco extraño que le solicitara no comentar nada con sus compañeras de trabajo, que la directora tenía conocimiento del operativo, pero que por lo mismo se deseaba guardar toda la discreción posible, para poder comprobar los sistemas de protección del AGN, incluso sin el conocimiento del personal de seguridad, de sus antiguos compañeros cuidadores; por lo que había de cumplir con las órdenes superiores y eso lo había aprendido muy bien Eva en la Academia de Policía.

A las 10:30 de la noche Luis pasó por ella a su casa, estaba lista, tenía puesto el *pants* negro como le había indicado, él iba vestido de igual manera; se saludaron como si fueran a recoger algún paquete en la consigna de algún centro comercial, despreocupados, sin nervios, a final de cuentas no tendrían por qué sentir algún tipo de inquietud, o de mantener ninguna precaución, el trabajo era el trabajo y acudían a él sin mayor sobresalto. Luis llegó a la casa de la cerrada Tomatlán a las once en punto de la noche, les estaban esperando Hugo y Paco, quienes saludaron sin mayor interés a Eva, como si estuvieran listos para ir a un día de campo, por lo que de inmediato se introdujeron al interior del túnel con los instrumentos necesarios para llevar a cabo con éxito la operación. En menos de tres minutos se encontraban escalando los cuatro metros de altura para acceder hasta el tapón que cubría el acceso hacia la celda de la galería seis, antigua crujía «L» de Lecumberri, ayer prisión, hoy AGN. El operativo para hacer volar la tapa de cemento se llevó unos quince minutos, en lo que se preparaba el explosivo plástico, la detonación le dejó a Eva algún sentimiento de inseguridad, ¿qué estaba pasando?, ¿para qué tanta exageración en un simple simulacro? El cual reprimió para que ninguno de los sobrinos de Donald se percatara de su duda; con un simple «estoy bien» dejó satisfecho a Luis, quien de pronto descubrió la inseguridad de la muchacha.

Una vez adentro de la galería seis, tenían que actuar con cautela, ya que el más mínimo error provocaría que los veladores se percataran de su presencia, y a pesar de que iban perfectamente preparados para cualquier contingencia, las órdenes de Miguel habían sido por demás precisas, no dejar ningún tipo de huella, de marca de su presencia; los papeles y archivos que recogerían de la galería uno, estaban listos y preparados en tres cajas, nadie debería descubrir su entrada ni su salida al Archivo, tenía que ser un trabajo limpio. Eva fue la encargada de guiarles hasta el control de las alarmas, cuidándose a cada instante de los rayos láser, de los detectores de calor, de las cámaras de video; la ejecución de aquella tarea fue simple, dos, tres botones, algunos contactos, y el camino estaba libre, ahora podrían cruzar sin ningún contratiempo la cúpula que los separaba de la galería uno, abrir la puerta como si estuvieran en su casa y entrar detrás del mostrador para encontrarse con los paquetes llenos de fichas, declaraciones, informes, fotografías y todo documento que pudiera comprometer a Miguel, previamente preparado por Felipe, quién no dudaba nunca en ayudar a los antiguos compañeros, amigos y más aún a los viejos jefes. Fue entonces cuando Eva comenzó a poner resistencia.

—¿Qué es esto? —preguntó cuando se vio dentro de la galería uno, en compañía de tres individuos vestidos todos ellos con *pants* negros.

—No te preocupes, lo que pasa es que ya que estamos aquí vamos a hacerle un favor a un viejo amigo —le contestó burlón Hugo, crispando los nervios de todos.

—¿Para qué venimos a la galería uno? —se volteó sorprendida Eva dirigiéndose a Luis, quien le había invitado a dicha empresa.

—Una vez que comprobemos la debilidad de los sistemas de seguridad, vamos a tomar prestados unos documentos que le interesan a un señor muy poderoso, solo los tendremos por unos días, luego los vamos a regresar —salió al quite Luis, pretendiendo tranquilizar la situación, justificando su presencia en aquella galería y frente a los paquetes que les esperaban—. ¿No te das cuenta que Felipe ya nos tiene preparados estas documentaciones? —le insistió, mencionando el nombre del jefe de los archivos guardados en la galería uno, como para intentar sembrar la confianza que evidentemente Eva ya no tenía en él.

—Tú me dijiste que solo se trataba de un simulacro, de una orden de la Secretaría de Seguridad Pública, no que fuéramos a extraer algún documento, eso es un delito —insistió alarmada Eva, dejando ver su voluntad y su fidelidad para con el Archivo, no en balde había trabajado ahí, cuidando que nada se perdiera.

—¡Deja de andar jodiendo, muchachita! Y vamos a apurarnos, que no estamos para debatir puntos de vista en estos momentos —cortante salió al paso Paco, quien sabía que su compañero Luis no estaba logrando controlar la situación, por lo que de inmediato saltaron el mostrador de la galería uno y comenzaron a cargar con las cajas rumbo a la galería seis para luego volver a activar las alarmas y salir huyendo de ahí, como si nada ni nadie hubiera estado presente.

Eva obedeció, más por la aspereza de la orden de Paco, que por el convencimiento de sus actos, por lo que siguió a los sobrinos de Donald sin volver a chistar, sin argumentar nada más; para activar las alarmas solo fue necesario que Hugo fuera hasta el control de mando acompañado de Eva, mientras que Luis y Paco comenzaban a montar el operativo para bajar las cajas con los expedientes por el túnel; al momento en el que arribaron a la galería seis, Eva y Hugo, al lado de Luis para iniciar el regreso a la casa de la cerrada de Tomatlán, ella se paralizó, no pudo dar un paso más, de esto se percató Luis, quien pretendió convencerla de que continuara adelante, que faltaba poco para concluir el trabajo, la orden, que todo había salido más que perfecto, que no tenía nada de qué preocuparse, que todo estaba bien y que las autoridades de la Secretaría de Seguridad Pública le recompensarían su colaboración, que no dudara de él, pero Eva no emitía comentario alguno y su cuerpo no se movía un centímetro de la puerta de la celda de la galería seis.

Hugo, quien estaba a punto de descender por el agujero, para alcanzar el pasillo de regreso, se percató de lo que estaba sucediendo, que una vez más a su compañero se le estaba yendo de las manos el control de Eva.

«No me jodas otra vez». Alcanzó a decir Hugo, mientras se le acercaba a Eva con actitud amenazadora, por lo que la muchacha quiso huir de ahí y alcanzar la puerta de salida de la galería seis, ya sin escuchar el murmullo que se desprendió de Luis para evitar que cometiera alguna tontería, que echara a perder el objetivo de la operación «Ilusión».

De un par de zancadillas Hugo dio alcance a Eva, cuando esta estaba a punto de llegar hasta la puerta de cristal, logró detenerla, sosteniéndola de su brazo izquierdo, y con un movimiento rápido de lucha mezclado con karate, paralizó a la muchacha en fracción de segundos.

El cuerpo de Eva se desvaneció, simplemente se derritió entre los brazos y manos de Hugo para caer en el suelo. Luis presenció aquella escena y no supo qué hacer, ni siquiera había tenido tiempo de poder defender a Eva de su compañero, simplemente había sido testigo de cómo desaparecía la vida de la muchacha en unos instantes.

«Eres un pendejo, la mataste». Recriminó Luis a Hugo, mientras se agachaba hacia el cuerpo de ella, como deseando volver a colocarle la pila o la energía eléctrica que le había retirado Hugo unos momentos atrás; pero era demasiado tarde, los signos vitales habían desaparecido del cuerpo de Eva, su corazón se había detenido, la llave con la que se pretendió inmovilizarle, había cumplido con su función, se frenó el impulso de la muchacha para siempre.

—Déjala y vámonos —ordenó Hugo a su compañero, sin expresar o sentir el más mínimo remordimiento por su actuación.

—¿Cómo la vamos a dejar aquí? —pretendió oponerse Luis a la exigencia de su colega, sintiéndose responsable de la muerte de Eva; si bien él no había tenido nada que ver con la acción misma, quien la había llevado hasta ahí había sido él.

—Completemos el trabajo, y desde la casa veremos qué podemos hacer con el cadáver —se impuso Hugo ante la debilidad de Luis, consciente de que si no sacaba a su compañero de ahí de una vez por todas, el operativo estaba a punto de abortar.

Luis obedeció convertido en un autómata, nunca se habría imaginado que el trabajo que parecía tan sencillo pudiera terminar con la vida de Eva, a quien sin duda alguna la deseaba cortejar luego del trabajo. Desde el fondo del túnel Paco preguntaba qué sucedía en la superficie, sus dudas se disiparon cuando los tres estuvieron reunidos al fin cuatro metros bajo tierra.

—Cómo son pendejos de veras. Tú, pinche Luis, por traer a esta pinche vieja, y creo que te aceleraste, pinche Hugo, ¿qué necesidad había de matarla? —les recriminó a sus compañeros Paco.

—¿Qué vamos a hacer con el cadáver? —insistió Luis.

—Nosotros nada, güey, aunque el jefe no deseaba que existiera el más mínimo rastro de nuestro paso por este puto edificio; les vamos a tener que dejar una muertita, no tenemos tiempo de quitarla del escenario, ni pedo, de todos modos va a estar cabrón que nos liguen con ella, y menos aún con el jefe, o sea, que en chinga, vámonos... —concluyó Hugo al momento en el que comenzaba a trasladar la caja, que le correspondía, por el pasillo del túnel, rumbo a la casa de la cerrada Tomatlán, pretendiendo que con sus palabras y su ejemplo le siguieran sus dos compañeros, quienes en silencio obedecieron imitándole.

Miguel les estaba esperando en su oficina, acompañado con un vaso de whisky y su puro, suspirando, tranquilo, sabía que en pocas horas daría por cerrado el caso de los fantasmas revoloteándole por la cabeza, se sentía como un cadáver al cual las aves de rapiña han descubierto, pero desde hacía una semana se la pasaba repitiéndose mentalmente: «conmigo, se la van a pelar.»

La llegada de los tres individuos con nombres de patos de caricatura le arrancó una enorme sonrisa, dejó ver sus dientes más brillantes que nunca, sobre todo cuando le mostraron el cargamento de aquellas cajas cerradas y cubiertas con polietileno negro como sus *pants*.

—¡Vaya carajo! me tenían preocupado —reprochó Miguel para hacer sentir su autoridad, seguro de que sus muchachos habían cumplido con la operación «Ilusión», sin que existiera la más mínima posibilidad de que le robaran la misma a él.

—Solo que tuvimos un pequeño percance, señor. —Paco fue el encargado de informar sobre el inconveniente, a final de cuentas él no había tenido que ver con la muerte o falta de control de Eva.

—¿Qué chingados pasó? —Miguel autoritario y mal encarado se levantó de su sillón, en un acto de sobreactuación, las cajas con los documentos se encontraban en su oficina y eso era lo importante.

—Hubo necesidad de deshacernos de la muchacha —explicó Paco en plural, demostrando hacia sus compañeros una falsa solidaridad—. Se puso muy nerviosa, Luis no la pudo controlar y Hugo exageró su fuerza y la joven quedó allí —completó el informe Paco, ahora sí deslindando responsabilidades de aquel percance.

—Cabrones, ¿no te lo advertí, pendejo? —se volteó Miguel para reprender a Luis, exculpando a Hugo de su acción, pues a fin de cuentas la orden era deshacerse de cualquier impedimento que se les presentara—. ¿Qué no dijiste que era de fiar? No sé para qué carajos te hice caso y permití que involucraran a esa pendeja.

—Lo bueno es que estamos cubiertos, señor, no existe ningún dato que nos ligue con ella, al rato que encuentren el cadáver van a hacerse toda una serie de chaquetas mentales, pero no hay el más mínimo dato que lleve a las autoridades con nosotros —justificó Hugo su actuar.

—Sí, carajo, pero «Ilusión» era un operativo que lo deseaba completamente limpio, sin una marca; si había que deshacerse de la muchacha lo hubieras hecho en otra parte y no dejar ahí el cadáver, no que ahora van a comenzar las investigaciones —se molestó Miguel ante la actitud sabelotodo de Hugo.

—Váyanse a descansar, esperemos que tengas razón y que no trascienda en nada este contratiempo –completó el jefe; deseaba hurgar cuanto antes en el interior de la caja, descubrir los papeles, acariciarlos, recordarles, a final de cuentas era su historia como policía político de México; recuperada, resguardada, ahora en sus manos, para que nadie más pudiera verla.

Expediente QUINCE

Contar para exorcizar

—¿Torturar yo? ¡Por favor! Es la tontería más grande que he escuchado en mi vida —el antiguo director de la DFS dejó caer su espalda en el respaldo de su sillón, y mostró por primera ocasión durante la entrevista una mueca que pretendía ser una sonrisa.

—Perdone que lo diga, pero sin duda son varios los que lo señalan a usted como la persona que al momento de los interrogatorios utilizó diferentes técnicas de tortura, de extorsión... —apenas y pudo completar su argumento el reportero.

—Si alguien me enseñara, tal vez pudiera torturar, pero desde ahora le digo que no sé hacerlo, por lo tanto esas son mentiras, si no lo sé hacer hoy, ¿crees que haya yo torturado a alguien hace más de veinticinco años?

El hijo de Miguel había concertado que algún medio impreso le realizara una entrevista al antiguo director de la Dirección Federal de Seguridad, para que pudiera exponer sus razones, su vida, su trabajo, su pasado, antes de que la famosa Fiscalía Especial le citara a declarar.

«Tenemos que posesionar tu nombre ante la opinión pública, antes de que comiencen los ataques». Le convenció, por ello se encontraba aquel joven periodista frente a Miguel, pretendiendo sacar algún tipo de información al hombre más hermético de México.

—Creo que aquellos personajes también me tratan de asesino, pero ¿sabes?, no acostumbro aplastar ni a una mosca siquiera.

—Pero, ¿a qué adjudica entonces todas las versiones que existen sobre su persona?

—Siempre se ha querido implicar al político en cuestiones de Seguridad Nacional y al encargado de la Seguridad Nacional en asuntos políticos, pero desde ahora te digo que quienes fuimos miembros de la Dirección Federal de Seguridad nunca caímos en la tentación de hacerle el juego a esas maquinaciones.

La aceptación de Miguel para prestarse a hablar con la prensa tuvo que ver con su seguridad en el manejo de los interrogatorios, si antes no se había visto en la necesidad de aquel juego, era precisamente porque su actitud hosca evitaba siquiera que cualquier medio pretendiera solicitar una cita; por esto cuando le llegó la orden de la redacción al reportero, este se imaginó que podría ser uno de los trabajos que le llevara al reconocimiento del gremio.

—¿Qué me puede decir del 68?

—Pues que fue un movimiento de jóvenes que se inició en París, luego se pasó a los Estados Unidos y por fin aterrizó en México; pero aquí se confundieron las cosas, los muchachos de aquellos años no sabían ni lo que querían, por eso responsabilizábamos a los padres de familia de andar descuidando las amistades de sus hijos, de no ponerles atención y dejar que salieran con cualquiera; por eso hay muchos vagos, muchos mal vivientes.

Sin duda se trataba del mejor reto para cualquier trabajador de los medios de comunicación, encarar al maestro de la pregunta, intentar hacerle hablar, extraer un dato, una confesión; estar atento a sus movimientos, a sus muecas, a sus gestos, lograr penetrar su conciencia.

—La Dirección Federal de Seguridad es la institución policiaca que más se menciona en el informe del presidente de la Comisión Nacional de Derechos Humanos como el organismo que llevó a cabo diversos actos de desaparición forzosa, así como también se señala que los elementos bajo sus órdenes acostumbraban violar los derechos de los detenidos.

—No hagamos culpables, no busquemos delincuentes donde no los hay, yo te puedo asegurar que mis muchachos pertenecían a la élite de la policía en nuestro país, todos ellos, o mejor dicho, la gran mayoría, recibió entrenamiento en las mejores academias del mundo, con los policías más distinguidos y con reconocimiento internacional, te puedo asegurar que la Federal de Seguridad era una institución que le quedaba grande a México.

—¿Dónde quedan entonces los señalamientos de que dicha corporación fue la punta de lanza de la Guerra Sucia?

—Ese es un término mal usado, cuando se habla de guerra se trata de un conflicto entre dos naciones, cuando dos países tienen diferencias irremediables y no hay más que el enfrentamiento bélico para dirimir sus discrepancias; pero eso no sucedió en nuestro país, la política de no intervención en las decisiones de los pueblos nos viene desde Benito Juárez; aquí lo que hubo fue un grupo de jóvenes aventureros que soñaron con tomar el poder y derrocar al gobierno, legalmente constituido, por medio de las armas, por lo tanto, se convirtieron, para nosotros, en delincuentes del orden común, ya que llevaron a cabo asaltos bancarios; claro está que intentaban disfrazar sus fechorías con otros nombres, con otros significados, porque ellos le llamaban expropiaciones, pero se trataba de viles despojos que violentaban la ley, además asesinaron policías, soldados, ¿por qué nadie se acuerda de los elementos que murieron en los diversos enfrentamientos con ellos?

Miguel mantenía su tono de maestro, como si estuviera enseñándole lo que es la vida, la historia, al joven periodista. «Mira, muchacho, hoy día a un ex guerrillero le nombran asesor de la Secretaría de Gobernación, a otro auxiliar de la Fiscalía Especial, a uno más lo envían de embajador fuera de México, también los hay quienes han trabajado para los programas sociales del gobierno, se les ha consentido, apapachado; de haber sabido que eso iba a suceder, mejor me hubiera convertido en guerrillero, no que ahora resulta que los malos, los monstruos, somos quienes salvamos al país del caos; ellos han recibido más reconocimientos que nosotros mismos que siempre estuvimos atentos de la patria y que nunca colocamos nuestra mirada en el extranjero; en cambio ellos aspiraban y recibían apoyo de la Unión Soviética, de Cuba, de China, de Corea, ¿qué es eso? Que no se te olvide que el comunista siempre será el amo y señor de la mentira, tiene la cualidad de que toda falsedad la convierte en una verdad.»

Por más que el reportero hacía su mejor esfuerzo, tratando de echar a andar toda su creatividad, su posibilidad para encontrar el punto flaco de Miguel, siempre chocaba con una respuesta simple, sencilla, común, cínica, llegó a pensar.

—Pero sin duda sí existía un miedo tremendo a la Dirección Federal de Seguridad, sus agentes contaban con todo tipo de picaportes, no existía corporación que les negara algo.

—¿Temida la DFS? Y, ¿qué me dices de la Liga Comunista 23 de Septiembre?, ¿de los elementos del Movimiento de Acción Revolucionaria?, ¿de los secuestradores del administrador del Aeropuerto Internacional de la ciudad de México en 1971?, ¿del comando que asesinó a don Eugenio?, ¿acaso ellos no eran temidos? Los guerrilleros eran unos aventureros, deseaban el poder, mucho se ha dicho sobre mis muchachos y de mí, de don Fernando y de don Javier, que en paz descansen; nosotros nunca torturábamos, solo preguntábamos, hay que saber cómo preguntar, hay que tener el conocimiento de la técnica para poder destapar los sentimientos de los detenidos, llegar hasta lo más recóndito de todo ser humano, para que de inmediato suelten todo lo que uno desea saber. Eso sí te puedo asegurar, y no es por falta de modestia, pero de que sabíamos hacer los interrogatorios más profesionales como en ninguna otra parte del mundo, lo sabíamos, hasta varias policías de diferentes partes venían a copiar y aprender de nuestros métodos.

—¿En qué consistían?

—Fácil, muchacho, al detenido se le comenzaba a preguntar sobre su infancia, se le explotaba el sentimentalismo, los viejos recuerdos, los traumas que pudiera tener, aquellas imágenes que se guardan en un rincón del subconsciente y que por ser tan desastrosas pretendes olvidar, pero nosotros nos encargábamos de revivirlas; la imagen del padre alcohólico, ser niños golpeados, el trato de la madre, en fin, el sentimentalismo y el pasado siempre serán una buena arma contra cualquiera.

Miguel dio un trago a su bebida, sintiendo que las últimas palabras pronunciadas podrían en algún momento dado revertírsele en su contra, ¿acaso no era el pasado precisamente el que le perseguía ahora? Para su fortuna el reportero no reparó en ello y continuó con la entrevista.

—¿Qué tanto fueron una amenaza para el Estado mexicano los grupos armados en la década de los sesenta?

—En algún sentido yo creo que sí llegaron a ser una preocupación de las autoridades, que no se te olvide que sus actos afectaron a prominentes personajes de la vida económica, política y social de nuestro México, pero aparentaban ser muchos grupos armados y en la realidad todos eran parte de la Liga Comunista 23 de Septiembre, nos querían apantallar con que el pueblo entero estaba a punto de levantarse en armas y eso nunca fue cierto, además para eso nos pagaban a nosotros.

—¿Qué me puede decir de la Brigada Blanca?

La pregunta provocó cierto endurecimiento en las facciones de Miguel, aquel tema se había convertido en un tabú, la negación sistemática de la existencia de aquel grupo paramilitar que tuviera carta abierta para detener, torturar, irrumpir en cualquier casa o espacio universitario, y violentar cualquier principio elemental del Estado de Derecho, generaba suspicacias sobre la actuación del Gobierno mexicano en su enfrentamiento armado con los sectores sociales, más aún cuando se le señalaba directamente a Miguel como el creador de dicho Grupo Especial. Por lo que volvió a recurrir a su bebida como la oportunidad para recuperar el gesto perdido, darse unos segundos para meditar la respuesta, sacudirse la incomodidad provocada por aquel dardo.

—Aquel grupo especializado se volvió famoso por atender las necesidades de información y poder combatir a los subversivos —respondió Miguel mientras barajaba en su mente las posibles respuestas a publicarse—. Aquello de Blanca fue la manera como los propios muchachos bautizaron a la sección especializada.

—¿Y fueron tan violentos los de la Blanca como los de la Roja? —asestó un golpe el reportero.

—Nunca, joven, nunca; nuestra Brigada se fundó con el fin de que las diversas corporaciones policiacas contaran con la información necesaria sobre la actuación de los grupos guerrilleros y subversivos que actuaban por aquellos años en nuestro país, para ello se convocó a todos los jefes policiacos e incluso militares, para integrar este grupo experto en cuestiones de contrainsurgencia con elementos de todos ellos. A mí me encargaron su conformación ya que desde los años sesenta tuve bajo mi mando diversas acciones en contra de los grupos que se fundaron en esa década, y entonces era yo el policía con mayor experiencia al respecto; pero incluso se trataba de un equipo compacto, pequeño, imagino que no era superior a los doscientos cincuenta efectivos. Aunque dicha Brigada solo realizaba acciones para recolectar información que luego se les transmitía a las corporaciones policiacas respectivas, para que ellas fueran las responsables de realizar las detenciones, los cateos, los operativos, todo siempre dentro de los marcos de la ley.

—¿Qué relación existía con el Campo Militar número uno? —volvió al ataque el periodista consciente de que al fin había logrado cierta incomodidad en el ánimo del viejo policía político.

—De entrenamiento —soltó secamente Miguel, sin permitir que su inquietud fuera evidente, menos aún que se dejará notar su malestar—. Acudíamos al campo militar a realizar prácticas de tiro; ahí fueron entrenados varios de los efectivos que no contaban con la preparación necesaria como para lograr desempeñar con éxito las misiones que les eran asignadas. Establecimos una excelente relación de cooperación entre las diferentes corporaciones policiacas de ese entonces, aunque a mí era a quien se le informaba de todo lo que sucedía con la Brigada Especial; incluso en varias ocasiones me tocó atender a los agentes del FBI que venían a nuestro país para realizar algún tipo de investigación, en relación a las cartas que de pronto algunos mexicanos enviaban a los Estados Unidos, aparte de que nos solicitaban información sobre aquellas personas que viajaban a Cuba. Pero bueno, el grupo desapareció cuando ya no hubo necesidad de su existencia, allá por el año 1980, cuando la juventud prefirió renunciar a la influencia de las ideas extravagantes, extranjerizantes, ociosas, llenas de ideologías que no concuerdan con nuestra forma de ser como mexicanos.

—Disculpe que insista en la pregunta, pero entonces, ¿qué sucedió con todos aquellos casos que se han presentado como desaparecidos políticos? —regresó el reportero al tema fundamental del informe de la CNDH que tanto se debatía y que podría implicar a Miguel.

—Desaparecidos, como tal, no existen en México, aquí no estamos en Argentina, ni en Colombia o Uruguay, yo imagino que la mayoría de aquellos personajes que hoy los presentan como desaparecidos fallecieron en algunos de los enfrentamientos que sostenían con la policía, con el ejército, durante sus diversos operativos, sus actos terroristas, que no se te olvide que acostumbraban utilizar sobrenombres, por lo tanto para nosotros era muy difícil poder lograr una identificación de los cuerpos de aquellos delincuentes; otros más al sentirse perseguidos han de haber optado por irse de México, tal vez a los Estados Unidos; no sé, imagino que a ellos corresponden los nombres de los que hoy se nos presentan como actuales desaparecidos, hay que realizar un trabajo exhaustivo para esclarecer cada caso, pero te puedo asegurar que nosotros nunca actuamos fuera de la ley.

Al concluir aquella respuesta, Miguel dio por terminada la entrevista, había sido suficiente para él prestarse al juego del interrogatorio relacionado con su pasado, sobre todo cuando sabía que en una de las cajas fuertes, que existían en su oficina, se encontraban los documentos que dejaban el testimonio de su paso por las corporaciones policiacas; por lo tanto, si había aceptado era por recomendación de su hijo pero, ¿para qué continuar con la farsa?

«Bueno, joven, espero que lo que le he dicho sirva para esclarecer muchos de los falsos testimonios que circulan por ahí, para cualquiera es indignante que se difame el honor». El reportero apenas tuvo tiempo de apagar su grabadora, de recoger su libreta, de voltear para recoger su saco, que descansaba en otro de los sillones, la prisa con la que le despidió aquel hombre de edad avanzada no correspondía con la apariencia apacible y tranquila que le demostraba para que abandonara su oficina.

La puerta se cerró detrás del periodista, Miguel esbozó una sonrisa de satisfacción, se sentía seguro, aquella certidumbre que por algunos días había parecido que se le escapaba, le regresaba sin rubor, había logrado callar los testimonios, sus huellas se encontraban a punto de ir a parar al cementerio de los papeles, se sentía el triunfador en esa disputa por la historia, negarla era su más firme convicción para salir airado de cualquier intento por dejarlo como el peón sacrificado en el juego de ajedrez.

Se colocó frente a la caja fuerte, digitalizó la contraseña y la puerta de acero cedió dócilmente; en su interior descansaban los documentos, los papeles, los informes. ¿Cuánto valor podría representar lo que ahí se guardaba? ¿A quién más le podría interesar tener en sus manos esos archivos? Dudó sobre la decisión que había adoptado de destruirlos, quemarlos, hacerlos cenizas, desaparecerlos, a final de cuenta los quería, los amaba, era él quien se encontraba retratado, ¿cómo se iba a destruir a sí mismo?, ¿por qué tenía que desaparecerse? Ahora se sentía impune una vez más, por lo que dejó para otra ocasión la posibilidad de anular esa parte de la historia, finalmente estaban bajo su protección, muy a pesar de lo que otros dispusieran.

Expediente DIECISÉIS

Un gato colorea

Tal y como lo prometiera, Claudia le pidió a su compañera intercambiar la galería asignada para llevar a cabo la limpieza, a ella le correspondía esa semana asear la número cinco, y el compromiso con Primitivo, más su propio deseo por lograr dar con algún dato que pudiera esclarecer el asesinato de su amiga, provocó que dentro de sus prioridades estuviera entrar hasta los más mínimos rincones de aquel espacio.

Cuando Felipe la vio llegar se le accionó la alarma interna, no era común que a final de la semana cambiaran a la muchacha del aseo, la rotación era cada siete días y Claudia no había sido la que se presentó al inicio de aquel periodo, por lo que de inmediato le dio mala espina.

A los pocos minutos de que se abriera el Archivo, Luis arribó a la galería uno, Miguel les había exigido que no dejaran de vigilar las instalaciones, que rastrearan todo tipo de movimiento que pudiera llevar a la policía hasta ellos, luego del error de haber dejado el cuerpo sin vida de Eva durante el escape. Cuando Luis se acercó al mostrador para solicitar la consulta de algún material, simulando que su presencia correspondía a la de cualquier otro usuario, Felipe le entregó un pedazo de papel con una seña, dándole a entender que la presencia de Claudia no era normal.

El sobrino de Donald no necesitaba de mayores datos, aquella indicación del jefe de los archivos de la DFS había que tomarla en cuenta, por lo que Luis no dejó de vigilar todos y cada uno de los movimientos de Claudia, cómo recogía los papeles de los cestos, hacia dónde dirigía su mirada; fue descubriendo que la muchacha buscaba algo, mientras que aparentaba hacer el aseo de la galería, era obvio, su inexperiencia la delataba de inmediato.

Cerca de las once de la mañana Luis acudió a la cafetería, en el trayecto se comunicó con Paco y Hugo, los citó a las cuatro y media de la tarde en Lecumberri, les indicó que saldrían a pescar, ya que una trucha andaba saltando por ahí y era mejor meterla en orden cuanto antes. A pesar de que la galería uno, cerraba a las dos de la tarde, Luis sabía de antemano que tendría que continuar fingiendo cualquier cosa por entre los muros de Lecumberri hasta que llegara la hora, en la que Claudia saliera de su jornada laboral; tenía algunas preguntas que hacerle a la muchacha, por lo que estuvo un par de horas en la hemeroteca distrayéndose con periódicos de otros años, volvió a la cafetería para comer algo, dejó consumir el tiempo pacientemente hasta que las manecillas le indicaron que había llegado el momento de actuar.

Cuando faltaban cinco minutos para que se cumpliera la hora pactada, Luis se colocó en la librería que estaba a la entrada del Archivo General de la Nación, desde aquella posición dominaba la fila de los empleados de la limpieza, quienes checaban sus respectivas tarjetas de salida; en ella se encontraba Claudia sin la ropa de trabajo, distraída, tal vez un poco enfadada por no haber logrado encontrar algún dato, como le encomendara Primitivo, con quien había quedado de verse en el *Vips* a las cinco de la tarde; por lo que sabía que tenía tiempo de sobra para llegar a su cita, pues el restaurante estaba muy cerca y no tardaría más de tres minutos en llegar.

Sin la menor preocupación y con el mayor desenfado, Claudia encaminó sus pasos a la esquina Eduardo Molina y Albañiles, al llegar al cruce de las calles un rechinar de llantas provocó que su corazón se sobresaltara en el momento mismo que sentía como unas manos la empujaban por la espalda, haciéndole perder el equilibrio, para caer dentro de aquel escandaloso automóvil; no tuvo tiempo de espantarse, cuando quiso reaccionar, se percató que se encontraba tirada en el piso de un carro que continuaba rechinando sus llantas debido a la velocidad a la que era conducido; así también se dió cuenta que un peso enorme le presionaba por detrás, evitando que pudiera levantarse.

«Tranquila, no grites y nos vamos a entender bien». Escuchó una voz que le decía, sin darle posibilidad de descubrir la cara de la cual provenía.

—Muy bien, señores, vamos a la guarida.

—¿Le comunicamos al patrón? —alcanzó a distinguir otra voz.

—Primero vamos a interrogar a la palomita, creo que no hay necesidad de ponerlo más nervioso.

Fue lo último que alcanzó a escuchar, antes de que le vendaran los ojos y sintiera un pequeño piquete en un brazo, para entrar en un sueño que evitó que el pánico se apoderara de sus terminales nerviosas.

Cerca de las seis de la tarde Primitivo se dio una vuelta por Lecumberri, Claudia llevaba una hora de retraso y eso no le gustaba en ningún sentido.

En el Archivo le recibió el celador luego de que sus insistentes toquidos en la puerta principal provocaron que este se asomara para informarle que no quedaba nadie en el interior del inmueble. ¿Dónde podría estar

Claudia?, ¿se habría sentido mal?, ¿le estaría dejando plantado a propósito? Se maldijo por no haberse atrevido a pedirle su número de teléfono, la dirección de su casa, algún dato que le permitiera cerciorarse de que no le había pasado nada malo, «total, si de lo que se trata es que no tuvo ganas de verme, está en su derecho», pensó para sí el historiador, por lo que optó por irse a su casa a descansar.

La sesión de trabajo del día anterior por la noche con sus compañeros, más la larga entrevista con Rosario durante toda la mañana de aquel día, eran dos jornadas que le habían exprimido los nervios, la inteligencia y los sentimientos.

«¿Primitivo?» Escuchar aquella voz apagada de Claudia a las tres de la madrugada no era una buena señal, por lo que el historiador tardó unos segundos en abandonar el sueño para poder ubicarse y responder al auricular con una pregunta similar a la que acababa de escuchar: «¿Claudia?»

—Quieren hablar contigo —fue lo que Primitivo recibió como respuesta a su interrogante.

—Quieres mucho a la muchacha ¿verdad? Pues si la quieres volver a ver con vida no muevas un dedo, no pierdas el tiempo hablando con la policía, no armes ningún tipo de escándalo, ella está aquí por tu culpa, tú eres el responsable de lo que le pueda suceder.

—¿Quién carajo eres? ¿Dónde está ella? ¿Qué le han hecho? —explotó Primitivo cuando se percató del tránsito de su sueño a la pesadilla.

—Cálmate, nosotros somos los que ponemos las reglas del juego, tú sólo bailas cuando yo ponga la música, ¿estamos? Ya le causaste muchos problemas a la pobre empleada de la limpieza, no le compliques más la vida y deja de meterte donde no te llaman —escuchó el historiador las palabras sin mayor modulación del secuestrador.

—¿Qué es lo que quieren?

—Por el momento, que no hagas nada, no hables con nadie ni se te ocurra siquiera mencionarle esto a tus amiguitos. En tus manos está que a la muchacha no le suceda algo; mis amigos son muy malos y la chica está para antojársele a cualquiera, o sea que es mejor que me escuches con atención y cumplas con todo lo que se te dice.

—¡Está bien! ¡Está bien! ¿Qué quieren que haga?

—Ahora solo queremos que sepas que te conocemos, que la chica nos ha contado varias cosas sobre ti y tus amiguitos; compra al rato el periódico y en la sección *botella al mar* vas a distinguir claramente un mensaje nuestro. Luego espera una llamada para que podamos llegar a un acuerdo. ¿Entendiste?

Después de aquellas indicaciones Primitivo se quedó sólo escuchando el sonido constante del tu, tu, tu, tu, del teléfono. Ellos no tenían nada más que hablar con él, aun cuando él si deseara hablar más con ellos, escuchar de nueva cuenta la voz de Claudia, preguntarle cómo estaba, si la habían maltratado; pero ellos tenían la sartén por el mango y a Claudia también. No sabía qué hacer, se volteó hacia el reloj despertador y se percató que eran pasadas las tres de la mañana, ¿a quién podría acudir?, ¿con quién debería hablar?, ¿sabría la familia de Claudia lo que estaba sucediendo? Su primer impulso fue meterse a la regadera, el agua le ayudaría a despejarse por completo y sacudirse los residuos de sueño que todavía se le colgaban de las pestañas; necesitaba meditar todas y cada una de sus decisiones, cualquier error que cometiera podría ocasionar mayor sufrimiento a la muchacha. Al salir de la ducha puso café y encendió el primero de un largo número de cigarrillos que consumió aquel día.

En aquellas tareas indispensables había logrado malgastar una hora, sintió la necesidad de no esperar a que los repartidores de periódicos comenzaran a circular por la ciudad y creyó oportuno dirigirse al centro para conseguir cuanto antes aquel diario que tuviera la sección *botella al mar*, a pesar de las advertencias se sintió tan desamparado que optó por levantar el teléfono y marcarle a Jacinto.

—La secuestraron, carnal —fue el mensaje con el que el historiador despertaba al periodista, con un tono de voz a punto de echarse a llorar, como con deseo de adquirir el consuelo que ni el baño o el café le habían otorgado.

—Mmmmmm, ¿qué? —Jacinto dejó escapar un ronroneo.

—¡Despierta carnal! Claudia ha sido secuestrada, estos hijos de la chingada se la llevaron ayer.

La desesperación se le agolpaba en el pecho a Primitivo, no sabía cómo hacer reaccionar a su amigo.

—¿De qué hablas? —intentó reaccionar el periodista.

—Claudia y yo nos quedamos de ver ayer a las cinco de la tarde y no llegó, creí que se le había olvidado nuestra cita, o que simplemente no deseaba verme y me vine a la casa, pero hace una hora recibí una llamada, era ella, luego alguien le arrebató el teléfono y me dio a entender que la tienen secuestrada, y que depende de mí que no le pase nada.

Las palabras se le atropellaban en la boca a Primitivo, deseaba contarlo todo, como si eso pudiera resolver la tragedia que sentía caer sobre sus espaldas.

—¡Carajo! —fue la expresión que tuvo a la mano Jacinto, para dar tiempo a que su cerebro se conectara con aquel mensaje recibido—. Dame tiempo, en unos minutos estoy contigo.

Al cortarse la comunicación entre los amigos, Primitivo una vez más se sintió en el desamparo, paulatinamente comenzó a caer en la cuenta de la suerte que corría para ese entonces la muchacha, equiparó su destino, similar al de los desaparecidos en México ocurridos en otros años; recordó los cientos de casos que había escuchado, que conocía, que había leído en el AGN, se culpó una y otra vez de lo que pudiera sucederle a Claudia; las recriminaciones por pedirle que buscara algún dato en la galería uno, le machacaron los sentimientos.

No transcurrió media hora desde que se había comunicado con Jacinto, cuando el desfile de las piyamas comenzó a circular por su departamento, el primero en arribar fue Enrique, posteriormente llegó Gustavo, y Jacinto, quien convocó a los otros dos miembros de «los cuatro fantásticos», fue el último en tocar a la puerta.

Con voz desesperada, una vez más, Primitivo narró lo que había sucedido desde que se despidieron en la casa de Rosario, la cita frustrada con Claudia, la llamada en plena madrugada.

—Pisamos callos importantes —confesó Gustavo.

—Es el mismo grupo o comando que asaltó Lecumberri, los fantasmas del pasado están en activo —se convenció Enrique.

—El chiste es descifrar qué quieren de nosotros, ¿qué buscan obtener con secuestrar a Claudia? —propuso Jacinto más reflexivo.

—No sé bien qué desean, les digo que solo amenazaron insistentemente con que en mis manos y las de mis amiguitos depende que no le suceda nada a Claudia.

Jacinto les comentó que la sección *botella al mar* pertenecía a un diario titulado *Siete Días*, de muy bajo perfil, y que era la página de cartas de los supuestos lectores que, al ser un periódico de poca circulación, tendrían que esperar por lo menos hasta las ocho o nueve de la mañana para que lograran conseguirlo; propuso que se calmaran, que se analizaran los acontecimientos para poder actuar en consecuencia.

Diversas propuestas giraron dentro de las cabezas de «los cuatro fantásticos»: comunicarse con autoridades policiacas, con políticos conocidos de alguno de ellos, con doña Rosario, armar un escándalo, salir en su búsqueda, pero todas fueron rechazadas por Primitivo; les insistía en la fuerza del mensaje amenazador, en el sentido de que se suponía que hasta ese momento Claudia se encontraba bien, pero que dependiendo de cómo actuara él, podía o no sucederle alguna desgracia, ser víctima de torturas, incluso que llegaran a violarla.

Las diversas ideas y comentarios sobre cómo actuar continuaban sucediéndose, cuando un sonido atronador irrumpió la calma de la madrugada de aquel sábado; se rompieron los cristales, las ventanas del departamento de Primitivo se desvanecieron frente a sus ojos, los libreros se tambalearon, varios libros volaban como si estuvieran animados; el desconcierto de los amigos no evitó que se tiraran al suelo para protegerse de aquel ataque, las ráfagas de metralleta continuaron bañando la estancia por unos segundos más, los cuales se les hicieron siglos a cada uno de los integrantes del grupo. Al fin, así como había llegado aquel vendaval, un rechinar de llantas significó la conclusión de la agresión.

—¿Están bien? —apenas del fondo del alma lograron salirle las palabras a Jacinto, al momento en el que se atrevía a retirar paulatinamente las manos de los ojos para apreciar qué había sucedido.

Nadie le respondió, el periodista sacó valor y se incorporó, alcanzó a distinguir los cuerpos de sus amigos entre la bruma, las astillas, la pedacería de cristales, las hojas sueltas liberadas de los yugos encuadernados de los libros, el olor a gas, diversas plumas en cómodo descenso. Un quejido salió de alguno de los cuerpos tendidos, el periodista se acercó para auxiliarlo, era Enrique, quien tenía la cara llena de sangre, Jacinto pretendió ayudarle para que se levantara, al mismo tiempo que sentía la necesidad de ubicar al resto de los compañeros.

Por fin le regresó la vida cuando logró descubrir que los cuerpos de Primitivo y Gustavo comenzaban a desentumirse; varios gritos detrás de la puerta de entrada comenzaron a escucharse, los vecinos acudían al auxilio de aquella desgracia.

—¿Hay alguien ahí?

—¡Don Primitivo, abra la puerta!

—¿Necesita ayuda?

Fueron algunas de las palabras que como eco Jacinto logró percibir, sin saber si acudir a recibir la ayuda de los vecinos, cerciorarse del estado de sus amigos o responder el teléfono, que en esos precisos momentos comenzaba a chillar desesperadamente, uniéndose al caos que prevalecía.

Sin saber por qué, el periodista fue detrás del teléfono, tal vez aquel aparato energúmeno fue el que más le desquició y tuvo la necesidad de acallarlo, para recibir la voz que intuía era la responsable de aquella incoherencia.

—Te lo dijimos, cabrón —fue la sentencia que Jacinto pudo haber adivinado, por lo que apostó al silencio.

—No debiste haber llamado a tus pinches amigos, estás complicando las cosas; si quieres volver a ver viva a Claudia, más vale que no digas nada de esto a la policía o a alguien más, lee la carta y espera nuestra llamada.

Instintivamente Jacinto se aprendió de memoria aquel recado, la sentencia; no deseaba que se le escapara palabra alguna. Volvió a recorrer con la mirada el caos y permitió que el auxilio de los vecinos entrara por la puerta; y con las caras llenas de desconcierto aparecieron algunos señores de edad avanzada y varias mujeres, sus exclamaciones de sorpresa no se dejaron esperar, que no evitó que entraran en acción de inmediato, auxiliando a cada uno de «los cuatro fantásticos».

Cerca del medio día, al fin Primitivo ubicó una carta en la sección *botella al mar* que pudiera darle algún tipo de pista sobre lo que había estado viviendo las últimas horas.

Se encontraba en la sala de espera de la Cruz Roja, sus heridas y las de Jacinto habían sido menores, varios rasguños, cortadas, moretones en diversas partes del cuerpo les habían sido atendidos, mientras que Gustavo y Enrique habían corrido con peor suerte, al primero le alcanzó una bala en una nalga, por lo que esperaban el resultado de la intervención quirúrgica que continuaban practicándole, mientras que al segundo varias enfermeras y un médico trataban de extraerle los minúsculos cristales que se le habían alojado en plena cara; por fortuna, el más avezado de los pedazos de vidrio no había logrado vaciarle el ojo izquierdo; por su parte, Jacinto seguía arreglando el papeleo ante el ministerio público.

«Somos un grupo de padres, hijos y hermanos de policías y soldados que murieron cumpliendo con su deber, defendiendo a nuestro país de las garras del comunismo internacional hace ya más de dos décadas, quienes hemos visto cómo en los últimos meses el actual gobierno ha emprendido una campaña en su contra, validando un informe difamatorio de la impostora Comisión Nacional de Derechos Humanos. Lo que ha provocado que se le rinda homenaje a los llamados guerrilleros de entonces, quienes pretendían hacerse pasar como luchadores sociales y eran simplemente una bola de delincuentes comunes que atentaban en contra del gobierno establecido constitucionalmente, que deseaban traicionar con sus ideologías exóticas nuestra patria, nuestros valores y nuestros principios. Es por esto que exigimos respeto a nuestros caídos, indemnización a los huérfanos, viudas y cualquier familiar afectado, así como el cese de la posible cacería de brujas que hoy se pretende implementar por medio de la Fiscalía Especial en contra de quienes supieron defender con valentía y gallardía nuestra nación». Leyó asombrado el historiador, sin duda ese era el recado, esa era la señal, la advertencia, más que dirigida a cualquier autoridad competente, era una forma de exigirle a él y a sus amigos que no hurgaran más en los archivos, que no movieran las aguas, los lodos del sistema político mexicano, que dejaran descansar en paz a Eva, como si eso pudiera hacerle justicia.

Había transcurrido poco más de un mes luego de haber recibido aquel ataque en el departamento de Primitivo, las heridas parecían comenzar a sanar, por lo menos las físicas, aun cuando las de la derrota, por pretender encontrar la justicia, continuaran removiéndoles la conciencia a cada uno de los miembros de «los cuatro fantásticos»; no se consideraban cobardes, simplemente se sabían vencidos por un grupo más fuerte, más preparado, más influyente, con mayores recursos: los del Estado, para ser concretos.

Las negociaciones entre «los cuatro fantásticos» y los secuestradores permitieron la liberación de Claudia al domingo siguiente de la balacera; ella no volvió a ser la misma, la pesadilla que había experimentado le marcaba todos y cada uno de los recuerdos, como si alguien le hubiera robado la juventud, la sonrisa, la chispa, la vida misma; renunció a su trabajo en el Archivo, se negó a confesarle a Primitivo los padecimientos que había sufrido durante las horas de cautiverio, lo que atormentaba cada día mentalmente al historiador, se sentía responsable de haber embarcado a aquella chica en una empresa tal vez sin sentido.

Otras noticias ocultaron el interés despertado para poder esclarecer el asesinato de Eva, «la opinión pública no tiene memoria», repetía a la menor provocación Jacinto, a pesar de ser un convencido de su trabajo como periodista.

Aquel día llegó Jacinto al Archivo General de la Nación, tenían que recuperar la cotidianidad, sus proyectos de investigación entre los viejos papeles polvorientos, a pesar de que el desánimo se había apoderado de sus emociones.

Paulatinamente recobraron sus encuentros, sus citas, sus jornadas de trabajo, conforme los médicos les fueron dando de alta. Por la hora supo que encontraría a los amigos en la cafetería, así que no dudó en acudir a esta, y en efecto, Primitivo, Gustavo y Enrique pretendían saborear los líquidos que descansaban en sus respectivos vasos de unicel.

Sin pronunciar palabra de por medio, o expresar cualquier gesto o emoción, Jacinto dejó caer sobre la mesa la primera plana del periódico, de inmediato los amigos descubrieron aquella fotografía, de la que se dibujaba una sonrisa cínica; las ocho columnas estaban dedicadas a una entrevista con Miguel.

—Estuvimos cerca —soltó Enrique no sin que sus palabras contuvieran un dejo de amargura.

—¿Tú crees? —cuestionó Gustavo.

—¿Cerca de qué? ¿De este hijo de la chingada? ¿De los viejos asesinos? —no dejó pasar la oportunidad Primitivo, para volver a insistir en su dolor, en su desgracia.

—He llegado a la conclusión de que aun cuando hubiéramos encontrado las pruebas necesarias, en ningún lugar nos iban a hacer caso —intentó convencer Jacinto a sus compañeros, como si sintiera la necesidad de ofrecerles algún tipo de alivio, de respiro.

En más de una ocasión «los cuatro fantásticos» sostuvieron diversas sesiones para pretender exorcizar las culpas, para lamerse las heridas, animar su desgracia.

—Ya lo hemos dicho hasta el cansancio y puede que tengamos razón, la justicia nos queda a varios kilómetros de distancia —retomó Enrique el discurso consolatorio.

—Ya lo dijo mi amigo el Gato Culto: «Según la ley, todos los hombres son iguales, menos los pobres» —convencido expresó Primitivo al tiempo que dejaba que su mirada se perdiera por el muro de la cafetería de Lecumberri.

—Aunque le faltó decir a tu cuate ese, que tampoco encajan en la ley los intocables, los que acuerdan, los que pactan, los prepotentes de siempre —completó Gustavo.

A pesar del tiempo transcurrido, ninguno de «los cuatro fantásticos» sabía todavía descifrar cuál de todas las derrotas podría ser peor, si la moral, la física, o simplemente atestiguar que la impunidad estaba más vigente que nunca.

«No busquemos delincuentes donde no los hay». Enrique leyó en voz alta el título de la entrevista publicada con Miguel, el antiguo director de la DFS.

—Esto sí que está cabrón —apenas y logró reflexionar Primitivo.

—Pinche cínico —fue lo único que alcanzó a declarar Gustavo.

—Antes de que me vaya a callar Jacinto, déjenme citar de nueva cuenta a mi amigo el felino de papel, quien alguna ocasión publicó algo así como: «La verdad absoluta no existe. La mentira absoluta sí». —Declaró un poco menos desanimado Primitivo.

—Sin posibilidad de equivocarme, creo que esta es la primera entrevista que acepta dar a un medio de comunicación, dibuja un círculo, está cerrando el pacto —no quiso guardarse su hipótesis Jacinto.

—Por más que existan razones, compromisos, alianzas entre el pasado y el presente, nadie me quita de la cabeza que a este personaje debieron haberlo juzgado. Si no por todo lo que se le acusa, por lo menos por la falta del pago de impuestos como a Alcapone —aportó con indignación Gustavo.

—Me cae que has visto muchas películas últimamente, a este cabrón no hay quien lo toque —Enrique señaló el periódico con su mirada.

Primitivo propuso levantar aquella sesión de los lamentos, el trabajo de cada quien esperaba ser concluido; él, con la escritura de un libro de historia que largamente había acariciado sobre el Sistema Político Mexicano, a partir de la documentación que había logrado fotocopiar; Jacinto continuaría hurgando entre los expedientes, seguro de que las perlas de la denuncia periodística se encontraban enconchadas dentro de los archivos y que paulatinamente las podría ir pescando; Gustavo, detrás del título de maestría, con esa tesis tan arriesgada sobre la guerrilla en México; mientras que Enrique continuaría en su búsqueda por localizar algún dato que reconstruyera qué había sido de su padre.

De nueva cuenta Jacinto les mostró la fotografía de Miguel con su gesto a medio sonreír, impresa en el diario, antes de doblar la página, todos ellos descubrieron en los ojos de aquel personaje la mirada de quien se sabe impune, para quien la llamada justicia nunca llegará a tocarle.

Estaban conscientes de que el sistema se reproducía para poder mantenerse vivo, tenía que sobrevivir y el pasado podría tener un costo muy alto, por eso era mejor callarlo.

—Que no nos roben el sueño —dijo Enrique.

—Si esto fuera una novela, de seguro al final les hubiéramos roto la madre—expresó Jacinto.

—Pero eres periodista, güey —le recordó Primitivo—, además, con todo y tus reproches, déjenme decirles que mi carnal el Gato Culto dice que «todas las novelas malas terminan bien», además que no se les olvide que esto es México, donde la realidad siempre le gana a la ficción.

—Estoy convencido que ni los mismísimos *cuatro fantásticos* de la televisión hubieran podido derrotar a estos cabrones —dejó la sentencia Enrique.

—«Los cuatro fantásticos» se encaminaron a las galerías, en silencio, cada uno llevaba en mente concluir con sus respectivas empresas, conscientes de que algún día la historia de los perdedores de siempre llegaría a escribirse. ¿Serían capaces de ponerle color a ese archivo negro?

Índice